JN356525

고미카와 준페이 대하소설

# 인간의 조건

NINGEN NO JOKEN
by Junpei Gomikawa
© 1956-1958, 1995, 2005 by Ikuko Kurita
Originally published in Japanese by San-ichi Shobo, 1956-1958
Iwanami Shoten, Publishers' edition in 2005.
This Korean language edition published in 2013
by itBook Publishing Co., Paju
by arrangement with the Proprietor c/o Iwanami Shoten, Publishers, Tokyo
through BC Agency, Seoul.

이 책의 한국어판 저작권은 BC 에이전시를 통한 저작권자와의 독점 계약으로 도서출판 잇북에 있습니다.
신 저작권법에 의해 한국 내에서 보호를 받는 저작물이므로 무단전재와 복제를 금합니다.

이 도서의 국립중앙도서관 출판시도서목록(CIP)은 서지정보유통지원시스템 홈페이지(http://seoji.nl.go.kr)와 국가자료공동목록시스템(http://www.nl.go.kr/kolisnet)에서 이용하실 수 있습니다.
(CIP제어번호: CIP2013019336)

# 인간의 조건

고미카와 준페이 대하소설
김대환 옮김

**4**
부치지 못한 편지

# 4부
## 부치지 못한 편지

## 1

잠에서 깼을 때 처음 시야 가득히 들어온 것은 온통 하얀색뿐이었다. 바로 옆에 크고 하얀 벽이 있었다. 천장도 높고 새하얗다. 반듯하게 누워 있어서 시선이 닿는 범위가 전체적으로 널찍널찍하다. 차가운 느낌이지만 깨끗했다. 모두가 막사에는 없던 것들이다. 자신이 왜 거기에 누워 있는지 납득이 가기까지는 시간이 좀 걸렸다.

가지는 머리를 들고 실내를 쭉 둘러보려고 했지만 머리는 제 것이 아닌 양 들리지 않았다. 하얀 베개 위에서 고작 옆으로만 움직일 뿐이다. 실내에는 충분한 간격을 두고 열세 개의 침대가 놓여 있었다. 흰 환자복을 입은 사내들이 눕거나 일어나 있다. 이야기를 나누는 소리도 들리지만 그 내용은 귀에 들어오지 않았다. 환자복을 입은 사내들은 모두 까까머리였다.

그들의 옷차림을 보고 나서야 이곳이 아무래도 육군 병원 같다는 생각과 자신이 어떤 큰 병에 걸렸다가 겨우 살아난 것 같다는, 조금은 정돈된 의식이 들었다. 며칠이나 의식을 잃고 있었는지 모른다. 막사에서 들것에 실려 나간 것만은 어렴풋이 기억난다. 그 이후가 새까마니 전혀 모르겠다.

기억을 더듬으려는데 갑자기 요시다 상등병과 함께 입원한 듯한 착각이 먼저 들었다. 그렇지는 않았다. 요시다는 분명히 죽었다. 뭔가 너무나 허망한 목적 때문에 아무 쓸데없는 고생을 한 것 같은 인상이 막연하지만 한꺼번에 겹쳐서 되살아났다. 그러더니 느닷없이 씁쓸한 상념이 병약해진 몸속으로 기분 나쁘게 미지근한 물처럼 스며들었다.

가지는 자신의 팔이 이상할 정도로 가늘어져 있는 것을 깨닫고 찬찬히 바라보았다. 이렇게 되지 않았다면 휴식은 주어지지 않았을 것이다. 그러나 휴식에는 일찍이 맛보지 못한 해방감이 있었다. 이전의 강건한 육체와 지금의 휴식 중에서 어느 쪽을 취할지 지금 이 상황에서는 즉답을 내릴 수 없었다.

팔을 이마 위에 얹고 생각에 잠겨 있는 동안 이 뜻밖의 휴식이 가지의 생명에 특별히 필요한 의미가 있어서 미리 정해져 있었던 것처럼 느껴졌다. 그렇게 느끼는 것이 기분 좋았다.

그건 그렇고 부대 근처에는 육군 병원이 없었으니까 어딘가 멀리 이송되어온 것이 틀림없다. 여기가 어딘지를 물으려고 옆 침대를 보았지만 비어 있었다. 시트의 하얀색이 묘하게 음침하게 보인다.

가지는 눈을 감았다. 눈을 감으니 아픔 같은 피로가 곧장 밀려오는 것은 무척 쇠약해졌다는 증거다. 그렇게 생각하자 이번엔 서글픔이 밀려왔다. 그 무의미한 승부는 결국 자신의 패배로 끝나지 않았던가. 지난 반년 동안 그가 의지할 수 있었던 것은 자신의 강인한 육체뿐이었다. 그런데 지금은 근육도 정기도 다 타버렸다. 바람이 부는 대로 날려가는 낙엽 같다. 의지가 깃든 육체가 의지할 곳은 어디에도 없었다. 병원으로 날려온 그가 또 어디로 날려가게 될까?

손목을 가볍게 잡힌 가지는 눈을 떴다. 흰 가운을 입은 여자가 맥박을 짚고 있었다.

"용케 견디셨어요."

간호사의 주근깨투성이 얼굴에 웃음이 번졌다.

"기억 못하시죠? 한 시간 간격으로 캠퍼 주사를 놓았어요. 링거 주사를 놓을 때는 정말 힘들었어요……."

가지는 하얀 베개 위에서 얼굴을 옆으로 흔들었다.

"병원에 처음 왔을 때는 그대로 돌아가시는 줄 알았어요."

도쿠나가 간호사는 옆의 빈 침대를 눈짓으로 가리켰다.

"당신보다 사흘 먼저 와서 당신이 혼수상태에 빠져 있을 때 돌아가셨어요."

가지는 치유되기 시작한 환자 특유의 푸르고 맑은 눈으로 간호사를 바라보았다.

"뭐라고 헛소리는 안 하던가요?"

"걱정되세요?"

덧니를 살짝 보이며 그녀가 웃었다.

"제가 들은 것은 이름 둘뿐이었어요. 신조와 미치코……."

"……신조?"

가지는 얼룩진 천장을 바라보며 습지대를 떠올렸다. 들불이 훑고 간 습지대를 신조는 겅중겅중 뛰어서 초저녁 어둠 속으로 사라졌다. '약속의 땅'에 도착했는지 어떤지는 의문이다. 하지만 신조는 비록 습지 밑바닥으로 사라졌을지언정 그 탈영이 회보에 실려서 자신의 영달만을 추구하던 중대 간부들의 야심을 박살낸 것만은 분명하다. 신조는 그것을 최소한의 효과라고 믿고 있었을까?

"미련이 많으신 것 같아요."

간호사가 나지막하게 말했다.

"애인? 부인?"

"둘 다입니다."

가지는 희미하게 웃었다.

"언제쯤 퇴원할 수 있을까요?"

"급성 폐렴은 예후가 중요합니다. 합병증이 나타날 수 있으니까요. 잘못하면 폐결핵으로 악화될 수도 있어요. 당신은 복막염을 일으킬 뻔했어요."

"……그럼 당분간은 감금입니까?"

"그렇게 빨리 원대로 복귀하고 싶으시다면 군의관님께 부탁드려볼까요?"

간호사가 웃으면서 말했다. 가지는 여자의 웃는 얼굴에 생긴 주근깨의 그늘을 보았다.

"……그렇게 하고 싶어 한다고 생각하나요?"

도쿠나가 간호사는 환자의 시선을 받았지만 대답하기를 주저하면서 침대에 매달려 있는 표에 맥박수를 써넣었다.

"……대소변 시중은 누가 하고 있습니까?"

"그런 걱정은 하지 않으셔도 돼요."

도쿠나가는 앳된 얼굴로 나이가 한참 많은 사람의 표정을 지었다.

"긴장을 좀 푸셔야 되겠네요. 혼수상태에 빠져서 반쯤 넋이 나갔던 분이 침대에서 내려와 혼자 변소에 가려고 하시다니요. 심장마비를 일으킬지도 몰라요."

가지는 의미도 없이 몇 번이나 고개를 끄덕였다. 이 여자가 대소변 시중을 들고 있는 게 틀림없었다. 부끄러움이 살짝 고개를 들었으나 그것을 넘어 스스럼없는 친밀감이 솟아나고 있었다.

"……폐가 많습니다."

"뭐 필요한 거 있으세요?"

가지는 가볍게 눈을 감았다. 도쿠나가 간호사의 얼굴 위에 미치코를 겹쳐보았다.

"……혹시 있다면 향수를 좀 주세요. 조금이면 됩니다."

향수라면 무엇이든 상관없었다. 갖고 싶은 것은 냄새 자체가 아니다. 그 향수가 풍기는 뭐라 표현할 수 없는 것 중에 오랫동안 애타게 찾고 있던 것이 깃들어 있을 것 같은 기분이 드는 것이었다.

"가져다 드릴게요."

도쿠나가 간호사가 모포를 다시 덮어주면서 속삭이듯이 말하는 것을 가지는 눈을 감은 채 들었다. 어렴풋이 느껴지는 편안함 때문에 지금은 병상에 있는 것이 행복했다. 이렇게 누워 있는 것도 나쁘지 않다. 긴장의 연속이었던 교육 기간 중의 병영생활은 아득한 과거 속으로 희미해진 듯하다.

향긋한 냄새를 남기고 가운 자락이 움직이는 기척을 느꼈다. 여자의 발소리는 들리지 않았다.

## 2

자기 침대에서 맞은편 침대까지는 3미터도 채 되지 않았다. 그 사이를 걷는다기보다는 비틀거리며 힘겹게 건너가는 것이 고작이었다. 가지는 맞은편 침대의 철제 프레임을 잡고 이마의 비지땀을 닦으면서 창백한 미소를 지었다. 지금 같아서는 옛날의 튼튼한 다리로 돌아갈 수 있을지 어떨지 의문이다.

맞은편 침대에는 단게 일등병이라는 명찰이 걸려 있었다. 그는 혼자 힘으로 걷게 된 지 며칠이 지난 것 같다. 안색은 창백하지만 건강해 보였다. 상반신을 일으키고 가지의 위태위태한 트레이닝을 지켜보고 있다가 이를 드러내 보이며 웃었다.

"무리하지 마. 가만히 누워 있어도 때가 되면 혼자 걷게 되고 사역도 나가게 돼. 서둘러봐야 헛수고야."

"……환자를 사역에 내보냅니까?"

단게는 고개를 끄덕이고 깊은 눈빛으로 가지를 보았다.

"초년병인가?"

말투로 알아챈 모양이다. 가지는 좀 아니꼬웠다.

"그렇습니다."

"어렵게 잡은 1선발(진급 연한을 채운 첫 해에 바로 진급하는 것. 첫 해에 누락되고 다음 해에 진급하는 것은 2선발 진급이라 한다—옮긴이)도 입원 때문에 다 틀렸군."

웃는 얼굴로 밝게 말하는 것이 아무리 봐도 악의는 없다.

"1선발은 저들이 멋대로 정한 겁니다."

가지도 웃는 얼굴로 대답했다.

"고참병님은 몇 년 됐습니까?"

"3년병이야."

3년병이 일등병이라면 좋든 나쁘든 사정이 있을 것이다. 가지는 다시 신조를 떠올렸다. 단게에게는 신조와 닮은 구석이라곤 전혀 없었다. 그런데도 어딘가 일맥상통하게 느껴지는 것은 필경 그 내면에서 우러나오는 분위기 때문일 것이다.

"3년병이면 대선배입니다. 어떤 병으로 입원하셨습니까?"

"맹장 수술을 받았는데 예후가 좋지 않았어. 간장도 앓았다가 복막염도 앓았다가 했지. 하지만 이제 곧 쫓겨날 거야."

그렇게 말하고 나서 단게는 몸을 비켜 자리를 내줬다.

"여기 앉아. 얘기 좀 하자."

가지는 단게를 새삼스럽게 보았다. 마음을 열 수 있는 고참병인지 어떤지 아직 아무것도 알 수 없다.

"재미있는 이야기입니까?"

가지는 단게의 침대에 앉으면서 물었다.

"글쎄. 나한테는 흥미로운 얘기지만……."

단게의 눈에 조심스러운 그늘이 생겼다.

"사이판이 함락된 건 알고 있나?"

"……아니요."

가지는 숨을 삼켰다. 먼 옛날 일처럼 생각나는 것은 미군이 사이판에 상륙한다는 소문이었다. 그 후로 아직 20일 정도밖에 지나지 않았다. 습지대에서는 망령된 고집의 귀신이었고 그 결과 의식을 잃고 쓰러져 있는 동안 전쟁이 성큼 다가온 듯한 느낌이다.

"언제 말입니까?"

"그제 같아."

가지는 무심코 고개를 끄덕였다. 예상하지 못했던 것은 아니다. 예상할 수 있었던 일이다. 이로써 전세는 한층 더 기울어지게 되었다.

"수비대는 전멸했습니까?"

"……그랬겠지."

가지는 다시 한 번 무심코 고개를 끄덕였다. 이 두 사람은 전멸을 글자로만 알고 있을 뿐 그 현실이 어떤 것인지는 아직 몰랐다. 먼 남쪽 바다에 떠 있는 그 섬에서는 전멸 7일 전에 '장병들은 사흘째 물도 못 마시고 나무뿌리를 씹고 달팽이를 먹으며 저항하고 있다'고 대본영大本營(다이혼에이, 전시나 사변 시에 설치되었던 일본의 최고 통수기관-옮긴이)에 보고했고, 그로부터 5일 후에는 '모레 7일, 미군을 찾아 돌격하여 한 명당 열 명의 적을 죽이고 전원 옥쇄하라'는 명령을 내렸다는 보고가 대본영에 도달했다. 그 후 바로 무선연락이 끊겼던 것이다.

"이로써 절대국방권이란 것에 커다란 구멍이 뚫린 셈이지. 미군이 일본 본토까지 직접 공격할 수 있게 되었으니까."

단게는 그림자처럼 웃었다.

"그렇습니다. 이제 마지막 단계죠."

가지는 목소리를 죽이고 중얼거리듯이 말했지만 단게의 옆 침대에서 일등병 환자가 몸을 일으켰다.

"그럴 리가 없어. 오키나와까지 유인해서 박살낼 거야."

말은 씩씩했지만 흔들리는 눈빛이 그 씩씩함을 배신하고 있었다. 단게는 씩 웃었다.

"본토에서는 분명 다들 그렇게 말하겠지. 오키나와가 함락당하면 다음엔 본토에서 쳐부술 거라고."

"진다는 건가?"

"뭐, 그건 그때 가서 할 얘기고……."

단게는 웃으면서 얼버무렸다.

"지금은 지고 있다는 말이야. 지금까지 질질 끌면서 1년 전부터 줄곧 결정타만 맞아왔잖아."

"에이, 썅!"

그 환자는 모포를 힘껏 밀어젖히고 창백한 발로 허공에 원을 그리며 바닥에 내려왔다.

"배운 것들이 오히려 자기 나라가 지는 걸 재미있어 하는군. 어이, 햇병아리 일등병, 너도 그러냐?"

불안한 시선이 가지에게 왔다.

"별로 재미있어 하지 않습니다."

"너도 재미있어 할 거다!"

"재미있을 까닭이 없죠."

가지는 피곤해서 창백한 얼굴에 땀을 흘리고 있었다.

"만주에 있는 사단도 결국엔 추출되어 어딘가에서 사이판의 재판이 된다면 뭐가 재미있겠습니까?"

"아니, 너희들은 재미있어 할 거야!"

그는 입술을 실룩거리면서 황급히 나갔다. 가지는 불안한 표정으로 단게를 보았다.

"걱정 마."

단게는 웃었다.

"저놈은 흉막염으로 본토에 송환되어 제대하는 것을 유일한 희망으로 삼고 있어. 그래서 미군이 오키나와에서 멈춰주지 않을까 봐 노심초사하고 있는 거야."

"오키나와까지는 아직 멀었을 텐데, 본토로 송환해준답니까?"

"결핵 환자는 가끔 해주는 것 같아. 저놈은 틀렸어. 조만간 나처럼 원대 복귀야."

"그 후에 남방 전선으로 파병될지도 모르겠군요."

"그렇게 되면 되는 거고."

단게의 목소리는 자신에 찬 듯 밝았다.

"살아남는 방법이야 없겠어? 옥쇄하라고 해도 하지 않으면 되고."

"어떻게 말입니까?"

"알게 뭐야."

툭 던지는 듯한 말투였지만 눈은 웃고 있었다.

"나도 생각해봐야 모를 앞날의 일에 대해선 생각하지 않기로 했어. 그렇다고 되는 대로 산다는 것도 아니지만."

가지는 단게의 거칠고 울퉁불퉁한 손가락을 보고 있었다. 단게의 몸집은 가지보다 훨씬 작았지만 손은 오히려 반대였다. 일을 많이 한 손이다. 병상에 있지만 단단한 손톱이 전혀 물러지지 않았다.

"무슨 일을 하셨습니까? 고참병님은……."

"고참병님 소리는 집어치워."

단게가 웃었다.

"선반이야. 꽤 솜씨가 좋아."

"선반공이면 소집 면제나 해제가 되지 않습니까? 숙련공이 부족하니까요."

"군대에 처박아두는 게 안전한 선반공도 약간은 있는 법이지. 많은 공임을 받으니까 대개는 그렇지 않지만."

가지는 희미하게 웃으며 고개를 끄덕였다.

"역시 군대로 쫓겨난 거군요. 입대하고 나서도 꽤 시달렸겠습니다."

"덕분에……."

단게는 유쾌하게 웃었다.

"인간을 다루는 방법에도 여러 가지가 있다는 걸 배웠어. 누가 생각해낸 건진 모르지만, 인간이란 게 나쁜 지혜만은 무궁무진하게 가지고 있는 것 같아."

가지는 따라서 웃었다. 백퍼센트 동감이었다. 비슷한 경로를 밟은 듯한 두 사내가 육군 병원의 한 병실에서 한 침대의 하얀 시트 위에 앉아 있다. 세상은 의외로 좁다. 가지만 항상 힘든 상황에 처하는 것은 아니다. 가지는 갑자기 고독에서 구조된 듯한 기분이 들었다. 그렇게 느끼고 나서 새삼 고독했던 날들이 떠올랐다. 가루눈이 내리던 날 라오후링老虎嶺을 나온 뒤로 확실히 가지는 상처 입은 들짐승처럼 흥분하고, 고독했다.

지금까지의 일들을 단게에게 들려주고 싶었다. 괴롭고 안타까운 날들이 어떻게 분노와 탄식의 날들로 이어졌는지를 말해주고 싶었다. 자신이 해온 일이 단게의 눈에는 어떻게 비칠까. 그것을 확인하고 싶었다. 그렇게 생각한 순간 온몸에 비지땀이 배어 나왔다. 사소한 감정의 동요를 계기로 갑자기 열이 오르기 시작한 것이 틀림없다.

단게도 눈치채고 주의를 주었다.

"눕는 게 좋겠군."

"그렇게 하겠습니다."

가지는 침대에서 일어섰다.

"좀 쉬었다가 다시 오겠습니다."

그때 간호부장이 위생병과 도쿠나가 간호사를 데리고 들어왔다. 마침 비틀비틀 가고 있는 가지의 모습이 간호부장의 눈을 속이고 침대로 도망쳐 돌아가려는 것처럼 보였는지도 모른다.

"거기 병사!"

사와무라 부장이 날카롭게 소리쳤다.

"언제부터 혼자 걷게 되었지?"

이 부장은 육군 상사 대우다. 일등병 따위는 물건쯤으로 취급한다. 빨래판 같은 가슴에 빼빼 마른 몸매는 남자들의 관심을 끌지 못하기 때문에 점점 중성화되고 있다.

"저 병사는 누구야?"

도쿠나가 간호사에게 묻는다.

"가지 일등병입니다. 감시 중대에서 후송되어 왔습니다."

"미즈카미 병장, 환자의 가료 준수 사항을 교육시키지 않았나?"
간호부장은 곁에 있는 위생 병장을 꾸짖었다.
"환자는 군의관님이나 내 허가가 있을 때까지 마음대로 행동하는 것을 허락하지 않는다!"
가지는 자기 침대의 철제 프레임을 잡고 눈을 껌벅이고 있었다. 여자가 빽빽 소리를 지르는 모습은 태어나서 처음 보았다. 여자란 어쨌든 상냥하고 부드러운 존재라는 기성관념이 큰 소리 한 번에 싹 날아가 버렸다.
"걷기 연습을 한 것입니다, 간호사님."
사와무라 부장의 엷은 눈썹이 꿈틀거렸다.
"부장님이시다!"
미즈카미 병장이 부장의 안색을 살피며 주의를 주었다.
"실례했습니다, 부장님."
가지는 반은 반항적인 기분으로, 반은 병사의 습관으로 다시 말했다.
"보행 연습을 하고 있었습니다."
부장의 뒤쪽에 있는 환자들 사이에서 웃음을 참는 소리가 들렸다. 신입 환자의 어설픈 변명을 웃었던 것인데 부장은 갑자기 홱 돌아서더니 웃은 범인을 대충 짐작하고 말없이 다가가서 따귀를 때렸다. 설마 하고 있는데 지체 없이 선명한 소리가 났다.
"뭐가 우습지?"
여자의 눈이 치켜 올라갔다.

"미즈카미 병장, 이 병실은 정신 상태가 썩어빠졌다. 왜 좀 더 기합을 넣지 못하나? 독보(獨步) 환자가 안정 시간 외에 실내에서 빈둥거리고 있다. 육군 병원은 노는 데가 아니야. 입원도 근무를 서는 것과 같다! 정신 상태가 돼먹지 못했어!"

할 말을 다 하자 부장은 얼굴을 꼿꼿이 세우고 나갔다. 뚱뚱한 몸집의 예비역 출신인 미즈카미 병장은 부장을 따라 병실에서 나갈 때 뒤를 돌아보며 빨간 혀를 날름 내밀었다.

"저 새끼는 뭐야?"

따귀를 맞은 환자가 투덜거렸다.

"좀만 더 예뻤다면 한 대 더 때려달라고 했을 텐데……."

가지는 단게를 보고 웃었다.

"걸어 다니면 안 됩니까?"

"누워만 있어도 안 돼. 시험 삼아서 다음에 누운 채 소변을 받아달라고 말해봐. 부장이 낯짝이 칠면조처럼 변할걸?"

가지는 침대에 누웠다. 여기는 역시 군대였다. 카키색이 하얀색으로 바뀐 것에 지나지 않을 뿐이다. 옷 색이 바뀌었다고 제도나 인간이 바뀌지는 않는다.

잠시 후 도쿠나가 간호사가 이번엔 혼자 들어왔다. 모든 환자에게 체온계를 나눠주고 가지의 침대로 다가왔다. 체온계를 건네는 그녀의 눈이 따뜻하게 웃고 있었다.

"움직이면 매 맞아요."

목소리가 미치코를 닮았다고 생각했다. 귀에 들린다기보다도 살갗에 부드럽게 닿는 듯했다.

가지는 미소를 지으며 고개를 끄덕였다.

## 3

가지가 수용되어 있는 내과 분관의 칠도 하지 않은 나무 복도는 매일 독보 환자들이 병 밑바닥 모서리로 문지르고 있었기 때문에 반질반질 윤이 난다. 널빤지에 상처를 내면서까지 윤을 낼 필요는 전혀 없었지만 '독보' 환자를 일 없이 놀리지 않기 위해 생각해낸 무의미한 사역이다.

가지는 빠르게 회복되었다. 열이 떨어지고 나서 2주째가 되자 사역에 끌려 나갔다. 처음엔 허리가 휘청거릴 정도로 기운이 없어서 사역이 고통스러웠지만 병원 생활은 어느 모로 보나 훈련이나 동초 근무 등에 비하면 편했다.

가지는 원대 복귀가 하루라도 더 늦춰지기를 바라고 있었다. 투쟁은 들불이 일어난 밤에 일단락되었다. 계속하고 싶지가 않았다. 오로지 개인적인 힘만으로 반항하려고 했던 무모함과 허무함이 그때는 그때의 피치 못할 사정 때문이었다 해도, 지금은 어쩐지 두렵다. 그렇게 느끼는 것은 역시 아직 체력이 회복되지 않은 탓일지도 모르지만, 이제 두 번 다시는 하지 않겠다고 생각한다. 앞으로는 조개껍질처럼 나 자신을 굳게 걸어 잠글 것이다. 저항다운 저항도 해보지 못하고 도망친 신조를 간교하게 비난한 것이 너무나 후회되었다.

그날도 가지는 단게와 나란히 병 밑바닥으로 복도를 문지르면서 중대에서 있었던 일을 회상하고 있었다. 복귀하고 싶지 않다고 바라면서도 그 습지대에 서 있는 막사가 자꾸 생각나는 것은 그가 돌아갈 곳은 사랑하는 아내가 애타게 기다리고 있는 집이 아니라, 그 막사로 가는 길 외에는 모조리 막혀 있다고 체념하고 있기 때문일 것이다.

단게가 불쑥 작은 소리로 말하는 것이 들렸다.

"도조(도조 히데키東條英機, 1941년 10월 18일부터 1944년 7월 22일까지 일본 내각의 총리대신으로 내각을 이끌면서 제2차 세계대전을 일으킨 장본인—옮긴이)가 내각을 포기한 모양이야."

"포기해요?"

가지의 멍하니 갈피를 못 잡는 표정에 갑자기 어두운 그림자가 스쳤다.

"마리아나 작전의 실패 때문입니까?"

"……그렇겠지."

"뻔뻔하군요. 그냥 포기하면 끝나는 줄 아나 보네요. 대신大臣들의 모가지는 얼마든지 갈아치울 수 있지만 전쟁의 모가지는 어떻게 갈아치울 건지……."

단게는 동의의 미소를 보였다.

"우메즈(우메즈 요시지로梅津美治郎, 육군 대장—옮긴이)는 참모총장으로 영전되었대. 우메즈의 후임은 야마다 오토조山田乙三라는 자야."

육군대신 야마다 오토조가 어떤 자인지는 수십만 관동군의 태반이 모른다. 알려고도 하지 않는다. 우메즈가 됐든 야마다가 됐든 병사가 전쟁의 소모품이라는 사실에는 변함이 없기 때문이다. 야마다 오토조의 두뇌의 진폭이 이들 병사의 생명에 직접적으로 중대한 관계를 갖게 되리라고는 아직 아무도 생각하지 못한 것이다.

"만주 사정에 밝은 자가 참모본부로 갔다는 것은 대소對蘇 전략이 적극적으로 바뀐다는 의미겠죠?"

"……그렇지는 않을 거야."

단게는 고개를 가로저었다.

"반대라고 봐."

"수세를 취하며 장기 항전을 한다는 겁니까?"

단게는 뭔가 생각난 듯 빙그레 웃었다.

"내가 사무실에서 신문을 좀 훔쳐봤는데 히틀러가 폭탄에 암살당할 뻔했대."

가지는 순간 일어날 수 없는 일이 일어난 것 같은 놀라움을 감출 수 없었지만, 그 한 순간이 지나자 결코 일어날 수 없는 일도 아니라는 생각이 들었다. 독재자는 반드시 쓰러져야 한다.

미수에 그친 브루투스(고대 로마의 정치가, 군인. 카이사르의 무장으로 활약하다가 카이사르 암살 음모에 가담. 안토니우스의 명으로 처형됨 – 옮긴이)는 누구였을까?

"……실패했다니, 참!"

"정말 애석한 일이지."

두 사람은 얼굴을 마주 보고 거의 동시에 미소를 나누었다.

"실패는 했지만 이번 일로 알게 됐어. 유럽과 아시아 양쪽의 중심국이 이제 임종까지 얼마 남지 않았다는 것을 말이야."

가지는 잠자코 고개를 크게 끄덕였다. 정말로 임종이 다가온 것은 아닐까? 일본은 이번 일로 독일을 완전히 포기했을 것이다. 독일은 훨씬 전부터 일본이 소련과 전쟁을 개시할 실력이 없다고 포기하고 있었을 것이다. 이렇게 두 나라가 따로따로 죽음에 이른다. 이제 곧 전쟁은 끝난다. 관념적으로는 기뻤다. 생리적으로는 불안했다. 어떤 상황에 직면할지, 아직은 아무도 경험한 적이 없기 때문이다.

"대소 전략은 소극적으로 바뀌고 있어."

단게가 귓전에 대고 말했다.

"국경 경비는 무사안일주의가 되겠지."

"그렇게 되면 좋겠군."

가지는 혼잣말하듯 중얼거렸다. 일본군 쪽에서 국경 분쟁을 일으키지만 않으면 위험은 절반으로 줄어들 것이다. 희망적인 관측일지 모르지만 독일과 혈전을 벌이고 있는 공산군이 먼저 소만 국경에서 전쟁을 벌일 일은 결코 없을 것이다. 그렇다면 당분간은 위험이 없어지게 된다.

하지만 이런 사정을 뒤집어서 생각해보면 전황이 급박하지 않은 국경 주변에서 병력을 차출하여 태평양 전쟁으로 전용할 가능성은 그만큼 늘어나는 것이기도 하다. 이것은 결코 새삼스러운 일도 아니다. 초년병으로 교육받을 때부터 병사들 중 거의 모두가 걱정하던 일이다.

입원은 전혀 예기치 못했던 일이지만, 병사에게 이 기간만은 전쟁의 소용돌이에서 벗어나 있는 것이 허용된다. 그렇다면 최대한 누려야 하지 않겠는가.

복도 문지르기든 뭐든 열심히 하는 것이다.

가지는 땀이 맺힌 창백한 이마를 닦고 사이다 병을 다시 잡았다.

가지는 사역을 끝내고 뜰로 나갔다. 안에서는 거의 느낄 수 없는 여름이 밖으로 나오자 활활 타오르면서 뜨거운 열기가 되어 느닷없이 얼굴을 때렸다. 7월의 태양은 벌써 한껏 여물었다. 병을 앓고 난 몸에는 자극이 너무 강하다. 끈적끈적한 액체 같은 느낌의 뜨거운 바람이 움직이고 있었다. 가지는 숨이 막히고 현기증이 일어서 옆에 서 있는 나무에 기댔다.

꽃밭에서는 강렬한 색채가 뒤섞여 타오르고 있었다. 빛과 색에 얻어맞아서 가지는 눈물을 흘렸다. 감각이 혼란스럽고 온몸이 흔들리는 것 같다. 술에 취했을 때와 비슷하다.

옆에서 가운이 지나갔다. 멈춰 서서 움직이지 않는 그 모습 쪽으로 가지는 간신히 얼굴을 돌렸다.

"산책은 아침이나 저녁에 하세요."

도쿠나가 간호사가 말했다.

"매우 빠르게 회복되고 있는 편이지만 무리하면 안 됩니다."

가지는 흰 가운의 불룩한 가슴을 보았다. 그러고 나서 주근깨가 많은 여자의 얼굴을 보았다. 가슴 밑바닥이 서글프게 아렸다. 미치코가 간호사가 되었다면 가지 같은 다른 환자가 역시 이처럼 서글픈 생각을 하리라.

"……왜 그러세요?"

도쿠나가 간호사는 부끄러운 듯 속눈썹을 떨었다.

"아무것도 아닙니다."

가지는 당황해서 시선을 돌렸다가 곧바로 되돌렸다.

"언제까지 여기에 있을 수 있는지 잠깐 생각하고 있었습니다."

"……그럼 아직 모르시는 거예요?"

"뭘 말입니까?"

"가지 일등병은 당분간 여기에 계실 거예요."

"어째서요?"

"당신 부대가 동원되었어요."

가지는 벙어리가 되었다. 요령부득인 웃음이 떠올랐다 사라졌다 한다.

"갈 곳이 없다고요, 당신은."

가지는 애매하게 고개를 끄덕였다.

"몰랐으면 모르는 것으로 해두세요."

도쿠나가 간호사는 나지막하게 다짐을 두었다.

"병 후 요양을 이유로 갈 곳을 잃은 당신은 이 병원에서 사역병으로 남게 될 거예요. 위생병이 부족하니까요."

## 4

도쿠나가 간호사가 말한 대로 되었다. 며칠이 지나서 위생병인 미즈카미 병장이 가지를 소독실로 데리고 갔다.

"넌 여기서 당분간 사역을 한다. 원래는 위생병이 하는 일이지만 손이 모자라서 말이야."

가지는 속으로 웃었다. 첫째가 옥도정기, 둘째가 나팔이다. 편하기로는 위생병이 최고다. 편하니까 더 일하기가 싫어진다. 게다가 환자는 위생병의 포로와 같은 존재다. 독보 환자에게 공밥을 먹이며 놀리는 것이 아까울 것이다.

"어쩌다 장교가 변덕을 부려서 여기에 얼굴을 내밀지도 몰라. 그때는 미즈카미 병장의 임시 사역병이라고 대답해야 돼."

"알겠습니다."

"옷장 속에 군복 바지가 있다. 환자복을 벗고 그걸 입어."

미즈카미 병장은 가지에게 소독 가마 조작법을 가르쳐주었다. 원통을 옆으로 쓰러뜨린 모양의 증기 가마다. 조작법은 간단하다. 환자의 피복류를 올려놓은 대를 가마 안으로 밀어 넣고 밀폐한 뒤 증기 밸브를 활짝 열고 15분 후에 대를 끌어내면 끝이다. 가마의 철문을 열었을 때 뜨거운 김이 뿜어져 나와서 정말 말할 수 없이 더운데, 그것 때문에 위생병이 '손이 모자란다'고 한 것인지도 모르지만 딱히 견디지 못할 정도는 아니다. 무엇보다도 좋은 것은 아침부터 저녁까지 이 소독실에는 가지 혼자밖에 없다는 것이다. 그렇다고 게으름을 피울 생각은 없다. 혼자서 이런저런 생각을 하고 싶을 뿐이다. 입영 이후 그런 자유가 주어진 적은 단 하루도 없었다.

"너, 이런 사역을 시켰다고 해서 날 원망하진 않겠지?"

너무나 바라던 일이었습니다. 가지는 하마터면 그렇게 대답할 뻔하다가 겨우 바꿔 말했다.

"……환자 중에 이 사역을 한 자는 없었습니까?"

"있었지. 상등병이었는데 중도에 손들었어. 더워서 몸이 견디지 못한다더군. 사실은 그게 아니었지만 말이야. 하루 종일 혼자 있으니까 지루해서 그랬던 거야. 넌 그런 소리는 안 하겠지?"

"……안 할 겁니다."

미즈카미의 반쯤 벌어진 두툼한 입술이 웃었다.

"가끔 라무네(설탕과 레몬 향료를 첨가한 물에 탄산가스를 녹인 청량음료의 한 가지-옮긴이) 정도는 갖다 줄게."

"그보다 혹시 부탁할 수만 있다면 종이와 연필을 얻고 싶습니다."

"뭘 쓰게?"

가지는 대답하지 않았다. 라오후링老虎嶺의 특수 광부 왕시양리가 쓴 수기 같은 글을 쓸지도 모른다. 하지만 그것을 읽어준 가지 같은 남자가 가지 앞에는 없었다.

미즈카미는 실실 웃으며 새끼손가락을 세웠다.

"러브레터?"

가지는 웃었다.

"그 비슷한 것입니다."

"좋아, 갖다 주지."

미즈카미 병장은 나가다가 출입구에서 말했다.

"증기가 뜨거울지는 모르지만 대포 포탄보다는 나을 거야. 넌 때를 기가 막히게 맞춰서 입원한 줄 알아."

사역병으로 병원에 잔류하게 된 것을 감사하게 생각하라는 말이다. 가지는 쓴웃음을 감추며 물었다.

"……저희 부대는 어디로 동원되었습니까?"

"몰라. 모르지만 어차피 모 방면이다. 필리핀이든 오키나와든 목숨이 몇 개가 있어도 모자란 곳일 거야. 이 사역에 네가 불평을 한다면 천벌을 받을 줄 알아."

"……알겠습니다."

가지는 미즈카미 병장의 뚱뚱한 몸이 사라진 문을 응시했다. 앞으로 가지는 그 문을 매일 드나들 것이다. 중대의 전우들은 어느 날 내무반 문을 나서서 다시는 그곳으로 돌아오지 못하게 된 것이다. 소박한 개척농민이던 다노우에도, 음담패설을 좋아하는 호텔 급사장이던 사사 이등병도.

하지만 운명의 갈림길은 아무도 알 수가 없다. 누군가가 죽었을 때 살아남은 몇 사람에게 짐작되는 것이 있을 뿐이다. 그것이, 그때가, 생과 사의 갈림길이었다고.

## 5

"내가 말이지, 결핵 병동에 가서 가래를 얻어오기로 했네."

이시이가 단게에게 기쁜 표정으로 속삭였다. 이시이는 사이판이 함락되었다는 얘기를 할 때 가지에게 덤벼들었던 일등병이다. 본국으로 송환되는 것을 유일한 희망으로 삼고 있는 이 사내가 역시 유일하게 할 수 있는 방법은 객담喀痰 검사 때 결핵 환자의 가래를 얻어다 제출하여 배양 검사에서 균이 발견되기를 기다리는 것이다. 그러나 균이 발견되었다고 해서 다 결핵 환자로 판정받는 것은 아니다. 병원에서는 균이 나온 자들을 일괄해서 '항산성균 보유자'라 칭하며 다른 내과 환자와는 다른 병동에 수용한다.

이시이가 얻은 가래에서 균이 발견된다고 해도 반드시 본국으로 송환된다고는 할 수 없지만 적어도 몇 개월은 원대 복귀가 연기된다. 그 사이에 이번에야말로 진짜 결핵 환자의 가래를 얻어낼 궁리도 하겠다는 것이다. 그러는 동안 본국으로 송환될 기회가 올지도 모른다. 송환만 되면 병역 면제의 전제조건이 갖춰지기 때문에 목적은 거의 달성한 셈이 된다. 이는 이시이가 벌써 오랫동안 생각해온 일이다.

이시이는 단게의 안색을 살피면서 또다시 속삭였다.

"네 것도 얻어다 줄까?"

단게는 쓴웃음을 지으며 고개를 가로저었다.

"난 필요 없어."

"왜? 이상한 녀석이군. 군대를 좋아하지도 않으면서 원대 복귀를 기다리고 있는 거야?"

"기다리고 있는 건 아니지만 난 필요 없어."

단게는 그렇게만 대답했다. 항균성균이 발견되어도 본국으로 송환된다고 결정되는 것도 아니고, 본국으로 송환된다고 해도 그것이 생명의 안전과 자유를 보장하는 것도 아니다. 그런 의미에서는 오히려 단게의 예상에 의하면 소만 국경에서는 분쟁이 일어나지 않을 것이므로 본국으로 송환되는 것보다 이 국경 부근에 있는 쪽이 안전하다고 할 수 있을지도 모른다. 그러나 단게는 자나 깨나 본국 송환의 꿈에 젖어 있는 이시이에게 그 꿈을 깰 만한 말은 하지 않았다.

이시이는 이 비밀이 발각될까 봐 두려워서 단게를 한패로 끌어들이려고 했던 것인데, 이렇게 쌀쌀맞게 거절당하자 갑자기 불안해진 모양이다.

"부탁이니까 아무한테도 말하지 말아주게."

비굴한 낯빛으로 말했지만 단게의 반응은 의외로 쌀쌀맞았다.

"멍청한 놈! 사람을 보고 말해. 나중에 걱정될 것 같으면 아무한테도 말하지 마. 잠자코 혼자서 하란 말이야."

그러고 나서 단게의 표정이 누그러졌다.

"네가 진짜 폐병에 걸리지 않고 바라는 대로 본국으로 송환된다면 기뻐해주지. 그렇다 하더라도 본국의 고향 사람들은 폐병이라면 송충이처럼 싫어할 텐데 그것도 혹시 계산에 넣고 있는 거야?"

이시이는 고개를 끄덕였다. 남들이 자신을 싫어해도 자기가 싫어하는 군대에 있는 것보다는 나았다. 정기적으로 결핵 병동에서 본국 송환자가 나올 때마다 결핵에 걸리지 않은 자신의 몸을 얼마나 원망했던가. 입영할 당시만 해도 이시이는 이런 식으로 군대를 떠나고 싶어 할 줄은 상상도 하지 못했을 것이다. 그러나 지금은 그것이 집념이 되어 몸에서 떨어질 줄 모른다.

"그야 뭐."

이시이는 단게를 보지 않고 말했다.

"고향으로 돌아가면 그런 몸으로 돌아왔다고 싫어하는 사람도 있을지 몰라. 우선 먹고살 걱정도 해야 되고……. 병에 걸려서 제대했다고 하면 사람들이 상대해주지 않으려고 할지도 모르지. 그래도 좋아. 좋은 것이 하나도 없다고는 할 수 없으니까. 내가 돌아온 것을 반겨줄 이도 있다고. 돌아가면 그녀를 데리고 어디든지 큰 도시로 떠날 거야. 아무도 모르는 곳에 가서 둘이 다시 시작하는 거지."

"……아내야?"

"아니, 아직. 약속만 한 사이야. 도시로 가서는 작지만 아담한 가게를 열고 싶어. 전쟁이 어느 쪽으로 흘러가든 걱정할 필요 없는 장사가 뭘까? 난 너처럼 게으른 놈은 아니니까. 내 장사를 할 땐 말이지. ……알겠어?"

단게는 사람 좋은 웃음을 짓고 있었다.

"결핵 병동은 시끄러운 데니까 웬만큼 주의하지 않으면 안 돼. 사람의 입만큼 무서운 것도 없어. 다들 본국 송환을 노리고 잘 보이려고 애쓰고 있으니까."

가래를 제출하고 나서 이틀째 되는 날 점심식사를 하고 있을 때다. 병실 입구에 속옷 차림의 미즈카미 병장이 가운을 입은 또 한 명의 위생 병장과 함께 나타나서 이시이의 침대를 손가락으로 가리켰다. 이시이는 낯선 가운 차림의 위생병이 온 것을 보자 가슴이 뛰었다. 됐어! 균이 발견되어서 결핵 병동으로 옮기려는 거야.

위생병은 뚜벅뚜벅 이시이의 침대로 가서 나지막한 목소리로 물었다.
"이시이 일등병인가?"
"그렇습니다."
고개를 막 끄덕이려는 그 얼굴에 피할 수도, 막을 수도 없는 날렵한 주먹이 왕복으로 날아왔다. 위생병은 이시이의 멱살을 잡고 일으켜 세우더니 이번엔 정면에서 이시이의 얼굴을 주먹으로 때렸다.
"넌 몇 년 병이냐?"
이시이는 코피를 닦으면서 대답했다.
"3년병입니다."
위생병이 비웃었다.
"동기라고 봐줄 수는 없지. 위생병을 장님으로 우습게봤을 때 네 운은 다한 것이다. 폐병쟁이가 되고 싶다면 핏덩이를 토할 때까지 사역을 시켜주마."

그러고는 또 난폭한 주먹을 날렸다. 이시이는 나무인형처럼 그대로 맞고만 있었다. 결핵 병동에서 발각된 것이 분명하다. 사정을 두지 않는 주먹이 날아올 때마다 이시이의 꿈은 산산이 부서졌고, 그 폐허에서는 절망감이 솟아올랐다. 위생병은 유도를 배운 적이 있는 듯 이시이의 환자복 소매와 목깃을 잡고 바닥으로 냅다 집어던졌다.

마침 그때 소독실에 있던 가지가 점심을 먹으러 돌아왔다. 입구에 우뚝 선 채 그곳에서 벌어지고 있는 광경을 바라보고 있는데 단게가 침대 위에서 특별히 낯빛을 바꾸지도 않고 위생병에게 말했다.

"어이, 넌 아직 환자를 다루는 법에 대해 배우지 못한 거냐?"

위생병은 놀란 것 같았다. 단게의 침대에 매달려 있는 명찰을 보고는 거기에 일등병이라고 쓰여 있자 얼굴이 확 붉어졌다. 그 짧은 순간의 변화를 틈타 단게가 재빠르게 고압적으로 나갔다.

"3년병이 병장이면 능력이 뛰어나다는 뜻이겠지만 우쭐대지는 마라. 벌을 주려면 규칙대로 하란 말이다. 기껏해야 원대 복귀를 앞당기는 게 고작일 텐데? 아니면 모두가 보는 앞에서 이시이의 얼굴을 묵사발로 만들어보던가. 그 대신 각오해야 할 거다. 오늘 밤 점호 때 이 방에 있는 환자들은 한 목소리로 네가 한 짓을 떠들어댈 테니까."

미즈카미 병장이 창백한 얼굴로 비집고 들어왔다. 그는 발칙한 짓을 저지른 환자를 결핵 병동의 위생병이 한두 대 때리면 병실 안은 찬물을 끼얹은 듯 조용해질 것이라 생각했다. 단게 같은 일등병이 반격에 나서리라고는 전혀 생각지도 못했다.

"난 이시이가 무슨 짓을 했는지 모르지만……."

단게가 미즈카미에게 말했다.

"이 병장이 화내는 것을 보면 뭔가 있었겠지. 그렇다면 그것을 말해 주고, 벌을 줄 필요가 있다면 그에 맞는 조치를 취하면 되는 거 아닌가? 우리는 환자다. 위생병이나 간호사에게 시달리는 건 참을 수 없어."

이때 실내 분위기는 완전히 단게에게 기울어 있었기 때문에 미즈카미는 겨우겨우 그 자리를 수습하고 결핵 병동의 위생병을 데리고 나갔다.

단게는 가지가 웃으며 다가오는 것을 보자 그 역시 표정을 풀었다.

"내 나쁜 버릇이네. 손해 볼 줄 알면서도 일단 저지르고 마니 원."

"하지만 잘하셨습니다."

"잘한 걸까? 이 일로 원대 복귀가 한 달은 빨라졌어, 나도 이시이도."

이시이는 침대 위에서 머리를 감싼 채 웅크리고 있었다. 본국 송환이라는 이시이의 바람은 확실히 물거품이 되었고, 단게의 원대 복귀도 그리 멀지 않은 일이 된 것 같다. 위생병이 환자에게 망신을 당하고도 가만히 있을 리가 없다.

## 6

소독 가마의 철문을 열 때마다 가지는 옷을 비틀어 짤 정도로 흥건하게 땀을 흘렸지만, 창문으로 보이는 뜰의 포플러나무 가지가 짙은 녹색에서 거무스레한 색으로 변하기 시작한 것은 여름이 벌써 수명을 다하기 시작했다는 증거다. 8월에 접어들자 겨울에 쫓기고 있는 성질 급한 가을이 성마르게 여름이 물러가기를 요구한다. 포플러 잎의 뒤쪽이 석양을 받아 은색으로 반짝이는 것도 머지않아 떨어진다는 전조다.

단조롭게 반복되는 가지의 작업은 이따금 도쿠나가 간호사에 의해 숨통이 트인다. 소독할 옷을 들고 온 그녀와 서로 주위에 신경 쓰면서 이야기를 나눌 뿐이지만, 가지는 자신이 그녀가 오기를 기다리고 있다는 것을 깨닫고 자신의 마음에 가끔 의심이 들곤 한다. 전에는 미치코만이 독점했고, 지금은 미치코를 위해서 비워두고 미치코에 의해 채워질 마음의 빈자리에 시간이 숨어 들어와서 만들어놓은 장난일지도 모른다. 혹은 미치코가 풍기고 있던 온화한 분위기를 도쿠나가 간호사에게서 느끼려고 하는 덧없는 환상 탓일지도 몰랐다.

"뭘 쓰고 계세요?"

책상 앞에 앉아 있는 가지에게 도쿠나가 간호사가 물은 적이 있다. 고개를 들고 보았다가 무심코 움찔할 정도로 가까운 거리에 그녀의 얼굴이 있었다.

"……부인께 보내는 편지죠?"

가지는 고개를 끄덕였다. 보낼 수 없는 편지지만 벌써 몇 통이나 써놓았다. 도쿠나가 간호사에게 보내달라고 부탁해보려고 생각했던 적도 한두 번이 아니다. 미치코에게서는 편지가 오지 않았다.

미치코는 일주일이나 열흘에 한 번은 편지를 쓰고 있을 것이다. 원소속 부대가 사라져버렸기 때문에 가지 앞으로 오는 편지는 허공을 떠돌고 있으리라. 그렇게는 생각하지만 애타게 기다리는 마음은 점점 초조해진다. 그러면서도 이 병원의 부대 번호를 엽서에 써서 보내는 것을 가지는 삼가고 있다. 미치코는 바뀐 부대 번호를 보면 틀림없이 놀랄 것이다. 애를 태우면서 소재지를 찾아 헤맬 것이다. 불길한 억측에 시달릴 게 분명하다. 이미 회복되었으니까 상관은 없지만 미치코의 편지를 보지 못한 터라 불안한 마음을 누를 수 없다.

입원하기까지의 사정을 알릴 수 있는 방법이 없었다. 잘 납득이 가도록 쓰지 않으면 갑작스런 입원에 놀라서 미치코는 또 득달같이 달려올지도 모른다. 오기를 바라기는 했지만 30분 정도의 면회를 하고 난 다음에는 무정한 이별이 있을 뿐이다.

"뭐라고 쓰는 거예요?"

도쿠나가 간호사가 진지한 얼굴로 물었다.

"쓸데없는 참견이겠지만 여기가 병원이라고 쓰면 안 돼요."

"알고 있습니다."

가지는 막 쓰기 시작한 노트를 책상 서랍에 넣었다.

"아무것도 못 쓰겠군요, 사실에 대해서는."

"검열 때문에요?"

"그것도 그렇지만, 무슨 말을 써도 다 어정쩡한 거짓말이 되어버려서요."

도쿠나가 간호사는 다음 말을 재촉하듯 가만히 지켜보고 있었다.

"군인의 진짜 기분이란 것은 다분히 감상적이고 어정쩡합니다. 걱정시키고 싶지 않은 마음에 그렇게 써놓고는 괴롭고 외로워서 견딜 수 없다는 것을 알아주길 바라죠. 그리고 말입니다, 군대는 견딜 수 없다, 빨리 고향에 돌아가고 싶다고 생각하면서도 이렇게 병원에 입원하거나 하면 무작정 돌아가고 싶다고 생각하던 마음 대신에 가능한 한 여기에 오래 있으려고 하는 마음이 생기곤 합니다. 어차피 고향에는 돌아갈 수 없다고 포기하고 있기 때문이기도 하겠지만요."

"여기가 그렇게 좋은가요?"

가지는 애매하게 웃었다.

"그렇게 좋다고 할 정도는 아니지만……."

"정말 어정쩡하네요. 전쟁의 앞날이 암담하다고 하는데 여긴 엉망이에요. 할당받은 의약품이나 식료품을 군의관과 위생병이 한통속이 되어서 빼돌리고……."

"역시 그렇군요."

가지의 눈이 반짝이는 것을 보고 도쿠나가 간호사의 말투가 열기를 띠었다.

"환자를 사역에 동원하다니 말도 안 되는 일이에요. 자기들은 한가롭게 부채질이나 하고 있으면서."

"어디서나 제일 힘이 약한 자가 희생되게 마련이죠."

"모순이에요. 병원만은 깨끗한 곳이라고 생각했는데……."

"들어와보니 그렇지 않죠?"

그래요! 라고 말하듯 도쿠나가 간호사는 어린애처럼 고개를 끄덕였다.

"전쟁으로 부상당하거나 병에 걸린 사람은 참 불쌍해요. 자기가 가고 싶어서 간 길이 아니니까요. 그런 사람들을 위해 일하는 것은 참 훌륭한 일이라고 생각했어요. 그래서 간호사를 지원했는데, 제 생각이 안일했나 봐요. 육군 병원이란 곳이 진정으로 환자를 위한 곳인지 어떤지 모르겠어요."

가지는 그녀를 잠깐 바라보고 있다가 고개를 한 번 끄덕였다.

"맞아요, 여기도 좋은 곳은 아니죠. 하지만 전선 부대에 있던 사내에게 여긴 천국입니다. 특히 난 고슴도치처럼 늘 신경을 바짝 곤두세운 채 지냈으니까……."

"여기서는 훈련도 없고 내무생활이 그렇게 고되지 않기 때문인가요?"

"글쎄요. 거기에선 싫던 것들이 여기선 좀 덜하기 때문이겠죠. 게다가 거기엔 없던 것이 여기엔 있으니까요."

"……어떤 것이 있다는 거죠?"

"예를 들면 이렇게 당신과 이야기를 나눌 수 있는 것도 국경 부대에서는 상상도 할 수 없는 일이에요."

"……저 같은 게 무슨."

도쿠나가 간호사는 얼굴을 살짝 붉혔다. 가지는 의식적으로 이야기를 그쪽으로 가져간 것은 아니었지만 어쩐지 뻘쭘해져서 가마 쪽으로 갔다. 철문을 열 시간이기도 했다. 핸들을 돌리면서 힐끗 돌아보다가 도쿠나가 간호사가 똑바로 쳐다보는 시선과 마주쳤다. 이번엔 가지의 귓불이 빨개지기 시작했다. 가지는 당황해서 이미 닫혀 있는 증기 밸브를 다시 한 번 닫았다.

"떨어져 있어요. 열기가 뿜어져 나오니까."

가지는 철문을 열고 소독대를 끌어냈다. 산처럼 쌓여 있는 환자복과 신입 환자의 군복 바지에서 퀴퀴하고 습한 냄새가 코를 찔렀다. 도쿠나가 간호사는 곁으로 다가와서 가지를 거들기 시작했다.

"여기 있어도 괜찮습니까?"

가지는 나지막한 목소리로 물었다.

"안 될지도 모르죠."

얼굴도 들지 않고 그렇게 말하는 그녀의 속눈썹이 떨리고 있었다.

가지는 마음이 진정되지 않았다. 전장의 병사와 간호사라면 헤밍웨이의 소설처럼 이쯤에서 어떻게든 될지 모른다고 생각했다. 그러나 여기서는 어떻게도 될 수 없다. 며칠 혹은 몇 달이 지나면 가지는 병원을 나갈 것이다. 미치코가 애타게 기다리고 있는 곳이 아니라 필시 국경을 향해. 혹은 수송선을 타려고 대기하고 있는 부대를 향해. 그러면 가지와 도쿠나가 간호사는 영원히 안녕이다.

문이 조용히 열린 것을 알아챈 것은 도쿠나가 간호사 쪽이었다. 그녀의 몸이 갑자기 경직된 것을 느끼고 가지도 문 쪽을 보았다. 빼빼 마른 사와무라 부장의 검푸른 얼굴이 문 앞에 있었다.

"도쿠나가 간호사, 멋대로 자리를 비운 이유를 말해보세요!"

도쿠나가는 고개를 숙인 채 입술을 깨물고 있었다.

"이쪽으로 와요!"

간호부장은 그렇게 명령하고는 자기가 먼저 걸어왔다.

"이게 무슨 추접한 짓입니까? 백주대낮에, 그것도 근무시간에 밀회라니!"

"밀회?"

가지는 일하는 시늉만 하고 있던 손을 멈추고 돌아섰다.

"말씀 좀 드리겠습니다, 부장님. 추접한 짓 따위는 하지 않았습니다. 밀회도 하지 않았습니다. 도쿠나가 씨께는 제가 도와달라고 부탁한 것입니다."

"사역하는 환자가 간호사를 사역에 부려먹을 권리가 어디 있지? 그걸 사칭했으니 밀회로 간주해도 변명은 못할 거다."

"그렇습니까? 그런 논법이 있는 줄은 몰랐습니다."

가지는 도쿠나가 간호사 쪽으로 돌아섰다.

"도쿠나가 씨, 미안합니다. 공연히 도와달라고 해서."

"아니에요."

도쿠나가 간호사는 경직된 표정을 부장에게 향하고 있었다.

"가지 씨를 나무라실 건 없습니다, 부장님. 제가 멋대로 여기에 와서 멋대로 머물러 있었으니까요."

"변명은 필요 없어! 어서 나가!"

부장은 출입구를 가리켰다. 도쿠나가 간호사가 가지를 한 번 힐끗 올려다보고 가자 부장이 엄숙하게 말했다.

"가지 일등병, 간호 부장에게는 병사의 신분에 관한 권한이 없으니까 이번 일은 부장 군의관에게 보고하겠다."

가만히 응시하고 있는 눈이 가지가 애원하기를 기다리고 있는 것처럼 보였다.

가지는 메마른 목소리로 대답했다.

"마음대로 하십시오."

미즈카미 병장이 소독실 문에 기댄 채 반쯤 벌어진 입술을 더욱 꼴사납게 벌리고 히죽히죽 웃었다.

"젊은 간호사에게는 환자복을 세탁하거나 소독하는 일을 맡기는 게 좋겠어. 그걸 입는 사내를 돌보게 했다간 금방 야릇한 일이 벌어진단 말이야."

가지는 화가 나는 것을 참으면서 잠자코 있었다.

"넌 얌전해 보이는 얼굴을 하고 여자를 꼬시는 데는 선수야."

미즈카미는 계속 웃고 있었다.

"도쿠나가가 얼굴은 주근깨투성이이고 못생겼지만 몸매 하나는 죽여주지. 젊은 군의관이 자기 것으로 만들려고 호시탐탐 노리고 있지만, 그 자식 털끝도 못 건드린 모양이더군. 넌 어디까지 갔어?"

"병장님, 이제 그만하십시오."

미즈카미는 가지의 얼굴을 보고 착각했다.

"멍청한 놈! 간호사에게 홀려서 어쩌겠다는 거야? 네가 한껏 달아올

랐을 때쯤 목덜미가 잡혀서 끌려간단 말이야. 넌 또다시 총을 둘러메고 적진을 향해 돌진이라고."

그날 저녁 병실로 돌아온 가지는 단게에게 괌 수비대가 전멸했다는 소식을 들었다. 5일쯤 전에 보도된 것 같다고 한다. 불쾌하던 기분이 더욱 침울해진다.

단게의 옆 침대는 말끔히 치워져 있었다. 가지의 눈에 의아한 빛이 떠오른 것을 보고 단게가 말했다.

"이시이는 원대 복귀했어. 갑자기 명령이 떨어졌네."

가지는 이시이의 침대에 앉았다.

맞은편 가장자리에서 한 독보 환자가 시를 읊듯 중얼거렸다.

"다섯 자 침대, 지푸라기 이불, 이것이 우리가 꿈꾸는 자리."

구슬픈 가락의 노래다. 거기에 있던 사람들은 무심결에 귀를 기울이고 있었다. 한 환자의 원대 복귀가 여러 명에게 비애를 불러일으킨 듯했다. 아무도 가고 싶지 않은 것이다. 일단 가게 되면 살벌한 분위기에 쉽게 동화되는 사내도 떨어져 있으면 가고 싶지 않다고 생각한다. 어떤 사내도 천성적으로 살인을 직업으로 삼도록 되어 있는 것은 아니다.

"다음은 나야."

단게가 웃었다.

"군의관 새끼가 이젠 괜찮은 것 같다고 지껄이더군."

가지가 중얼거렸다.

"……내 차례일지도 모르죠."

금방이라도 검푸른 피가 솟구쳐 나올 걸 같은 사와무라 부장의 얼굴이 눈앞에 떠올랐다.

## 7

단게의 예상은 적중했다. 며칠 후 소독실에 나타난 단게가 군복 바지를 입고 있는 것을 본 가지는 드디어 때가 왔다는 것을 알았다. 가슴에 치밀어 오르는 느낌은 서운함보다는 비참함에 가까웠다. 인간과 인간의 만남과 헤어짐이 여기서는 모두 단지 한 조각의 명령서에 의해 이루어진다. 게다가 그 명령의 의미를 명령을 받는 자는 조금도 인정하려고 하지 않는다. 한 장의 전표로 발송되는 물건처럼 병사는 한 조각의 명령서로 지옥에까지 보내진다.

가지는 아쉬운 듯 중얼거렸다.

"당신과는 좀 더 많은 이야기를 나누고 싶었는데……."

"난 우리가 또 어딘가에서 만날 수 있을 것 같은 생각이 들어."

단게가 이를 드러내 보이며 웃었다.

"어차피 같은 방면으로 가게 되겠지. 만나지 못할 거라고 정해진 것도 아니고."

"당신이라서 이별의 말은 아무것도 못하겠네요."

가지는 단게의 손을 잡고 말했다.

"또 만날 날이 있을 것이라고 맹목적으로 믿을 수밖에요."

"도쿠나가 씨에 대한 일은 알고 있나?"

단게가 뜬금없이 물었다. 도쿠나가 간호사와는 그날 이후 아직 한 번도 만나지 못했다. 환자들 사이에서는 담당 병동이 바뀌었다는 소문이 돌았다. 그 일이 걱정되어서 오지 않는 것이라면 어쩔 수 없다고 생각하고 있었다.

"미즈카미 병장이 한 말이니까 거짓말은 아닐 거야. 내 부대 근처에 있는 분원으로 파견된다고 하더군. 출발도 같이 할 거라고 들었어."

가지는 스산한 바람이 가슴을 뚫고 지나가는 듯한 기분이 들었다. 예상치 못한 일이었다. 젊은 여자가 다른 누구도 아닌 자신의 시답잖은 감상 때문에 외딴 주둔지로 쫓겨 가게 된 것이다.

가지는 당황한 기색을 감추고 말했다.

"하다못해 중간까지라도 당신과 함께 가니 다행이네요."

사와무라 부장에게 그녀를 쫓아내지 말고 날 쫓아내라고 덤벼들고 싶었다. 그러면 사와무라 부장은 검푸른 얼굴이 딱딱하게 굳어서 이렇게 말할지도 모른다. 가지 일등병, 성급하게 굴지 마. 너도 조만간 최전선 부대에 배속될 테니까. 알았나?

"참견하는 것 같지만, 그녀와 무슨 일이라도 있었나?"

단게가 물었다.

"차라리 있었으면 좋겠습니다. 어차피 이렇게 될 거였다면."

가지는 허공을 향해 도전하는 듯한 눈빛을 보냈다.
"무슨 일이 있었다면 그녀가 모욕당하는 꼴만은 면했겠죠."
단게는 가만히 고개를 끄덕였다.

도쿠나가 간호사는 그로부터 약 한 시간쯤 지나서 왔다. 가지가 소독 가마의 철문을 닫고 있을 때였다. 등골에 통증 비슷한 느낌이 전해진 것은 그만큼 감정이 상처를 입었기 때문이다.
가지가 돌아보면서 먼저 말했다.
"알고 있습니다. 그동안 신세만 지고 해드린 게 아무것도 없네요."
"괜찮아요."
여자가 덧니를 보이며 웃었다.
"마찬가지예요, 제가 나가도. 어차피 한번은 헤어져야 하는걸요."
가지는 창백한 표정으로 서 있었다. 말이 나오지 않았다. 어지러운 미음이 웅성거릴 뿐이다. 힌끼빈에 다 말해버리거나 그렇지 잃으면 한마디도 할 수 없을 것 같다. 여자가 더 침착했다.
"또 뵐 수 있겠죠?"
"……만나게 될 겁니다."
가지는 그제야 살짝 웃었다.
"단게가 그렇게 말했습니다. 저는 무조건 믿습니다, 만나고 싶은 사람은 만나게 된다고."

3분 후에는 소독실이 큰 관같이 느껴졌다. 가지는 실내를 정신없이 돌아다녔다. 주먹을 꽉 쥐고 누군가의 얼굴에 강편치를 날리고 싶었다. 복도로 뛰어나가서 고래고래 소리를 지르고 싶었다. 뭐가 어쨌다는 거냐, 이 새끼야! 병사들은 잘 들어라, 너희들은 공기를 들이마시는 것조차 허용되지 않았단 말이다!

가지는 긴 나무의자를 발로 차서 쓰러뜨렸다. 증기 밸브를 활짝 열어둔 채 가마 철문을 열었다. 과열된 수증기는 처음엔 무색투명하게 흘러나오다가 이윽고 옅은 안개를 펼치며 서서히 짙은 우윳빛의 진한 구름으로 변하더니 실내를 가득 채웠다.

가지는 가만히 서 있었다. 온도와 습도가 급격하게 올라가 비지땀이 흐르기 시작했다. 괴이한 행위에 기분이 좋았다. 벌을 내리는 것이다. 비정한 환경과 그것에 굴복한 자신에게. 어리석다는 것은 이미 알고 하는 짓이었다.

미즈카미 병장은 문을 여는 것과 동시에 뛰어 들어왔다. 가마가 폭발한 줄 알았던 모양이다. 연기 사이로 가지가 서 있는 것을 보자 뛰어 들어와서 철문을 닫고 창문을 열었다.

"야 이 새끼야, 미쳤어?"

"……미쳤습니다, 미즈카미 병장님."

가지는 창으로 흘러나가는 구름의 꼬리를 쳐다보면서 말했다.

"제 배속부대를 빨리 정해달라고 인사과에 연락해주십시오."

## 8

가지의 전속은 좀처럼 결정되지 않았다. 세상일이란 모두 그런 것일지도 모른다. 원할 때는 주어지지 않고, 원하지 않을 때 주어진다.

하기야 가지가 전속 자체를 원한 것은 아니다. 본과병으로서의 부대 내 생활이 어떤 것인지는 뼈에 사무칠 정도로 알고 있다. 가지는 단지 변화를 원했을 뿐이다. 단게도 도쿠나가 간호사도 한꺼번에 떠나고 난 뒤의 공허하고 따분한 침체를 단숨에 바꿔보고 싶었을 뿐이다.

미즈카미 병장은 가지가 미치광이 같은 짓을 저질렀어도 여전히 그를 소독실 사역병으로 부려먹었다. 초년병인 일등병은 부려먹기가 수월하고, 원대가 사라져버린 병사는 정말 편리한 사역병이기 때문이다. 가만히 놔두어도 언젠가는 인사과에서 가지의 행방을 정할 것이다. 그때까지는 실컷 부려먹겠다는 심산이다.

가지의 공허함은 미치코의 편지에 구원받았다. 편지는 광대한 지역을 돌고 돌아온 것이 틀림없다. 늦은 날짜의 편지가 속속 도착했다. 가지는 직성이 풀릴 때까지 읽고 또 읽고 나서 오랜만에 미치코에게 답장을 썼다. 그런데 이상했다. 마음은 넘치는데 시간이 너무 많이 흐른 탓인지 감정이 좀처럼 글자에 실리지 않는다. 담담한, 오히려 쌀쌀맞게 느껴지는 글밖에 되지 않았다. 곧이어 미치코에게서 이 병원 부대 앞으로 첫 편지가 도착했다.

걱정시키지 않으려고 마음을 쓰는 것이 도리어 더 크게 걱정시키는 일이라는 걸 당신은 아직도 모르느냐고 미치코는 원망하고 있었다. 아픔도 괴로움도 함께 나눠 갖겠다는 맹세는 감미로운 사랑에 취해 있을 때만 하는 실없는 소리는 아니었다고 미치코는 말하고 있는 것이다. 가지는 일찌감치 알려주지 않은 것을 조금 후회했다. 알려주지 않을 거였다면 끝까지 알려주지 않는 편이 나았을지도 모른다.

 ……저는 아무것도 하지 않고 있으면 정신이 이상해질 것 같아서 사나흘 전부터 산에 있는 광부 진료소에서 진료 전표를 정리하기도 하고 이따금 간호사도 거들어주고 있어요. 임시로 하는 일이라 곧 끝날지도 모르지만, 광부들 일로 당신이 몇 번이나 이 진료소에 드나든 덕분에 여기 사람들은 당신을 잘 기억하고 있답니다. 만주인 의사인 세 선생은 당신하고는 끝내 인사할 기회가 없었던 것 같지만 당신이 여기서 하신 일에 대해서는 잘 알고 계세요. 가지 씨는 종종 이런 표정을 하고, 이런 모습으로…… 하고 당신 흉내를 제법 잘 내면서 저를 웃겨주신답니다. 그리고 가지 씨는 틀림없이 건강하게 돌아올 겁니다, 라고 말씀해주시죠. 저 외에도 당신이 돌아오기를 기다리는 분이 많아요. 더구나 동문동종同文同種이라고는 하지만 나라가 다른 사람들 중에, 그리고 당신하고는 아직 인사한 적도 없는 사람들 중에 말이에요. ……저는 당신을 그리워하면 그리워할수록 당신 얼굴이 떠오르지가 않아요. 왜 이럴까요? 병영의 거처방에서 헤어졌을 때 초구를 걸친 당신의 모습과 땀을 흠뻑 흘리던 당신의 창백한 얼

**굳이 지금은 아픔이 되어 가슴속에서 떨어지질 않아요……**

그래. 사랑의 기억은 가슴속의 아픔으로밖에 남지 않는다. 편지를 주고받는 것은 아픔에 손을 대고 그 아픔을 계속 확인하는 것에 지나지 않는다. 아픔을 달랜다. 상처를 들여다본다. 치유될 날을 안타깝게 기다린다. 그동안은 결코 지루하지 않다.

시간이 흐를수록 전황은 더욱 불리해졌다. 대륙 북방의 한 지점까지 살필 줄 아는 자의 귀에는 그 불길한 우레 소리가 들리는 것 같았다.

미얀마의 일본군이 궤멸했다는 보도는 일본의 패배가 동남방의 바다 위에서 뿐만 아니라 지상 전투에서도 각 방면에서 불길한 운명의 절박감을 느끼게 했다. 그로부터 일주일 후에 미군이 몰로타이와 페리류 두 섬에 동시에 상륙한 것은 필리핀에서의 처참한 결전이 마침내 시작되었다는 전주곡이었고, 실제로 그것은 시작되었다.

깊어진 가을 사이로 어느새 겨울의 징조가 나타나기 시작했다. 포플러나무는 잎을 떨구고 가지만 앙상하다. 아침저녁으로 차가운 바람이 슬슬 잔인한 칼날을 품기 시작했다.

가지는 전쟁의 우울한 발자국 소리가 차츰 다가오는 것을 느끼면서 소독실 사역에 여념이 없었다. 만약 미군이 필리핀을 그대로 통과해서 타이완을 공략한 뒤 중국 본토에 항공 기지를 세우는 작전을 택했다면 만주에 있는 사단에는 틀림없이 대규모 동원령이 떨어졌을 것이다.

입원 환자의 운명도 어떻게 바뀌었을지 모른다. 하지만 실제로는 미군의 주력부대가 필리핀을 공략하고 있었기 때문에 그곳에서 수천 마일이나 떨어져 있는 이곳의 일개 사역병인 가지 일등병은 지금 자신에게 주어진 병원 사역에 만족하고 있는 편이 국경 부대 혹은 위수 부대로 전속되는 것보다 훨씬 안전하다고 새삼 생각하고 있었다. 필리핀 결전에서 아군이 흘리는 피의 대가로 이곳에서는 사랑하는 여자의 편지를 몇 번이나 되읽고 마음을 펜에 의지하여 써서 보내는 기쁨을 맛보고 있는 것 같았다.

……체력은 완전히 회복되었어. 앞으로 300그램만 불리면 원래 몸무게가 돼.

그날 가지는 소독실 책상에 앉아 미치코에게 그렇게 편지를 썼다.

난 매우 만족하고 있어. 적당한 운동과 충분한 급여. 이 방 창문에서는 벌거숭이가 된 포플러나무의 우듬지와 잿빛 하늘만이 보여. 밖은 벌써 추워졌지만 소독실 안은 따뜻해. 아마도 이 병원에서는 여기가 가장 따뜻할 거야. 생각할 시간도 상상할 시간도 충분해. 다시 말해서 당신이 실제로 당신 눈으로 날 본 그 무렵에 비하면 내 모습은 하늘과 땅 차이라고 할 수 있을 거야.

절대적으로 부족한 것도 여기서는 상상으로 얼마간 보충할 수 있어. 마치 당신이 그렇게 하고 있듯이 여기서도 그렇게 할 수 있지. 이제 우리는 서로가 충분히 상상력을 단련했으니까······.

문이 열리고 미즈카미 병장이 들어왔다. 반쯤 벌어진 입술이 조금 거북살스럽게 일그러져 있었다.

"가지, 사무실로 가 봐."

미즈카미는 용무가 있어서 부탁할 때는 가 달라고 말하는 사내다. 가 보라는 명령조의 말이 이상하게 들렸다.

고개를 들자 조심스러운 목소리가 마치 차가운 물처럼 쏟아졌다.

"너한테 전속 명령이 내려왔다. 언젠가 네가 원했었지?"

가지는 느릿느릿 일어나서 바보처럼 멍청하게 웃었다. 손가락만이 저 혼자 움직이면서 쓰다 만 편지를 천천히 찢고 있었다.

## 9

막사는 광야를 건너가는 북풍이 몰아치는 국경 마을의 변두리에 있었다. 국경 마을이라고는 하지만 유행가 가사에 종종 나오는 것처럼 로맨틱하지는 않다. 먼지가 자욱하고 싸늘하다. 시정詩情이니 감상이니 하는 것 따위와는 거리가 멀다. 흙먼지를 뒤집어쓰고 도로를 따라 늘어서 있는 민가는 다소나마 주둔부대에 의존하고 있겠지만, 병사들을 상대로 은밀한 장사를 하는 장사꾼 외에는 사람들이 뭘 갖고 생계를 꾸리는지 짐작조차 할 수 없을 정도로 삭막하고 활기가 없는 마을이었다.

민가도 거의 전부가 그렇지만 막사 건물은 추위를 이길 수 있도록 벽이 두껍고 창이 작았다. 내부는 창고처럼 어두컴컴하고 음산하다. 그 안에서의 생활에 유쾌한 단면이 있으리라고는 도저히 생각할 수 없는 분위기다.

전속 신고를 마치고 거의 사흘 동안 가지를 상대해주는 이는 아무도 없었고, 가지 역시 누구에게도 말을 걸려고 하지 않았다. 건물 크기에 비해 병사의 수가 적은 것은 병사들을 감시 소대나 분초로 내보내고 있기 때문이라고 가지는 자신의 경험에 비춰 판단할 수 있었다. 병사가 적으면 그만큼 귀찮은 일이 적게 마련이다. 아무도 상대해주지 않는 편이 오히려 지내기에는 편하다.

이따금 내무반에서 다른 병사들이 못마땅한 시선을 보내는 것을 느끼지만 가지는 모른 척했다.

사흘째 되는 날 오후, 내무반의 병사들이 거의 나가고 없을 때 간부 후보생 하사가 들어와서 가지 옆에 있는 테이블에서 무언가를 쓰기 시작했지만 마음이 진정되지 않는 사내인 듯 자꾸 들락날락했다. 그리고 그럴 때마다 같은 노래를 되풀이해서 불렀다.

"잘 있거라, 라바울이여, 다시 올 때까지, 잠시 이별의 눈물을 흘린다……"

노래 가사는 그것밖에 모르는 모양이다. 하기야 가지는 이 노래의 가사를 전혀 몰랐다. 일본군이 고립무원이 되었을 라바울에서 철수했는지 어땠는지도 모른다. 만약 성공적으로 철수했다면 잠시 이별의 눈물이 아니라 기쁨의 눈물을 흘렸을 것이다. 그것은 충분히 상상할 수 있는 일이다.

"너, 병원에서 퇴원한 거야?"

느닷없이 그가 물었다.

"그렇습니다."

"땡 잡았네. 원대는 동원되었지?"

"그렇습니다."

"잘 있거라, 라바울이여…… 난 특수 교육을 받으러 가게 됐어. 대전차 육탄공격의 요령이라는 거지…… 랄라라라라, 다시 올 때까지 잠시 이별의 눈물을 흘린다……. 넌 동계훈련에 참가하지 않겠지?"

"모릅니다."

"참가하면 넌 1선발인 모양이니 다음엔 2선발 정도로는 진급할 수 있을지도 모르지만, 참가하지 않으면 영원히 후송 갔다 온 일등병일 뿐이다."

가지는 잠자코 있었다.

"그래도 편한 보직을 맡는 게 낫겠지?"

"아무 거나 상관없습니다."

"응? ……음. 아무 거나 상관없단 말이지. 어느 쪽이 너한테 득이 되는지는 해보지 않으면 모르긴 해."

그러더니 또 노래를 불렀다.

"과연 그 남자와 그 처녀가 말했네……. 넌 약졸은 아닌 것 같지만, 약졸이 되는 편이 득일지도 몰라. 나처럼 대전차 육탄공격의 전문가가 될 일 따위는 없을 테니까."

간부후보생 하사는 반은 분별 있게, 나머지 반은 다소 자랑스러움이 담긴 어조로 말하더니 껄껄껄 웃었다.

"인사계에 말해줄까? 뭐든지 편한 당번 근무를 맡겨달라고. 병원에 후송 갔다 온 자는 내무반에 있어봐야 별로 좋은 꼴을 못 봐."

가지는 그의 마지막 말만은 진지하게 들었다. 확실히 병원에 후송 갔다가 전속되어 온 자는 편한 꼴은 못 볼 것이다.

간부후보생 하사, 경박한 쾌활함과 약간은 허무한 느낌을 주는 그 사내가 변덕을 일으켜서 중대 인사계에 어떤 식으로 말했는지는 모른다. 아니면 아무 말도 하지 않았을지도 모른다. 그날 이후 가지는 그 하사에게 말을 건넨 적도 없었고, 상대도 가지 따위는 의식하지 않는 것처럼 보였다.

며칠 후 주번 하사관이 가지를 불렀다.

"넌 내일부터 장교 관사의 당번으로 가라. 내일 아침 9시에 전임자에게 인계를 받을 것. 관사는 스미노쿠라 중위님의 관사다. 알았나?"

## *10*

관사 당번은 대개 얌전하고, 생기가 없고, 빈둥거리는 병사가 많이 맡는다. 가지는 딱히 얌전하지도 않고, 전력도 관사 당번으로는 부적합하지만, 후송 갔다가 전속되어온 병사는 군대의 통념상 쓰레기 같은 존재이므로 중대 인사계는 그를 당번으로 돌리고 전임자를 동계 훈련에 참가시키기로 결정한 듯하다.

가지도 거기에 대해서는 아무런 감상이 없었다. 마구간 당번에 걸려서 말 엉덩이나 닦아주는 것보다는 나을지도 모른다.

스미노쿠라 중위의 관사를 담당하던 전임 당번도 가지와 마찬가지로 일등병이었는데, 가지가 교대하러 온 것을 보자 처음에는 불쾌한 표정을 지어서 가지를 당황하게 했다. 퉁명스럽게 굴며 제대로 인계도 해주지 않는다. 가지는 세세한 주의 사항에 대해 꼬치꼬치 묻고 있는 동안 그가 자기 때문에 동계훈련에 참가하게 된 것을 원망하고 있다는 것을 알았다. 무리도 아니다. 뼛속까지 얼어붙는 혹한 속에서 20일 동안이나 이어지는 훈련은 싱글벙글 웃으면서 받아들일 수 있는 성질의 것이 아니다.

그래도 결국에는 체념한 듯 그는 복귀할 때 가지를 뒤뜰로 불러서 이렇게 말했다.

"여기 사모님은 의심이 많아서 뭐든 없어지면 당번 책임으로 돌리니까 조심하게. 중위님의 누이동생은 굉장한 미인이야. 그런데 또 굉장한

왈가닥이지. 무슨 생각을 하고 있는지 도무지 모르겠어. 그렇지만 않으면 발이라도 핥아주고 싶을 정도지만……"

가지는 웃었다.

"중위님은?"

"장교야."

당연한 걸 묻느냐는 듯한 말투였다.

"네가 만약 당번 근무로 장교에게 인정받겠다고 생각하고 있다면 집어치우는 게 나을 거야. 당번병 따위는 하녀만도 못하니까."

가지는 이번엔 다른 의미에서 웃음을 머금었다.

"그래도 동계훈련보다는 낫겠지?"

"그야 뭐, 그야 그렇겠지만……"

가지는 스미노쿠라 중위의 부인에게서 그날 당장 첫 잔소리를 들었다. 목욕물을 데우는 데 장작을 너무 많이 쓴다는 것이었다. 장작은 뒤뜰에 산처럼 쌓여 있었고, 석탄을 보니 습기를 먹은 분탄이 섞여 있어서 단시간에 불을 지피기 위해 장작을 넉넉하게 썼을 뿐인데 이것을 보고 시국이 어떻게 돌아가고 있는지도 모르는 바보라는 것이었다.

"그러니까 언제까지나 상등병이 되지 못하는 거죠."

여자치고는 턱이 너무 발달한 하얀 얼굴을 가지는 아궁이에 쭈그리고 앉아서 올려다보았다. 많아야 20대 중반이지 싶다. 젊고 싱싱한 피부는 틀림없이 당번병 덕분에 트거나 상하지 않을 수 있었을 것이다.

"다음부터는 절약하겠습니다, 사모님."

"나중에 장작을 절약했더니 물이 잘 데워지지 않는다는 말 따위는 하지 마세요."

부인은 못을 박았다.

"우리 집에선 머릿수만 채우면 되는 군대식 일처리는 통하지 않으니까 무슨 일이든 성의를 갖고 해주세요. 그러면 나도 알아서 편의를 봐줄 테니까요."

가지는 잠자코 복종했다. 그날 이후 가지의 입에서는 거의 "네."와 "알겠습니다."라는 말만 나왔다. 겉으로 보기에는 근면했다. 할 일을 남겨두거나 잘못을 저질러서 야단맞는 일도 없었다. 순서에 맞춰서 착착 일을 해나간다. 하지만 그렇게 아침부터 밤까지 묵묵히 일하는 것은 부인이 말하는 '성의'를 보이기 위해서가 아니었다. 반대로 부인이나 중위의 여동생인 가쿠코에게 잔소리를 듣거나 이것저것 시키는 잔심부름을 피하기 위해서는 스스로 계속 일을 찾아내거나 만들어내서 하는 것이 가장 효과적이라고 깨달았던 것이다.

"말이 없고 무뚝뚝한 병사지만 일은 잘해요."

부인이 중위에게 하는 말로 봐서는 당번병에게 만족하고 있는 듯했다. 옆에서 가쿠코가 아름다운 얼굴을 갸웃거리며 말했다.

"속마음은 모르겠어요. 순종적으로 보이긴 해도……."

"왜, 뭐가 수상해?"

중위는 아내와 여동생을 똑같이 번갈아 보았다.

"저자가 전 소속 중대에서는 요주의 인물이었다곤 하는데……."

"뭐가 어떻다는 건 아니지만, 속으로는 우릴 경멸하고 있는 것 같지 않아요? 난 그 정도는 배알이 있어야 더 재미있긴 하지만."

"뭐가 재밌어?"

중위는 눈동자를 굴려서 여동생을 흘겨보았다.

"중위의 가족을 당번 일등병이 마음속으로 경멸하는 게 재밌다는 거냐?"

"뭐, 글쎄요. 우리가 월급을 주고 고용하는 사환은 아니니까요. 오라버니도 대대장이나 중대장한테 명령을 받으면 뭐야, 이 자식 하고 생각할 때가 있지 않나요?"

"명령은 명령이야. 난 그런 생각은 안 해."

"생각할걸요?"

여동생은 소리 내어 웃었다.

"생각해서는 안 된다고 생각하고 있을 뿐이죠."

"잘 들어라 가쿠코."

중위는 정색했다.

"네가 심심하다고 해서 장교의 가족으로서 지켜야 할 체면을 잊어서는 안 된다. 당번병에게는 친절하게 대해. 하지만 기어오르게 해서는 안 돼. 알았니?"

"친절하게 대해주지도, 기어오르게 하지도 않을 거예요. 반대예요. 내 말은 그런 녀석을 제대로 부려먹을 수만 있다면 재밌겠다는 거예요. 네, 사모님. 알겠습니다, 아가씨. 그렇게 하겠습니다, 아가씨. 하지만 그자는 속으로는 그렇게 생각하지 않는다고요."

가지는 근무시간을 아무 사고 없이 보내는 것이 최선이라고 생각하고 있다. 당번병은 관제 머슴이다. '상관의 명은 곧 짐의 명으로 생각하라'는 것은 병영 안에서만의 일이 아니었다. 당번병은 상관의 사적인 용무는 물론 그 가족의 사적인 용무까지도 처리해주어야 한다.

그러나 이것은 이미 군대가 금과옥조로 여기는 '칙유勅諭'의 정신에서도 벗어난 것이다. 직업군인으로서 국가에서 보수를 받고 있는 인간에게 국가로부터 병역의 의무만이 지워진 인간이 머슴으로 무료봉사한다. 이런 바보 같은 이야기가 어디 있단 말인가. 장교의 어떤 점이 훌륭하다는 것이냐? 권력기관의 기생충 같은 놈들! 마음속에서는 확실히 그런 불온한 생각이 항상 검은 파도처럼 일렁이고 있다. 그것을 며칠 만에 느꼈다면 가쿠코라는 여자도 둔하지만은 않다.

스미노쿠라 부인은 가지를 '당번'이라고 부른다. 습관이 되어버린, 지극히 사무적인 호칭이다. 악의가 없는 대신 호의도 없다. 계급의 우월감만이 느껴지는 목소리다. 중위 부인은 일등병보다 무조건 위대하다. 여자가 중위와 법률상의 절차를 밟고 한 이불에서 자게 되면 일등병보다 무조건 위대해진다는 것이 도대체 무엇에 근거를 두고 있는지, 그런 것은 생각해보지도 않았다. 뒤집어 말하면 그녀는 대위의 부인 앞에서는 절대로 고개를 들 수 없는 것에도 거의 저항감을 느끼지 않는다. 느낀다 해도 남편을 섬기는 아내의 책무 속에 별다른 어려움 없이 해소해버리고 있다.

중위의 여동생은 꼭 그렇지만도 않다. 중위의 여동생은 자신이 중위의 아내와는 별개의 이질적인 단위라는 것을 자각하고 있는 것 같다. 하지만 병사와 동등하지 않다는 것도 자부하고 싶어 한다.

그날 가지가 집 안 마루의 걸레질을 마치고 뒤뜰에서 장작을 패고 있을 때 울타리 너머로 이웃 관사의 당번이 말을 걸어왔다.

"이봐, 오늘 아침에 우리 중위님이 말씀하셨는데, 필리핀에서의 전황이 여의치 않아서 우리 부대도 내년엔 출동할지 모른대. 정말로 그렇게 될까?"

가지는 머리 위로 치켜든 도끼로 단단한 장작을 둘로 쪼개고 나서 대답했다.

"출동할 일은 없을 거야."

"너희 중위님이 그렇게 말했어?"

"아니, 내 생각이야."

"뭐야, 네까짓 게 무슨……."

상대가 실망한 표정을 짓는 것을 보고 가지는 웃었다.

"내 말이 우습게 들려?"

"그런 건 아니지만……."

"필리핀으로 끌고 간다면 어떻게 갈까? 도보나 열차 수송으로는 어림도 없는 곳이야. 바다 위는 적들뿐이라 수송선단은 나무아미타불이지. 그런 바보 같은 짓은 하지 않을 거야. 이것이 첫 번째 이유."

상대는 고개를 끄덕였다.

"만주의 북쪽 끝에서 남쪽 섬까지 이동하는 동안 그곳 상황이 종료될지도 모르잖아? 이것이 두 번째야."

"그리고?"

가지는 말할까 말까 망설이며 장작을 또 하나 세워놓고 쪼갰다.

"이 두 가지는 꼭 그렇다고만 말할 수 없는 경우도 있겠지만, 너, 혹시 신문 보냐?"

"가끔 사모님 몰래 보긴 하는데, 왜?"

"요전에 나왔잖아? 스탈린이 일본을 침략국으로 간주한다고 연설한 내용 말이야."

"못 봤는데, 그게 어쨌는데?"

"일본과 소련은 중립 조약을 맺고 있었어. 평소 같으면 상대국에 대해 그런 식으로는 말하지 않을걸? 그렇게 말했다는 건 중립 조약이 곧 무용지물이 된다는 거 아니겠어?"

상대는 또다시 고개를 끄덕였다.

"결국엔 필리핀은 물론 이쪽도 위태로워진다는 거지."

가지는 잿빛의 우울한 겨울 하늘을 올려다보았다. 단게 일등병은 스탈린의 연설을 어떻게 받아들였을까? 수천 킬로미터에 달하는 평온한 국경선에 단 한 명의 사내가 한 말이 무서운 암운을 드리우고 있는 듯했다.

"결국엔 그럼 국경에서 전투가 개시될지도 모른다는 말이지?"

"……그게 무서워서 여기 부대가 움직이지 않을 거라는 거야. 하긴 태평양 쪽이 갑자기 바빠진다면 어떻게 될지 모르지. 그렇게 되면 어디나 마찬가지야. 남쪽에서 치고 올라오면 북쪽에서 밀고 내려오겠지. 전부 안녕이라고."

"아이고야, 부디 살려줍쇼."

이웃 당번병은 가슴속까지 얼어붙은 듯 소름 돋은 얼굴을 힘없이 흔들었다.

"당번병은 장교의 가족을 본국까지 호송하고 제대시키라는 명령은 내리지 않겠지?"

가지는 소리 내어 웃었다. 그 웃음 속으로 야무진 여자의 목소리가 들어왔다.

"당번병!"

복도의 작은 창문을 열고 이목구비가 뚜렷한 가쿠코가 내다보고 있었다.

"구두 좀 내와요."

구두는 아침에 닦아서 현관 신발장 위에 올려놓았다. 그것을 내려서 신으면 된다.

손이 없습니까? 거친 말이 목구멍까지 치밀어 올랐다. 가쿠코의 눈이 장난스럽게 반짝이며 가지의 반응을 지켜보고 있는 가운데 가지는 도끼를 크게 휘둘러서 장작에 내리찍고 현관으로 돌아갔다.

가쿠코는 툇마루에 서 있었다. 바로 옆에 신발장이 있고, 그 위에 그녀의 구두가 놓여 있다. 가지는 구두를 내려서 놓아주었다. 그녀는 예뻔 발을 구두에 넣고 말했다.

"묶어요."

가지는 웅크리고 앉아서 신발 끈을 묶었다. 날씬한 다리가 눈앞에 있었다. 그것이 아름다운 만큼 노여움과 비참함이 더욱 가슴속에서 꿈틀거렸다.

"문 열어요."

여자는 하얗고 매끄러운 턱으로 말했다. 가지는 문을 열었다. 가쿠코는 밖으로 나와서 도발하는 듯한 눈초리로 웃었다.

"여자의 신발 끈을 묶어본 게 처음이죠?"

가지는 모호한 말로 대답을 피했다.

"또 시키실 일 없습니까?"

"있어요."

여자의 눈은 더욱 도발하는 듯한 빛을 띠었다.

"목욕탕에 양말을 내놓았으니까 빨아놔요."

"알겠습니다."

가지는 살결이 고운 여자의 얼굴을 똑바로 쳐다보고 있었다. 군대의 계급 따위는 형식에 지나지 않습니다, 아가씨. 이제 얼마 안 있으면 당신네들이 가부좌를 틀고 있는 질서는 뿌리부터 뒤집혀버릴지도 모릅니다. 그땐 결국 직책이 낮은 자들만 남는 겁니다. 당신네들 중에 누가 남을까요?

여자는 엄격한 표정으로 쏘아보았다. 겁쟁이! 할 말 있으면 해봐! 말하면 다시 평가해주지. 말하지 못할 것 같으면 무슨 일이든 얌전하게 하란 말이야!

가쿠코가 나가고 나서 채 5분도 지나지 않아 스미노쿠라 중위의 부인이 가지를 불렀다.
"당번! 당번!"
가지는 안고 있던 장작을 그 자리에 내던지고 부엌문으로 갔다.
"당…… 아아, 잠깐 묻겠는데 당신이 여기 걸레질했죠?"
"했습니다."
"이 선반 위에 5엔짜리 지폐가 한 장 있었는데 어디로 치웠죠?"
"모릅니다. 보지 못했습니다."
"보지 못했다고? 이상하군요. 여길 치운 사람은 당신밖에 없는데……."
"아가씨가 아시지 않을까요?"
"가쿠코 아가씨였으면 나한테 말했겠죠."
가지는 여자의 눈이 의혹으로 탁해진 것을 보았다.
"정말 짜증나. 어떻게 당번이 바뀔 때마다 이런 일이 생기지?"
"그러니까 제가 그 돈을 어떻게 했다는 말씀이십니까?"
가지는 음성을 낮추고 물었다. 날카로운 음성이 되돌아왔다.
"닥쳐요! 뭐죠, 그 얼굴은? 모르냐고 물었을 뿐이에요!"
"모른다고 대답했습니다."
"이상하군요! 당신이 모르면 누가 안다는 거죠? 좋아요. 이만 됐어요. 가서 일 보세요. 이런 일을 남편한테 말하고 싶지는 않지만, 있던 것이 없어졌으니 역시 말해야 되겠지요."

가지는 얼굴이 창백해지는 것을 느꼈다. 말이 나오려는 것을 참으려고 했지만 이미 늦었다.

"의심하시는 것은 사모님의 자유이지만 의심받는 쪽은 곤란합니다. 저는 일등병으로서 고작 15엔 정도의 월급을 받지만 5엔이나 10엔에 연연해하지는 않습니다. 저는 군대에 오기 전에 근무하던 회사에서 지금도 중위님보다 많은 월급을 받고 있습니다. 그 점에 대해서는 앞으로도 기억해주시기 바랍니다."

쿵 하고 뒤꿈치를 울리고 가지는 뒤뜰로 나갔다.

바깥의 차가운 공기를 맡고 나서야 태도가 너무 도전적이지는 않았는지, 개운치 않은 후회를 느꼈으나 몸속에서는 분노로 독기를 띠게 된 피의 소용돌이가 좀처럼 잦아들지 않았다. 고참병에게 시달리듯 여자에게 시달리는 것은 참을 수가 없다. 중위가 돌아오면 여자의 고자질을 곧이곧대로 믿고 시시비비도 가리지 않고 가지에게 벌을 주지는 않을까? 그렇게 당할 바엔 차라리 과감하게 부인의 가면을 벗겨버릴까?

가지는 장작을 정리하면서 차츰 각오를 다졌다. 어차피 입원 이후 편력遍歷의 침로는 키를 잃어버렸다. 어디에서 난파된다 해도 막아낼 길이 없다면 두려움에 떠는 것만큼 꼴사나운 모습도 없다고 해야 할 것이다.

# 11

"당신은 그런 말을 듣고도 잠자코 있었단 말이야?"

스미노쿠라 중위가 아내를 험악한 눈빛으로 보았다. 밥상 위에서는 두 병째 술병이 비워지고 있었다. 술은 보급품을 임의로 집어온 것이 틀림없다.

"……훔쳤다는 증거가 없는데 어떡해요?"

그녀는 분하다는 듯 입술을 일그러뜨렸다.

"어쩌면 당번이 말한 것처럼 정말로 가쿠코 아가씨가 가지고 갔는지도 몰라요……."

"알았어. 내가 말하는 건 그런 게 아니야."

중위는 빈 술병을 기울여보고 소리쳤다.

"당번! 술 가져와!"

가지는 부엌에서 그 목소리로 판단했다. 중위는 기분이 좋지 않다. 술도 평소의 정량을 넘겼다. 오늘 밤엔 아직 본 적이 없지만 난폭하게 굴지도 모른다.

"찬 것도 괜찮아. 얼른 가져와!"

가지는 술을 가지고 갔다. 복도에 무릎을 꿇고 앉아 방 안으로 들이민다. 술을 받아서 따르는 것은 부인의 역할이다. 뒤돌아 앉은 채 하얀 손을 뒤로 뻗어 술병을 받았다. 그러고 나서 이번엔 하얀 얼굴을 옆으로 돌리고 말했다.

"이제 됐으니 물러가요."

가지는 물러났다. 중위가 부인에게 하는 말이 불분명하지만 들렸다.

"돈은 녀석이 훔친 게 아니야. 가쿠코가 가지고 갔을 거야……."

그러면 됐다. 더 들을 필요는 없다. 가지는 부엌 정리를 하기 시작했다. 중위가 계속 말하고 있었다.

"당신의 문책 요령이 서투르니까 당번병한테 폭언을 듣고 남편의 권위에 손상을 입히는 거야. 알겠어? 없어진 돈이 문제가 아니란 말이야. 녀석이 당신과 대등한, 아니 우월한 말투로 말했다는 거야."

부인은 분한 듯 고개를 숙이고 있었다. 중위가 술을 두어 모금 마시는 동안 집 안은 조용했다.

가쿠코가 돌아왔는지 옆방이 덜그럭거리기 시작했다.

"가쿠코, 이 방으로 좀 와라."

중위의 말에 껍질을 벗긴 달걀 같은 살결이 문간에 나타났다. 전등 불빛을 받아 눈이 부시다. 부인이 물었다.

"아가씨, 혹시 부엌에 있던 5엔짜리 지폐 어디 갔는지 알아요?"

"아아, 그거?"

가쿠코는 목을 움츠리며 웃었다.

"무단으로 빌려갔어요. 중위님께 시말서를 써야 할까요? 미안해요."

"미안이 아니에요!"

부인의 눈이 창백해졌다. 중위의 짙은 면도자국에 거무칙칙한 웃음이 번졌다.

"왜 그래요?"

"중위의 부인께서 일등병에게 모욕을 당하셨다. 쥐꼬리만 한 월급쟁이 여편네가 뭘 지껄이냐고."

가쿠코의 눈이 동그래졌다. 의외의 결과에 놀랐다기보다도 호기심으로 반짝반짝 빛나고 있었다.

중위는 구령을 붙이듯이 목을 빼고 불렀다.

"당번! 이리 좀 와!"

가지는 그대로 그냥 끝나리라고 생각했던 것이 안이한 생각이었다는 것을 깨달았다. 야단맞는 것이야 어쩔 수 없지만 귀대 시간만은 지켜주기를 바랐다.

"들어와서 문 닫아."

가지는 방 한쪽 구석에 무릎을 꿇고 앉았다.

"네가 집사람에게 퍼부은 폭언을 복창해봐라. 나도 듣고 싶다."

중위가 사뭇 재미있다는 듯이 말했다.

"폭언을 퍼부은 기억은 없습니다, 중위님."

"그럼 실언이었나? 폭언이 아니었는데 모욕을 준 거야?"

가지는 가쿠코가 희귀한 동물이 어떤 소리를 내는지 지켜보고 있는 듯한 느낌을 받고 표정이 경직되었다.

"견해의 차이입니다, 중위님. 억울한 의심을 받고 모욕당한 것은 오히려 저라고 생각합니다."

"바보 같은 소리 마라! 병사가 상급자에게 의심을 사는 것은 모욕이 되지 않는다."

새로운 학설이다. 가지는 굴욕을 느끼면서도 가소로웠다.

"그보다 너도 들은 적이 있나? 사회에서는 비렁뱅이 소위니, 가난뱅이 중위니 한다는데."

중위가 가지를 노려보았다.

있다 뿐인가, 다들 그렇게 부른다. 한 단계 위를 그럭저럭 대위니, 겨우겨우 대위라고도 한다. 이건 아십니까?

"……없습니다."

"시치미 떼지 마라. 중위 따위는 내심 생계가 어려운 불쌍한 놈이라고 생각하고 있을 거다, 넌. 다 알고 있다. 사회로 돌아가면 중위 이상의 월급 생활자로서 중위 따위는 얼마든지 비웃어줄 능력을 갖고 있다고 넌 자부하고 있어."

중위는 입으로만 음침하게 웃었다. 보기에 따라서는 자조自嘲라고도 할 수 있었지만, 그렇지 않다는 증거로 가지가 받은 부당한 혐의는 세쳐놓고 '실언'만을 일부러 들춰내고 있다. 하지만 이 정도 일은 군대생활을 하다 보면 일상다반사다. 그보다도 가지는 중위가 쥐고 있는 술잔이 언젠가 날아올 것 같은 기분이 들어서 여차하면 피할 준비를 하고 있었다.

"넌 어리석은 놈이다!"

중위는 술잔을 놓고 가지를 뚫어지게 보았다.

"네가 사상적으로 의심스러운 병사라는 꼬리표는 네가 어디로 가든 따라다닌다는 것을 모르나? 내가 보건대 너 따위는 능동적으로 일을 꾸미는 빨갱이조차 못 돼. 빨갱이에게 이용당하고 희롱당하다가 결국에는 헌신짝처럼 버려지는 경박한 지식분자에 지나지 않는데도 너에게 찍힌 낙인만은 제법 그럴듯하게 평생 널 따라다닐 거다. 그런 네가 경솔한 언동으로 장교를 모욕한다면, 또는 모욕한 것으로 간주된다면 어떻게 될지 생각해봐."

가지는 개성을 잃은 병사로서 그 자리에 정좌해 있었다. 일대일로는 대화가 될 수 없는 관계가 여기에선 이미 고정되어버린 듯했다.

"다른 장교의 관사에서였다면 넌 이 추운 밤에 얼차려를 받았을 터. 하지만 난 그런 짓은 하지 않는다. 난 말이다, 계급장을 앞세워서 널 벌할 만큼 속 좁은 사내가 아니다. 네가 조롱하려는 장교가 오히려 널 비호한다면 어떤 기분이 들까?"

"당신은 감사하지 않으면 벌을 받을 거예요."

부인이 참견했다.

관사의 창녀 같은 년!

가지의 입이 저절로 일그러졌다.

"감사 같은 건 하지 않아도 된다. 또 하고 싶지도 않을 게다. 너도 사내 녀석일 테니까. 말해두지만 나는 너를 인간으로서 비호하는 것은 아니다. 내 지배하에 있는 당번병으로서다. 네가 설사 사회에서 대기업의 사장이었든 중역이었든 간에 넌 내 당번병에 지나지 않는다. 일은 성실하게 하는 것 같으니까 그 효용만을 인정하는 것이다. 당번의 복무 기간이 규칙에는 어떻게 되어 있는지 아나?"

"군대 내무령에는 한 병사를 3개월 이상 연속으로 복무케 하는 것을 금한다고 되어 있습니다."

"그렇다. 3개월 이내에 근무지가 변경될 거라 기대하고 있는지 모르지만, 널 가난뱅이 중위의 당번병으로서 평생 잡아두는 것도 불가능하지만은 않으니까 그런 줄 알고 있어라."

가지는 속으로 바쁘게 중위의 속셈을 헤아려보았다. 아마도 너 같은 놈을 중대로 돌려보내서 또 다른 관사 당번으로 나가기라도 하면 스미노쿠라는 당번병 하나도 제대로 교육시키지 못했다는 둥, 스미노쿠라의 아내는 의심이 많은 여자라는 둥, 그런 쓸데없는 소문이 나는 것을 두려워하고 있는 것이리라. 아니면 반감을 품은 사내를 복종시켜보겠다는 야담에나 나올 법한 취향을 갖고 있는 것일까?

그렇다면 미안하게 됐습니다. 난 훈련이나 내무반 생활에서 벗어나기 위한 방편으로 이 당번 근무를 이용하고 있을 뿐이니까.

"분수를 깨닫고 말을 삼가라!"

중위가 말했다.

"앞으로 무례한 짓은 일절 용서하지 않겠다! 이만 됐으니 중대로 돌아가라."

"……가지 일등병, 돌아가겠습니다."

가지는 복도로 나왔다. 중위가 또 말했다.

"내일 아침에는 일찍 와서 목욕물을 데워놔."

"내일 아침엔 일찍 와서 목욕물을 데워놓겠습니다."

"응." 하고 중위는 술기운에 기름이 뜬 것처럼 흐려진 눈으로 부인의 허리께를 보면서 씩 웃었다.

중위의 여동생도 웃었다. 이 웃음은 중위의 말을 복창한 가지의 비참하고 우스꽝스러운 처지를 비웃은 것인지도 모른다. 웃고 나서는 신발 끈을 묶게 하던 때와 같은 시선을 보냈지만, 가지는 이미 등을 돌린 뒤였다.

## *12*

세밑이 코앞에 와 있을 무렵, 전세는 또 한 번 크게 기울었다. 그때까지 필리핀 전선에서의 주요 전장이었던 레이테 섬의 결전이 종료된 것이다. 방면군 사령관인 야마시타 도모유키山下奉文는 휘하 사령관에게 군은 그 작전 지역 내에서 자활자전自活自戰으로 죽을 때까지 항전하여 장차 일본군이 반격하는 데 주춧돌을 놓으라고 명령했다. 다시 말해서 이 지역의 일본군은 조직적인 전투능력을 완전히 상실한 것이다.

미군은 산발적인 저항을 무시하고 마닐라로 진격할 것이다. 그리고 얼마 뒤 필리핀 전역의 결전이 종식되지 않겠는가. 그것은 두 말할 필요도 없이 결전장이 일본 본토를 향해 급속도로 다가가고 있는 것이기도 하다.

만주의 이 지역은 지금 필리핀에서 절망적인 항전 명령을 내린 야마시타 도모유키가 꼭 1년 전에 5사령관으로 지배하던 지역으로 혹독한 겨울에 갇혀 있다. 그 휘하에 편입된 소모품 중 하나인 가지 일등병이 카키색 제복을 입고 맞이하는 두 번째 겨울이다.

가지는 드디어 2년병이 되었다. 부하가 없으니까 초년병이나 다름없지만, 군인으로서의 달력이 한 장 젖혀지기는 한 것이다. 얼마나 긴 1년이었던가!

관동군 국경 부대는 아직 무사했다. 따라서 국경 마을도 아무 탈 없이 겨울 혹한에 얼어붙어 있다. 하지만 관사 당번은 결코 무사하지 않았다. 천연의 계절조차 불공평하게 약자를 괴롭히기만 하는 것이다. 우물을 얼어붙게 하고 물을 말려버린다. 이런 상황에서 당번병보고 대체 어쩌란 말인가.

중위는 목욕을 좋아한다. 그의 가족은 청결한 것을 좋아해서 빨래하는 데 많은 물이 필요하다. 가지는 매일 우물에서 손가락이 떨어져 나갈 것 같은 고통을 맛보며 이전 부대에서 그날 밤 오하라와 물을 길러 갔던 일을 떠올리곤 한다. 오하라도 저승의 2년병이 되었으리라. 이런 상태가 언제까지나 계속된다면 살아 있는 것이 반드시 낫다고만은 할 수 없을 것이다. 아침의 냄새조차 맡을 틈도 없이 모포 안에서 눈을 뜨면 으레 물 걱정부터 한다.

가지의 손은 열 개의 손가락이 전부 둘째 마디까지 터서 갈라져 있었다. 이제 더 이상 그 어떤 노동자도 그의 손을 희다고 조롱할 수는 없을 것이다. 오늘도 내일도 당번은 물을 긷고, 마루를 닦는다.

정월, 남쪽에서는 산야에 살이 튀고 피가 흘렀고, 북쪽에서는 페치카 옆에서 술이 넘치고 토사물이 흩어졌다. 술을 마신 장교들은 호연지기를 부르짖고 소련군을 처부수라고 아우성치며 가가대소한다.
"어이 당번! 술 가져와!"
"당번! 당번! 뭘 꾸물대고 있는 거예요! 목욕물은 아직 안 데웠나요?"
당번병은 언 손에 입김을 분다.

미군이 맹렬한 포격을 가한 뒤 루손 섬 링가엔 만에 하루 사이에 약 7만 명의 병력을 상륙시키면서 광범위한 교두보를 확보했다는 보도가 전해진 것은 가도마쓰門松(새해에 문 앞에 세우는 장식 소나무 - 옮긴이)를 막 치웠을 즈음이다.

스미노쿠라 중위는 적잖이 동요했다. 1월에 동료 장교들이 기염을 토했을 때는 레이테 섬의 패전을 루손 섬 작전으로 반드시 만회할 것이라는 근거 없는 낙관이 술로 지탱되고 있었다. 여태까지도 미군은 압도적인 물량을 투입하는 정공법으로 일본인의 신화 같은 낙관론을 하나씩 무너뜨리는 작전을 펼쳐왔다. 그래도 아직 대본영은 어디선가 미군을 궤멸시킬 준비를 하고 있을 것이라고, 직업군인이고 민간인이고를 불문하고 맹신하면서 전쟁을 계속하고 있었던 것이다. 그러나 그만큼씩 비극이 심각해지고 있다는 것은 거의 생각하지 않았다.

어쩌면 이대로 우려할 만한 사태에 빠지는 것은 아닐까라는 걱정이 이날 아침 스미노쿠라 중위의 가슴을 1월의 찬바람보다도 날카롭게 뚫고 지나간 것은 객관적으로 말하면 결코 빠른 것은 아니었지만 젊은 장교치고는 그래도 빠른 편이었는지 모른다.

남방군 총사령관 데라우치 각하는 전황을 어떻게 판단하고 계실까? 아침 식탁에 앉은 스미노쿠라 중위는 그 점을 알고 싶었다. 하지만 부대로 가서 상관에게 그런 질문을 할 수도 없고, 그의 상관 역시 지식이나 정세판단 능력은 그와 별반 차이가 없었다.

이곳 소만 국경의 위관급 장교는 아무도 데라우치 대장이 왜 레이테 전투를 한창 치르는 와중에 대본영의 의지를 거스르면서까지 남방군 총사령부를 마닐라에서 사이공으로 옮겼는지 모른다. 총사령부가 왜 격전장인 필리핀을 떠났는지, 그 내막에 대본영과 남방군 총사령부와 현지 방면군 3자 사이에 얼마나 되는 작전의 불일치가 있는지 아무도 모른다. 언제 배수의 진을 치고 결정적인 반격을 해줄지, 그저 안타깝게 생각할 뿐이다.

"……지금 전력을 다해 공격하지 않으면 때를 놓치게 될 텐데."

스미노쿠라 중위는 식탁에서 그렇게 중얼거렸다. 중위 부인은 군사 문제에는 개입하지 않겠다는 듯 오로지 식사 시중만 들고 있을 뿐이었지만, 여동생인 가쿠코는 그렇지 않았다.

"이미 놓친 건 아닐까요?"

천연덕스럽게 말한다.

"만주가 전쟁터가 되지 않아서 다행이에요, 오라버니."

"바보 같은 소리 마라! 만주가 전쟁터였다면 필리핀처럼은 되지 않아. 관동군은 세계 최강의 군대니까."

"병사들에게도 그렇게 가르치나요?"

"그래."

"그럼 노몬한(1939년 일본과 몽골·소련 간에 벌어진 전투. 소련의 기계화 부대에 일본군이 전멸되었다 – 옮긴이) 때는 왜 그랬죠?"

중위는 얼굴을 찌푸렸다. 노몬한의 고배는 중위의 책임이 아닌데도 제2의 노몬한이 이 방면이 되지 말라는 보장도 없었기 때문에 마음이 아픈 것이다.

"그때도 진 건 아니다. 대규모 반격을 시도하려고 했을 때 하필 정전(停戰)이 된 거야. 계집애가 아는 척이나 하고! 넌 아무것도 몰라. 관특련(관동군특별대연습. 1941년 독일과 소련의 전쟁이 시작되자 소련과의 전쟁에 대비하여 관동군을 70만 대군으로 증강시킨 것 – 옮긴이) 이후 관동군의 병력과 장비가 얼마나 충실해졌는지. 그러니까 봐라, 소련도 함부로 손을 못 대고 있잖아? 넌 매일 쓸데없이 엉덩이나 흔들고 다니지 말고 장교나 하나 어디서 물어와."

"싫어요, 미망인이 되는 건."

가쿠코는 장난으로 말하고 나서 표정이 진지해졌다.

"무적 관동군이란 걸 어디까지 신뢰할 수 있죠? 일반 민간인의 안전을 정말로 보장할 자신이 있어요?"

스미노쿠라 중위는 이때 관동군 사령관 야마다 오토조가 그런 질문을 받았다면 뭐라고 대답할지 알고 싶었다. 스미노쿠라 자신이 야마다 오토조에게 그렇게 묻고 싶은 기분이 오늘 아침엔 자꾸만 드는 것이다.

"난 전투 부대의 중위다."

내뱉듯이 말했다.

"내가 적군의 십자포화를 받고 있을 때 가재도구를 챙겨 들고 줄행랑치는 민간인 따위를 생각할 겨를이 어딨겠어?"

스미노쿠라 중위의 말은 얼핏 비장하게 들리기도 하고, 또 무책임하게 들리기도 했지만 군대라는 성격에는 충실했다. 적국을 침략하기 위해 만들어진 군대는 전황의 추이로 인해 어쩔 수 없이 방어 태세를 취하고 있다고 해도 민간인을 방어하기 위해서 있는 것은 아니다. 이날로부터 약 7개월 뒤에 관동군은 그것을 완벽하게 실증해 보이게 된다.

당번병 가지는 목욕탕에서 빨래를 하고 있었다. 중위 부인은 자기 속옷만 자기가 직접 빨고 나머지는 모두 당번병에게 맡긴다. 가지는 사흘에 한 번 꼴로 부지런히 빨래를 했다. 정말로 성실하게 일하는 것 같지만, 자기 것을 제일 먼저 빠는 것을 보면 별로 성실하지도 않다. 중위나 가쿠코의 속옷은 손으로 빨지 않고 발로 밟는다. 덕분에 가지의 발은 초년병 때부터 층층이 달라붙어 있던 때와 각질이 다 떨어지고 없었다.

그러나 오늘은 발로 빨 수가 없었다. 가쿠코가 와서 똘똘 만 속옷을 던지더니 가지 않고 지켜보고 있었기 때문이다. 감시하고 있는 것은 아니었다. 가쿠코는 이 병사에게 일종의 흥미를 느끼고 있었던 것이다. 흔히 보던 병사와는 다른 것을 가지에게서 느끼고 있는 듯하다. 일은 성실하게 하지만 중위나 중위 부인에게 결코 알랑거리려고 하지 않는 가지가 그날 가쿠코를 위해 구두를 내주고 신발 끈을 묶어준 것이 가쿠코에게는 왠지 불만스러웠다. 여자에게 굶주린 병사이니 아름다운 여자를 위해서는 개 같은 수고도 싫어하지 않은 것이라고 해석할 수도 있다. 이는 가쿠코의 자부심을 유쾌하게 간질이는 것이지만, 가지가 그런 사내는 아닌 것 같은 기분이 드는 것이다. 눈앞에서 여자의 속옷을 빠는지 어떤지, 어떤 얼굴을 하고 있는지 보고 싶다.

가지는 무표정한 얼굴로 비누 거품 속에서 빨래를 한 장씩 꺼내 쓱쓱 문지르며 빨고 있었다.

가쿠코는 소리 내어 웃었다.

"당신은 아내 팬티도 빨아주나요?"

"아니요."

"왜 안 빨아줘요? 남의 여자 팬티는 그렇게 빨아주면서."

가지는 가쿠코가 짓궂게 구는 의미를 알 수 없었다. 빨라고 해놓고 왜 빠느냐고 묻는다. 건방지고 멍청한 년!

"제 아내는 일하는 손이 있으니까요."

"그게 무슨 의미죠?"

가쿠코의 눈동자가 즉각 안쪽에서부터 열기를 뿜기 시작했다.

"아무 뜻도 없습니다. 사실 그 자체일 뿐입니다."

"알겠어요!"

목소리는 낮았지만 날카로웠다.

"날 기생충이라고 말하고 싶은 거죠?"

가지는 빨래하던 손을 멈추고 여자를 보았다. 이제라도 째지는 소리로 고함을 지르지나 않을까 염려되었다. 중위 부인이 이웃집으로 놀러 가서 다행이었지, 그렇지 않았다면 또다시 소동이 벌어졌을 것이다.

"대답해요."

가쿠코는 끈질기게 물고 늘어졌다.

"아무도 없으니까 하고 싶은 말이 있으면 다 해봐요, 남자답게."

"당신에 대해 이러쿵저러쿵 말하고 싶지 않습니다. 하물며 자각하고 계신다면 아무것도 말할 게 없습니다."

"어머나, 정말이지 잘난 척은!"

가쿠코는 젖은 발판에 깡충 뛰어내리더니 코앞으로 다가왔다.

"잘난 척 말하는 당신은 도대체 뭐죠? 니보고 빨라고 말할 용기도 없으면서! 억지스런 말에도 지당하십니다, 하고 아첨이나 떠는 당번병과 뭐가 다르나요? 두려운 거겠죠, 말만 번드르르한 당신도! 오기도 없으면서 건방진 소리는 집어치우라고요!"

가지로서는 그럴 마음이 없었는데도 입가가 저절로 일그러졌다. 그것이 냉소로 비친 모양이다. 가쿠코가 별안간 물에 잠겨 있는 자기 속옷을 집어 들더니 가지의 얼굴을 때리려고 휘둘렀다. 그러나 목적을 달성한 것은 비누 거품뿐이었다. 가지에게 잡힌 여자의 손목은 하얗게 핏기가 가실 때까지 허공에 떠 있었다.

"그만하시죠. 그런다고 사실이 달라지는 것은 아니니까요."

가지는 손을 놓았다.

"……그렇습니다. 전 두렵습니다. ……이제 무죄방면하시지요."

"무지막지한 힘이네! 아프잖아요!"

여자는 손목을 문지르며 말했다.

"한 대 갈겨주고 싶어."

"이미 충분합니다."

가지는 중얼거렸다.

"충분히 맞았습니다. 이유도 없이 말이죠. 적어도 군인이 아닌 사람만큼은 이해해주셨으면 합니다. 중위님이나 가족 분들과 저와의 사이에는 명령으로 이루어진 우연의 관계가 있을 뿐 인간적인 연결고리는 전혀 없습니다. 내일이라도 당장 다른 명령이 떨어지면 좌우로 갈라질 것입니다. 그리고 그걸로 끝이죠. 저는 여기서 말하자면 기계적으로 일할 뿐입니다."

가지는 입을 다물고 빨래를 하기 시작했지만, 가쿠코는 움직이지 않았다. 가지는 곧바로 다시 얼굴을 들고 이번엔 온화하게 미소를 지으며 말했다.

"기계적이라고 말은 해도 전 최선을 다해 하고 있습니다. 당신이 저의 어떤 면이 마음에 들지 않는지 모르지만, 저는 당번이 되려고 학교에서 공부한 것도 아니었고, 군인이 될 생각으로 사회에서 직장에 다녔던 것도 아닙니다. ……전쟁 때문에 인간의 생활은 완전히 엉망진창이 되었습니다."

가쿠코는 거의 눈도 깜박이지 않고 듣다가 마지막에 그래도 쉽게 단념하기는 싫다는 듯 억지를 썼다.

"당신이 제 손을 아프게 한 것은 오빠한테 말하지 않겠어요."

가지는 웃으며 고개를 숙였다.

"부디 그래 주시길 바랍니다. 당번병을 더 이상은 괴롭히지 말아주십시오."

## 13

다음 날, 중위 부인이 장을 보러 간 뒤 가쿠코는 가지를 불러서 페치카의 재를 버리라고 명령했다.

"내가 해도 되지만 당번이 있는데 놀리면 아깝잖아요."

재는 아침에도 치웠으니까 아직 그렇게 많지는 않다. 한가로운 아가씨께서 심심풀이로 또 억지를 부리는군! 가지는 쓴웃음을 지으며 흘려들었지만 재를 긁어내는 동안 미치코가 수건을 뒤집어쓰고 자기처럼 재를 긁어내고 있는 모습이 떠올라서 가슴이 아팠다. 재를 버리는 데도 어쩌면 이렇게 많은 의미가 있단 말인가! 또 어쩌면 이렇게 큰 차이가 있단 말인가. 그것이 자신의 생활을 따뜻하게 하기 위한 것과 그렇지 않은 경우의 사이에는…….

"오빠는요…….."

가쿠코가 가지의 움직임을 지켜보면서 말했다.

"미군이 루손 섬에 상륙한 뒤로 아주 신경질적인 사람이 되었어요. 겉으로는 관동군이 세계 최대, 최강의 군대라며 으스대고 있지만 말이죠. ……당신은 어떻게 생각해요? 이쪽에서 만약 말이죠, 만약 소련군이 미군과 마찬가지로 물량 전법으로 나온다면……."

가지는 재를 양동이에 담고 불 상태를 확인한 뒤 고개를 돌렸다.

"중위님이 사상적으로 수상하다고 말한 일등병을 시험하는 겁니까?"

"그렇지 않아요. 당신은 관동군을 최대, 최강이라고는 생각하지 않죠? 그래서 물어보고 싶은 거예요."

"왜 그렇게 생각하지 않을 거라고 단정 짓죠?"

"우리들 사이에 인간적인 연결 고리가 전혀 없다고 태연하게 말하는 사람이니까요."

상황이 묘하게 흘러간다. 이 아가씨가 도대체 무슨 생각을 하고 있는 걸까? 여자의 마음과 개구리가 뛰는 방향만큼은 도저히 모르겠다는 생각이 문득 들었다.

"……최대, 최강의 군대라는 건 없습니다."

가지는 일어서서 양동이를 들었다.

"병사는 〈작전요무령〉에 따라 전투를 할 따름입니다. 대국적인 판단은 야마다 각하께서 하시니까요."

"득도한 사람처럼 말하는군요!"

여자의 낯빛이 생기를 띠는 것이 또 어제 같은 일이 벌어지겠구나 싶었으나 오늘은 그렇지 않았다.

"목석같은 얼굴을 하고 있지만 만나고 싶죠? 앞으로 어떻게 될지 모르니까 다시 한 번 만나고 싶은 거죠?"

가지는 양동이를 내려놓았다.

"어제 당신이 말했어요. 전쟁 때문에 인간의 생활이 엉망진창이 되었다고. 난 장교의 여동생이라 아직 그런 실감은 없어요. 없지만 만약 나에게 군인 애인이라도 있었다면 나 역시 그렇게 생각했을 거예요. 난 말이죠, 본국에서 근로봉사를 나가는 것이 싫어서 오빠가 있는 이곳으로 도망쳐왔어요. 하지만 요즘엔 매일 생각하고 있어요. 소만 국경도 불안해진다면 엄마가 계신 곳으로 돌아갈까 하고요."

"······돌아가는 게 좋을 겁니다. 결과는 어디가 어떻게 되든 여기는 일본이 아니니까요."

"그럼, 기생충이 작별 선물을 하나 줄까요?"

가쿠코는 자기 생각이 재미있어 죽겠다는 듯 얼굴에 생기가 돌았다.

"당신이 보고 싶어 하는 사람을 여기로 불러주려고 하는데, 어때요? 관사에서라면 비교적 느긋하게 만날 수 있겠죠?"

가지의 얼굴은 처음엔 풀어졌다가 이내 긴장되었다.

"······호의는 감사하지만 거절하겠습니다. 주인은 머슴 부부에게 은혜를 베푸는 것이 기분 좋겠죠. 제가 당번병인 것은 확실하지만 제 아내는 당번병의 아내가 아닙니다. 이런 꼴을 보여주어서 슬프게 만들란 말입니까?"

가지는 양동이를 들고 나가려고 했다. 미치코, 난 만나고 싶지만 우리가 만날 곳은 여기가 아니야.

"거기 서!"

여자의 목소리가 날카롭게 쫓아왔다.

"당신은 바보예요! 내가 호의로 한 말을 오해로 받아들이는군요!"

"오해가 아닙니다. 호의를 베푸신 것도 잘 압니다."

가지는 대답했다.

"그저 입장과 기분이 전혀 다르다는 겁니다. 중위님이나 그 가족 분들과 일등병은 말이죠."

## *14*

가지가 가쿠코의 변덕스런 호의를 받아들였다 한들 미치코와는 만나지 못했을지도 모른다. 얼마 안 가서 만주 방면군에 대대적인 개편이 이루어졌기 때문이다.

본토 방위의 필요에 따라 대본영은 소만 국경 수비대를 개편해서 신설 사단으로 이를 충당하고 대다수의 기존 병력과 장비, 군수품, 자재의 약 3분의 1, 그리고 대다수의 간부들을 본국으로 보내라고 명령한 것이다.

국경 주변의 각 부대에서는 신설 부대에 충당할 전속병을 차출했다.

가지가 그날도 여느 때와 마찬가지로 관사에서 복귀했을 때는 이미 전속 요원이 결정된 뒤였고, 그 때문인지 어두컴컴한 막사 안에는 어수선한 분위기가 흐르고 있었다. 아직 다른 사람들과는 서먹서먹한 사이인 가지에게는 아무도 그 사실을 말해주지 않았지만, 군복 일체를 수령하고 말없이 군장을 꾸리고 있는 병사들의 모습을 여기저기서 보자 가지는 각오했다. '의심스러운' 전력, 더구나 후송 갔다 온 전입자가 다시 전속 요원으로 차출되는 것은 군대의 습성상 당연한 일이다.

아니나 다를까 가지는 곧바로 호출되었다. 사무실로 가자 내무계 준위가 관사 당번의 인계와 전속을 동시에 명령하고 말했다.

"……전속자의 피복과 군량미를 수령하고 즉각 준비해. 출발은 내일 새벽 4시다."

가시가 물었다.

"목적지는 어디입니까?"

"네가 알 필요는 없다. 수송 지휘관의 지휘에 따르기만 하면 돼."

행선지가 어딘지 병사들은 아무도 모른다. 그 다음 날 동트기 전에 가지는 십여 명의 이름도 얼굴도 모르는 다른 전속병들과 함께 얼어붙은 눈을 밟고 정해진 집합 지점으로 출발했다.

어두컴컴한 수송 열차는 병사들을 가득 싣고 달리고 있었다. 어디로 가는지 아무도 몰랐다. 불안했다. 이대로 어느 항구까지 가서 수송선에 실려 남방 전선으로 보내지는 것은 아닐까? 아니면 조선반도를 거쳐 본국에 배치될지도 모른다. 주의력이 깊은 자는 처음 반나절 동안은 열차가 서남쪽을 향해 달리고 있다는 것을 알았지만, 그 이후로는 알 수 없었다. 창은 밀폐되어 있고, 열차는 종종 섰다가 다시 돌아가기를 되풀이해서 방향 감각을 잃어버린 것이다.

병사들은 처음엔 목적지에 대해 얘기를 나누었다. 어디로 간다는 설이 설령 옳다고 해도 그런 억측은 아무런 도움도 되지 않았다. 본국 귀환설조차 병사들에게 희망을 주지는 못했다. 어디로 가든 이번 동원이 전쟁과 밀접한 관련을 갖고 있다는 것이 의식의 밑바닥에 시커멓게 도사리고 있었던 것이다.

병사들은 이윽고 음식과 여자 이야기로 불안을 달래려고 했다. 병사들은 이야기에 열중했다. 그러나 열중하면 열중할수록 이야기는 멀고 공허해졌다. 어떤 음식도 어떤 여자도 두 번 다시 그들의 손에는 들어오지 않을지도 모른다. 천하 진미와 절세 미녀를 알고 있다 한들 그것이 과연 무슨 도움이 되겠는가. 사내들은 지금 한 장의 발송 전표에 의해 운송되는 군수품 자재의 일부분일 뿐이다.

병사들은 다시 '어디로 가는 걸까?'라는 끈질긴 의혹에 휩싸였다.

"어디로 데려가는 걸까?"

가지의 곁에 있던 낯선 병사가 물었다.

"행선지쯤은 가르쳐주어도 이 안에 갇혀 있는 우리가 누구한테 통보할 수도 없을 텐데 말이야. 안 그래?"

"그리 멀지는 않은 것 같아."

가지는 자신의 판단을 아직 조금은 의심하면서 말했다.

"벌써 40시간쯤 됐는데 속도도 별로 빠른 것 같지 않고, 정차 횟수도 정차해 있는 시간도 많으니까. 그런데 이게 지금 북쪽으로 가는지 남쪽으로 가는지 도대체가 모르겠으니······."

"추운 걸 보면 아직 남양에 도착하지 않은 것만은 확실해."

가지와는 등을 지고 있는 병사가 말하면서 웃었다.

"남양이라······."

다른 병사가 중얼거렸다.

"제기랄, 차라리 빨리 가 버리는 게 낫겠어."

"어차피 죽는다면 관비 여행을 가 보는 것도 좋지."

가지의 뒤에 있는 사내가 그렇게 받았다.

"난 아직 외국 여자와 놀아본 적이 없는데, 열정적인 남양 여자랑 한바탕······."

"그 자리에 29류⁽ᵖᵒʳᵗᵃⁿ의 일종-옮긴이⁾ 같은 엄청나게 큰 놈이 콰앙 떨어지기라도 하면······."

"아아, 그는 다시는 돌아올 수 없는 사람이 된 것입니다."

그곳에 모여 있던 한 무리의 병사들이 웃었다. 가지는 무릎을 안고 침울해 있었다. 남양행이 아니더라도 편성을 바꾼 이 열차는 죽음으로 가는 열차일지도 몰랐다. 관동군은 지금 전열에 맞춰 전개하고 있거나,

가까운 장래의 전투에 대비하여 배치되고 있을 것이다.

가지는 무릎 사이에 얼굴을 묻고 열차바퀴가 굴러가는 소리 사이로 미치코의 가냘픈 속삭임을 듣고 있었다.

"……전쟁터로 가는 거죠? 그래서 만날 수 있었고요."

그 차가운 새벽녘에, 그 거처방에서, 미치코는 그렇게 속삭였다. 여자의 애처로운 육감은 그때부터 이미 서글픈 진실을 찾아내고 있었던 모양이다.

수송열차는 한밤중에 목적지에 도착했다. 캄캄해서 아무것도 보이지 않았지만, 살갗에 닿는 추위의 정도가 거의 같은 걸 보면 여기도 소만 국경 근처이고, 출발 지점에서도 그렇게 멀지는 않은 듯했다. 실제로 가지가 출발한 곳에서 따지면 직선거리로는 500킬로미터도 떨어져 있지 않았다.

병력은 놀랄 정도로 늘어나 있었다. 시커먼 어둠 속에 우두커니 서서 새로 편성된 부대의 명령을 기다리고 있었다.

## *15*

11중대에 배속된 가지는 철근 콘크리트 막사에서 한가로우면서도 전혀 안정되지 않은 이틀을 보냈다.

병사 중에는 상등병이 대부분이고, 일등병은 적었다. 상등병 이상은 거의 4, 5년병뿐이라 '신주님'과 '부처님'은 많고 인간은 적은 모양새다. 신주님과 부처님 중 대부분은 또 출신이 거칠었다. 국경의 한 마을에 주둔하던 중포重砲 부대가 포만 본국으로 빼앗겨서 '장사밑천'을 잃고 '보병으로 좌천된' 포병 출신이다. 연차는 오래되었고, 체격은 좋고, 성질은 거칠었다.

"보병들의 급여는 형편없구먼."

관특련의 신주님과 부처님은 침대에 떡하니 버티고 앉아서 식사 때마다 일어나서 일하는 일등병들에게 소리를 질러댔다. 그들은 대포와 함께 본국으로 송환된다는 꿈을 꾸고 있었던 것이다. 그 꿈이 좌절되자 '덜떨어진 보병 놈들'과 같은 취급을 받는 것이 공연히 화가 나는 모양이다.

1킬로미터 앞에서도 알아볼 정도로 얼굴이 네모난 아카보시 상등병은 첫 식사 때 가지가 반합에 흠집을 냈다며 때리려다가 가지가 자신의 동료에게 갖다 줄 국을 들고 있는 것을 보고는 겨우 참았다. 그러나 가지는 그 후로 아카보시의 네모난 얼굴이 늘 자기 쪽을 향하고 있는 듯한 느낌을 자꾸만 받았다.

이틀째 되는 날 저녁, 내무반 안에서 돌연 "차렷!" 소리가 나자 병사들은 부리나케 침대에서 뛰어 내려왔다.

장교가 들어와서 말했다.

"이 내무반에 가지라는 일등병이 있나?"

"있습니다."

앞으로 나선 가지는 순간 자신의 눈을 의심했다. 눈썹이 두껍고 새하얀 이를 드러내며 웃고 있는 소위는 가지가 라오후링에 부임하기 전에 헤어진 친구 가게야마였던 것이다.

"오랜만이다, 가지. 살아 있었구나."

가지는 빙그레 웃었다. 너도 살아 있었구나. 그렇게 대답하기에는 계급의 차이가 너무 확연했다. 만난 순간의 놀라움과 반가움은 어색함과 불편함으로 바뀌었다.

"다른 사람은 쉬어."

가게야마는 장교다운 자세가 몸에 잡혀 있었다.

"난 가게야마 소위다. 오늘 아침 이 중대로 배속되었다. 너희들의 훈련을 담당하게 될 텐데, 난 흐리터분한 소위라 뭘 할지 모른다. 그 점은 너희들이 알아서 주의해야 할 것이다. ……가지, 내 방으로 와."

가지는 따라갔다.

"그 후로 어떻게 지냈어?"

가게야마가 환하게 웃으며 물었지만, 가지는 아직 덤덤한 미소만 띠고 있을 뿐 대답하지 않았다.

"오늘 아침에 와서 중대 명부를 보다가 네가 있어서 깜짝 놀랐어. 이리저리 옮겨 다녔지?"

가지는 고개를 끄덕였다.

"미치코 씨는 어떻게 지내? 결혼은 했고?"

"……했어."

가지는 겨우 입을 열었다.

"그러고 나서 바로 했어."

"잘했군."

가게야마는 가지를 찬찬히 보다가 큰 소리로 웃었다.

"이상해? 내가 소위가 된 게?"

"……조금."

"넌 왜 안 된 거야? 지금쯤 빠릿빠릿한 수습 사관일 텐데."

"저마다 갈 길이 다른 법이야."

가지는 겨우 마음이 진정되었다.

"내부 마찰을 피하고 싶었어."

"그래서 피할 수 있었어?"

"가게야마 소위와는 비교할 수 없겠지만, 난 나대로 악전고투한 것은 사실이야. 양치기 개는 이제 폐업했네. 양이 되어봤지만 이게 아무래도 도살장행 같았어. 넌 어때'?"

"나 말이야?"

가게야마는 두 손을 머리 뒤에서 깍지 끼었다.

"내부 마찰을 어떻게 하느냐보다도 좀 더 육체적인 거야. 따귀를 얻어맞고 식사를 갖다 바치느냐, 아니면 장교가 되어 적군 저격수의 표적이 되느냐를 선택하는 거였지."

"문제를 그런 식으로 바꿀 수 있었다니 다행이야."

가지는 빈정거리듯 웃었지만 가게야마는 그것을 알고도 웃음으로 넘겼다.

"난 원래 쓰레기통 안에서 청결을 유지하려고 할 정도로 위생적인 정신가는 아니니까."

노크 소리가 나고 중대장의 당번병이 들어왔다.

"가게야마 소위님, 중대장님이 찾으십니다."

가게야마는 고개를 끄덕였다. 당번병이 나가자 복장을 갖추면서 말했다.

"가지, 너 상등병이 될 생각은 없는 거야? 이 부대에는 보병 출신 상등병이 드물어. 중포 출신뿐이라 곤란할 때도 있어. 녀석들의 보병 전투 요령은 형편없거든."

"가게야마 소위님은 가지 같은 명사수를 부하로 둔 것을 행운으로 아십시오."

가지는 발뒤꿈치를 울리며 부동자세를 취했다.

"가지 일등병, 돌아가겠습니다."

"그래, 수고해."

그 목소리를 향해 가지는 15도의 실내 경례를 했다.

일부러 그렇게 했지만 제삼자가 옆에 있으면 진지한 얼굴로 그렇게 해야만 하는 게 마음에 걸렸다. 장난이 장난이 아니게 되는 것과 같다. 문 밖으로 나온 가지는 뭔가 큰 낭패를 본 사내처럼 우울한 표정을 짓고 있었다.

## 16

"가게야마 소위는 어떻게 생각하나?"

중대장인 후나다 중위가 여자처럼 얌전한 목소리로 물었다. 예비역 출신으로 이미 마흔은 넘었을 것이다. 가정에서 자애로운 아버지로 행세하는 것이 가장 어울릴 법한 인물이다.

"크림 반도에서 미·영·소 삼국의 고위급 회담이 있었던 것 같은데, 그것과 어떤 관계가 있는지 모르지만 소련이 극동지구로 끊임없이 병력을 보내고 있다는군. 이건 적진 정찰반에서 올라온 확실한 정보일세. 우리가 앞으로 대비해야 할 국경인 칭윈타이靑雲臺 지구는 소련의 가장 강력한 병력이 정면으로 대치하고 있는 곳이네. 그곳에서 소련이 대일 무력행사를 할 시기가 언제쯤이냐는 것이……."

후나다 중대장은 갑자기 입을 다물었다. 소련의 무력행사를 중대장이라는 사가 두려워하고 있다고 해석될지도 모른다는 우려가 머리를 스친 것이다.

가게야마 소위는 냉소 비슷한 웃음을 지었지만 중대장을 비웃은 것은 아니었다. 그 시기가 언제가 되든 그때는 전투 부대의 하급 장교라면 포화 속에 몸을 던질 수밖에 없다. 그런 위기가 오지 않기를 내심 바라고 있는 그가 병사들에게는 용전분투를 독려해야 한다는 입장에 있다. 2선 부대에서라면 이런 모순도 얼마간 완화된 형태로 잠재되어 있을 뿐일지도 모른다. 그러나 여기, 앞으로 출동하려는 국경지대에서는 그렇게는 안 되는 것이다.

"부대장님은 어떻게 말씀하셨습니까?"

"미군이 중국의 중부나 북부에 상륙하면 소련은 반드시 협공 작전을 펼칠 것이라고 했고, 조선을 목표로 하려고 해도 마찬가지라고 하시더군."

가게야마는 고개를 갸웃했다.

"미군은 이오지마를 공격하고 있습니다."

그래서? 라고 묻는 듯한 표정으로 중대장은 신임 소위를 보았다.

"문제는 태평양 방면의 전투가 어느 지점으로 이동하느냐는 것이 아니라 일본의 전력이 어느 정도까지 저하되었는가 하는 적군 측의 판단과 독일과 소련 간의 전투의 진척 속도와 관계가 있지 않겠습니까? 미국은 편하게 전투를 하기 위해서는 소련이 관동군을 공격하기를 바랄 것입니다. 마찬가지로 소련도 막대한 출혈을 감수하면서까지 미국의 승리를 도울 필요는 느끼지 않을 것입니다……."

어차피 일본이 패하는 것은 시간문제이니까요. 가게야마는 그렇게 말하고 싶은 것을 참았다.

"그러니까 뭔가?"

후나다 중위는 부질없이 헛된 기대를 하는 듯한 표정으로 미소를 지었다.

"당장은 우리의 정면에서 전투가 벌어지지 않을 거라는 판단인가?"

"글쎄요, 중대장님이 말씀하시는 당장이 어느 정도의 시간을 의미하시는 것인지 모르겠지만……."

두 장교는 서로 공허하게 웃었다. 이 두 사람은 물론 얄타 협정의 내용 같은 건 몰랐다. 설령 알았다 한들 어쩔 도리가 없는 현지군의 하급 장교에 불과하다. 11중대의 병사는 달랑 이 두 장교의 지휘를 받으며 가까운 시일 내에 국경 수비를 나가게 된 것이다.

## 17

11중대를 포함한 3대대가 배치된 칭원타이 진지는 산 전체를 영구적인 요새로 축성하여 어떠한 맹공에도 3개월은 버틸 수 있다는 견고한 진지였다. 단, 그것은 소정의 중화기를 비치하고 있을 때의 이야기다. 새로 편성된 국경 수비대가 그곳에 들어왔을 때는 대부분의 포가 본토 방위를 위해 철거되고 대신 위상 도색을 한 목제 가짜 포가 비치되어 있었다. 그야말로 중포 진지에 보병 부대가 배치된 셈인데, 병사들은 웅장한 영구 진지와 조악한 목제 가짜 포를 번갈아 보면서 전쟁이 이런 허수아비 전법으로 해결되리라고는 아무도 믿지 않았다.

"이게 뭐야?"

병사들은 황당한 표정으로 얼굴을 마주 보았다가 벙어리처럼 웃을 뿐이다. 그들은 자신들의 운명의 앞길에 엄청난 위기가 도사리고 있는 것을 처음 소름이 끼칠 정도로 느꼈다. 조금이라도 군사적인 감이 있는 자라면 이 진지에서 근대적인 전투가 벌어질 경우 단 세 시간을 버티는 것조차 기적에 가까운 일이라는 것을 자각했음이 틀림없다. 육군 지휘부의 방침은 병력만이라도 제대로 갖춰서 국경에 배치하여 그것으로 소련의 진공을 견제하려는 것이었다. 실제로 그 방법밖에는 없었는지도 모른다. 한때 뻔뻔하게 부르짖던 전쟁의 '큰 목적'은 이미 추락할 대로 추락해서 노추老醜의 창피를 당하고 있었다.

골짜기 건너편의 소련령 시베리아가 완만한 기복을 보이며 끝을 모르고 펼쳐져 있다. 경계를 사이에 둔 피아의 비탈면에는 빽빽하게 수목이 자라 있는데, 적진 정찰반의 끈질긴 관찰에 의해 한 그루의 나무에 이르기까지 세세하게 지도에 기록되어 있다.

이곳에서 수비대가 맡은 주요 임무는 해질 무렵에 국경선 바로 직전까지 감시 보초를 나갔다가 날이 밝으면 돌아오는 것이다. 보초에게 주어진 가장 중요한 주의사항은 적이 감시 보초가 나와 있는 것을 눈치채지 못하게 하는 일이다. 이는 보초의 소재를 눈치채게 해서는 안 된다는 전투의 기본 상식 때문이 아니라 오히려 쓸데없이 적을 자극하지 않는다는 배려에서 나온 것이었다.

11중대의 1개 소대는 가게야마 소위를 지휘자로 하여 칭원타이의 부진지인 관톈 산觀天山에 따로 주둔했다. 가지는 이 소대에 소속된 뒤로 마음이 편해졌다. 왜냐하면 반합에 흠집을 냈다는 인연으로 늘 가지를 백안시하며 꼬투리가 잡히기만을 기다리는 아카보시 상등병을 비롯한 중포 출신의 5년병 대부분이 중대의 주력과 함께 칭원타이로 갔기 때문이고, 반장이 된 스즈키 하사가 하사관으로는 보기 드문 호인이었기 때문이다.

근무는 한가로웠다. 위병 근무자와 야간에 감시 보초로 나가는 자 외에는 내무반 안에서 할 일 없이 보내거나, 숲속에 가서 진기한 나뭇가지를 깎아 파이프를 만들거나, 국경과는 반대쪽 골짜기로 내려가 눈이 막 녹기 시작한 시냇물에서 속이 후련해질 때까지 더러운 옷가지를 빠는 일로 시간을 보냈다. 얄궂은 일이다. 공격을 받으면 잠시도 버티지 못할 것 같은 최전방 진지로 와서 병사들은 지극히 한가로운 시간을 갖게 된 것이다.

그런데 그 한가로움을 깨뜨리는 뜻밖의 사건이 어느 날 일어났다.

그날 가지는 막사 앞 양지바른 곳에서 하염없이 이어지는 공상과 추억에 잠겨 있었다. 몇몇 얼굴이 때로는 하나씩, 때로는 겹쳐서 나타났다. 그 누구로부터도 완성된 말은 들을 수 없었지만, 저마다 다른 표정으로 그 시기의 기억을 초점이 맞지 않는 사진처럼 아련하게 떠오르게 했다. 상처만이 가득했던 삶이라…… 떠오르는 그림 무늬가 즐거울 리 없지만, 그래도 부드러운 햇볕을 쬐며 꾸벅꾸벅 조는 듯한 즐거움은 있었다.

그때 스즈키 하사가 무장하고 나와서 가지에게 열다섯 발짜리 탄약합을 건넸다.

"가지, 가게야마 소위님이 너도 오래."

"어디로 가는 겁니까?"

"부정기 순찰."

스즈키는 즐거운 듯 빙그레 웃었다.

"멧돼지하고 노루가 자꾸만 적들과 내통하고 있는 것 같아서 그놈들을 정찰하러 가는 거야. 넌 저격수니까 솜씨를 한번 보여봐."

"오늘은 식사 당번을 해야 됩니다."

"상관없어. 빨리 준비하고 나와."

가지는 내무반으로 뛰어 들어갔다가 바로 나왔다.

장교 한 명, 하사관 한 명, 병사 한 명으로 이루어진 '부정기 순찰대'는 국경과는 반대쪽 산의 비탈면을 나무 사이를 누비며 걸었다.

"날씨가 따뜻해졌어."

가게야마는 누구에게랄 것도 없이 말했다.

"봄날은 화창하고 천하태평이로다."

그러다 갑자기 화제를 바꿨다.

"이오지마가 옥쇄했어."

"빌어먹을! 거기도 말입니까?"

스즈키가 으르렁댔다.

"유력한 수비대가 지키고 있었잖습니까?"

가게야마는 고개를 끄덕였다. 유력한 수비대는 있었다. 적어도 이 국경 진지인 칭원타이, 관텐 산과는 비교할 수 없을 정도로 유력한 수비대가. 가게야마도 그 병력의 구체적인 규모는 알지 못했지만, 실제로 보병 9개 대대, 탱크 1개 연대(23대), 포병 2개 대대(약 40문), 속사포 5개 대대(약 70문), 박격포 5개 대대(약 110문), 총 약 1만 7,500명의 육군 병력과 해군 병력 약 5,500명(중포 20문, 기관포 170문)이 필사적으로 방어하다가 1개월도 버티지 못하고 옥쇄한 것이다. 이오지마 수비대조차 그렇다면 '봄날이 화창한' 이 지역이 산 저편에 방렬되어 있을 압도적인 포열로부터 일제 포격을 받는다면 어떻게 될까?

가게야마는 곁눈질로 가지를 보았다. 가지는 말없이 걷고 있었다. 스즈키가 다시 말했다.

"그럼 다음 번 결전은 오키나와입니까?"

"그렇겠지."

"오키나와에서는 한 걸음도 더는 물러날 수 없으니까 이번에야말로 강력한 한 방을 날려줘야 될 텐데……."

스즈키의 나중 말은 혼잣말이 되었다. 세 사람의 생각은 저마다 달랐으나 만약 오키나와에서 패전하게 되면 그것으로 전쟁은 끝이라고 느끼는 점에서는 일치했다. 그래서 스즈키는 오키나와 결전만은 실패하지 않는다고 맹신하는 것이다. 일본도 질 수 있다고 생각하는 것은 이 사내의 경우에는 생리적으로 거의 불가능했다. 그런 사고방식은 아직 누구한테도 들은 적이 없고, 도저히 받아들일 수도 없는 것이었다.

가게야마는 오키나와를 잃을 때가 소련이 참전하는 시기라고 느끼고 있었다. 다시 말하면 그때가 국경 수비대가 옥쇄할 때이기도 하다. 가게야마는 자신은 치열하게 싸우다 전사할 것이라고 보고 있다. 아니, 오히려 자신을 포기하고 있었다. 간부후보생을 지원했을 때는 두 가지가능성에 자신을 걸었다. 어차피 병역은 피할 수 없는 것이니까 사병보다는 장교로서의 편안한 위치에 서서 그대로 비전투 부대에서 시간을 버는 행운을 갖게 되든가, 혹은 전투 부대의 장교로서 악운을 맞닥뜨리든가. 주사위를 던지는 사람은 자신이 아니다. 누군가가 어딘가에서 언젠가는 던질 것이다. 그 주사위가 던져졌고, 그는 지금 여기에 있다. 어쩔 수 없지 않은가. 될 대로 되라고 할 수밖에는……. 어떻게든 해보려고 할 정도로 부지런하지도 않다. 스스로를 전쟁이라는 급류에 휩쓸리다가 흩어져버리는 물방울 같은 존재라고 생각하고 있다. 이제 와서 새삼스레 어쩔 도리가 없지 않은가.

가지는 오키나와를 잃으면 아무리 완고하고 사리에 어두운 군부라도 패배를 인정할 것이라고 생각했다. 그러기를 바랐다. 그러면 수십만의 장정은 옥쇄를 면할 수 있다. 가지 자신도 포함해서 수많은 생명이 패전이라는 미지의 형식 아래에서지만 평화로운 일상으로 돌아갈 수 있을 것이다.

만약 그렇게 된다면, 그리고 그러기 위해서는 오키나와의 희생이 필요하다면 오키나와가 하루라도 빨리 함락되어주는 게 낫다는 생각조차 들었다. 생명의 욕망은 그 자신의 비정함에 의해 지탱되고 있다. 만약 가지가 오키나와 부대 소속이라면 지금 이 소만 국경의 산을 화창한 햇볕을 쬐며 걷고 있을 누군가 다른 사내가 역시 그렇게 생각할 것이다.

가게야마가 돌연 걸음을 멈추고 말했다.

"있다, 확실히."

벌거벗은 나무 사이의 질척한 지면에 멧돼지의 것으로 보이는 발자국이 찍혀 있었다. 그것도 생긴 지 얼마 안 되는 것 같았다. 스즈키와 가지는 총의 안전장치를 풀었다. 이 순간 세 사람의 얼굴은 전쟁의 그림자가 사라지고 원시적인 본능의 기대로 밝게 긴장되어 있었다.

멧돼지는 영리하게도 나무 사이에 쌓인 낙엽 위로 걸어간 듯하다. 한 번 찍힌 발자국이 그 다음에는 행방을 찾을 수 없다. 세 사람은 흩어져서 발자국을 찾아 칭원타이로 가는 도로를 내려다보는 위치까지 왔다. 멧돼지는 이번엔 그다지 영리하지 않았다. 아주 불안정한 자세로, 그러면서도 느긋한 걸음으로 도로를 횡단하여 건너편 비탈면을 올라가려고 하고 있었다.

"300쯤 되겠어."

가게야마는 스즈키에게서 총을 받아 가늠자를 조정했다. 가지는 자기 총을 스즈키에게 주려고 했지만, 스즈키는 고개를 가로저었다.

"내가 먼저 쏘지."

가게야마가 말했다. 가지는 무릎쏴 자세를 취했다.

마침 그때, 그곳에서는 도로가 굽어 보이지 않는 곳을 칭원타이의 대대장인 예비역 소령 우시지마가 말을 타고 당번병 한 명만을 도보로 데리고 관톈 산 진지를 시찰하러 오고 있었다. 말하자면 암행 시찰이다. 새로 편성된 부대가 중대한 국경 경비를 맡고 있으면서도 평온함에 익숙해져서 정신상태가 해이해져 있는 듯하다고 생각한 것이다. 언제

어떤 상황에서 비상사태가 돌발할지 모른다. 우시지마는 최고책임자로서 항상 긴장하고 있다. 적어도 자신은 그렇게 생각하고 있다. 이 지점에 관한 한 국가의 안위는 그의 양쪽 어깨에 달려 있다고…….

그는 자신이 그런 입장에 서기를 특별히 원한 것은 아니었다. 하지만 일단 서게 된 이상 훌륭하게 해내지 않으면 안 된다. 그는 원래 그다지 호전적이지도 않았고, 자신에게서 군인으로서의 자질도 찾아볼 수 없었기 때문에 예비역이 되었던 것인데, 사회에서의 생활은 군대보다도 더 불만스러웠다.

그가 군복무를 하는 동안 사회에서는 그보다 나이가 어린 사내들이 상당한 위치를 차지하고 군대를 제대하고 신참으로 돌아온 그를 머리에서부터 짓눌렀다. 그나마 기를 펼 수 있었던 것은 재향군인의 행사 때뿐이었다. 그 외에는 대체로 소령이라는 직함은 경원시되었고, 뒤에서는 조롱의 대상이 되기까지 했다. '소령님'으로는 통하지 않는 사회였다.

불만스러운 세월은 인간의 내부에서 조금씩 발효하면서 좀 더 분방하고 활달한 자기표현을 요구한다. 마흔을 넘긴 사내가 이래서야 어쩌란 말이냐! 그래도 한 부대를 호령하던 몸이지 않았던가! 그러던 어느 날 그는 다시 군대에 소집되었다. 국가는 그를 그의 직함으로 재평가한 것이다. 우시지마는 물 만난 고기처럼 신선한 기분을 다시금 맛보았다. 다행히 군대는 대대적으로 개편되었기 때문에 동기 장교가 한 명도 없는 부대에서 고참 소령의 관록으로 지위를 장식할 수 있었다.

다만 장소가 나빴다. 여기는 국경 최전선의 한 구역이다. 적의 가장 강력한 병력이 정면에 대치하고 있다. 칭원타이와 관톈 산에 걸친 진지선은 지금 그의 지배 아래 있다. 다시 말해서 모든 행동이 그의 책임 아래 이루어져야 한다.

시기도 나빴다. 태평양의 비보가 잇따를 때 이 지역이 평온무사하다는 것부터가 심상치 않다. 잠시도 방심할 수 없다. 적군은 틀림없이 무언가를 획책하고 있을 것이다. 평온한 산 속에서도, 화창한 햇볕 속에서도 위험을 감지해내지 않으면 안 된다.

오늘은 11중대의 신임 소위가 지휘하고 있는 진지를 예고 없이 시찰할 생각이었다.

말이 머리를 아래위로 흔들면서 산길 모퉁이까지 왔다. 당번병은 그 말의 엉덩이를 올려다보면서 올라왔다. 그때 갑자기 지척에서 총소리가 나는 것과 동시에 총알 한 발이 화창한 공기를 가르며 스쳐 지나갔다. 두 번째 총성에 말에서 굴러떨어진 대대장은 숲속으로 도망쳐 들어갔다

저격이다. 그 외에는 생각할 수 없었다. 대대장인 걸 알아보고 저격한 것이다! 거리는 가까웠다. 필시 반대쪽 비탈면에 소련군 저격수가 숨어 있는 게 틀림없다. 대대장은 나무 사이를 기어 숲이 우거진 쪽으로 올라갔다. 당번병은 총소리에 겁을 먹고 왔던 길을 미친 듯이 뛰어 내려가는 말을 쫓아간 것인지, 아니면 그 자신이 겁을 먹었는지, 산길을 뛰어 내려가고 있었다. 대대장은 이제 호위도 없다. 그는 저격수의 사정거리 내에서 몸을 숨기고 있는 것이 두려워서 견딜 수 없었다. 칼

을 빼들고 과감하게 몸을 일으켜서 관톈 산 막사를 향해 수풀 사이를 미친 듯이 달리기 시작했다.

간이 떨어진 것은 보초를 서고 있던 위병일지도 모른다. 죽은 사람처럼 창백해져서 몰골까지 말이 아닌 대대장이 칼을 빼든 채 비틀거리고 넘어지면서 뛰어와서는 쉰 목소리로 부르짖었다.

"비상이다!"

보초는 초소를 향해 복창했다.

"비상!"

위병 사령인 히로나카 하사는 얼굴이 흙빛이 되어서 뛰어나왔다.

"위병, 추적하라, 이쪽 방향이다!"

대대장이 헐떡였다.

"적 저격수다! 인원수는 모른다!"

"나팔!"

히로나카 하사가 소리쳤다.

"나팔수! 비상나팔이다!"

나팔수가 나팔을 입에 댔다. 그때서야 대대장이 겨우 약간의 냉정함을 되찾았다.

"잠깐. 위병 사령은 병사 다섯 명을 데리고 추적하라. 이상이 있을 시엔 3연사로 신호를 보내라. 소대장은 어디 갔나?"

"……순찰 중입니다."

"좋아. 어쨌든 가라!"

위병들은 인솔자 이하 여섯 명의 척후 겸 첨병이 되어 전력으로 달려 나갔다. 대대장은 타는 듯한 목구멍으로 조각조각 찢어진 공기를 한 덩이씩 삼켰다. 칼을 빼들고 기괴한 몰골로 서 있는 자신의 모습은 아직 깨닫지 못했다.

히로나카 하사와 다섯 명의 병사는 처음으로 사지를 헤치고 들어가는 척후의 공포를 맛보았다. 의지할 것은 눈과 귀밖에 없다. 1초라도 먼저 발견하느냐 발견하지 못하느냐가 생과 사의 갈림길이 된다. 나무 사이에 숨어서 눈을 앞장세우고 보이지 않는 적을 찾아다니는 모습은 당사자들이 비장하면 비장할수록 옆에서는 우스꽝스럽게 보인다.

멧돼지를 쏴 죽이고 놀러 나갔다가 돌아오는 젊은이들처럼 기분이 좋아져서 돌아오던 가게야마 일행은 이 비장하고 우스꽝스러운 척후와 숲속에서 마주쳤다. 기분의 차이가 너무 심하게 났다. 서로의 이야기가 진히 길피를 잡시 못하고 헛돈다.

겨우 납득이 갔을 때 아홉 사내의 웃음소리가 숲속에 울려 퍼졌다.

"정말 많이 놀랐겠군!"

가게야마는 웃음이 멈추지 않았다.

"그런데 문제는 이 정도 거리에서도 실패하는 저격수가 여기까지 정말 뻔뻔하게 왔느냐, 안 왔느냐야. 안 그래, 가지?"

멧돼지를 쏴 죽인 가지는 쓴웃음으로 대답을 대신했다.

"대대장님이 잔뜩 흥분해 있으니까……"

몸집이 작은 히로나카 하사는 진지한 표정으로 말했다.

"뭔가 그럴 듯한 상황을 만들어야 되지 않겠습니까?"

병사들도 그제야 거기에 생각이 미친 모양이다. 지금까지의 밝은 웃음소리와는 반대로 표정이 어두워졌다. 가지는 가게야마가 어떻게 나오는지를 지켜보고 있었다. 국경선에서의 발포는 분쟁의 원인이 된다는 이유로 엄격히 금지되고 있다. 하기야 그것은 글자의 해석에 따라 얼마든지 바뀔 수 있다. 국경에 인접한 비탈면에서의 사격은 확실히 적진을 자극할 위험이 있지만, 반대쪽 비탈면에서의 사격도 음향에 따라 자극할 우려가 있다면 사격 연습은 아예 할 수 없게 된다.

"걱정하지 마, 나한테 맡겨둬."

가게야마는 짓궂게 웃었다.

"대대장은 가장 중요한 저격 목표다. 그런 대대장이 단신으로 위험지역을 다닌다는 것은 무용을 증명하는 것이 아니야. 그 정도는 이미 스스로도 반성하고 있겠지. 단, 이 멧돼지는 안타깝지만 칭원타이로 보낸다. 단념해라."

"순찰은 이상 없이 마쳤습니다."

가게야마는 시치미를 떼고 대대장에게 보고했다.

"도중에 멧돼지를 한 마리 발견하여 사살했습니다. 스즈키 하사, 대대장님이 돌아가실 때 이놈을 칭원타이까지 운반할 병사 두 명과 대대장님을 호위할 네 명의 병사를 붙여라."

우시지마 소령은 자신의 당황한 모습이 뜻하지 않은 희극의 1막을 연기해버린 것을 깨닫고, 고작 한 호흡밖에 안 되는 시간에 격노와 절망적인 치욕 사이를 몇 차례나 왕복했다. 소위의 행동은 확실히 건방졌다. 벌을 주고 싶었다. 하지만 적의 소재조차 확인하지 않았던 자신의 당황한 꼴은 추태였다. 그런 만큼 더 화가 나는 것이다.

"소위는 발포에 신중하지 못했다."

간신히 위엄을 갖추고 엄하게 꾸짖었다.

"앞으로 수렵과 같은 행위는 대대 부관에게 보고한 다음에 하도록."

"알겠습니다."

가게야마는 병사들이 흔히 쓰는 말로 '멋들어지게' 경례를 올려붙였다. 너무나 멋들어져서 그것이 우롱하는 경례라는 것을 알고도 뭐라고 할 수가 없었다.

가지는 속으로 이 녀석이 장교는 되었지만 영혼은 아직 병사 이하로 썩시는 않았구나, 하고 생각했다.

가게야마는 5분도 채 지나지 않아 이번 희극을 잊은 듯한 표정을 지었고, 또 실제로도 이것을 문제로서 의식 속에 남겨두지 않지만, 대대장은 그렇지 못했다. 가게야마에게서 진지 경비에 대한 보고를 받으며 갓 임관한 이 애송이의 결점을 찾아내려고 신경을 곤두세우고 있었다. 그러나 아무런 결점도 찾아내지 못하자 소령의 가슴속에는 불쾌함만이 남았다.

가게야마 소위는 이틀 후에 칭원타이 중대로 소환되었고, 대신 잠정적인 지휘관으로 군복에 규칙을 입힌 듯한 본부의 소위가 관텐 산에 배속되었다.

　병사들은 바짝 조여졌다. 더 이상 파이프도 깎을 수 없었고, 골짜기 시냇물에서 빨래를 하며 일광욕도 즐길 수 없게 되었다. 서른대여섯쯤으로 보이는 이 소위는 젊지도 않은데 박식한 면을 드러내 보이고 싶어서 매일 병사들에게 훈화를 늘어놓았다.

　훈화 재료는 살아 있는 역사가 제공해주었기 때문에 노나카 소위는 훈화 재료에 부족함을 느끼지 못했다. 미군의 오키나와 본섬 상륙 작전이 시작되었고, 소련은 소일 중립 조약을 연장하지 않겠다고 통고하여 위기감은 나날이 깊어지고 있었던 것이다.

　노나카 소위의 훈화에 따르면 소일 중립 조약을 연장하지 않겠다는 통고는 실로 '일방적'이고 '비신사적'이며 '음험한 야망을 내포한 것'이기에 병사들은 '단호한 반격의 결의를 공고히 해야 한다'는 것이었다.

　독일과 소련의 전쟁이 일본에 유리하게 전개되면 적당한 시기에 '실력으로 북방 문제(대 소련 문제)를 해결한다'는 것을 4년 전의 '어전회의'에서 결정한 이래 유리한 기회를 끊임없이 엿본 사실이나, 중립 조약의 유효기간 중에 '무사도'를 빙자하여 상대국을 배신하고 독일과 정보를 교환한 사실 등은 노나카 소위의 훈화에서는 전혀 언급되지 않아서 병사들은 아무도 알 수가 없었다.

　위기는 '일방적으로' 소련에서 오는 것이다. 병사는 '실력으로 대동아의 북방 경계를 수호해야 한다!' 회의적인 것을 부끄러워하지 않는 극소수의 병사만이 대의명분은 반드시 침략의 카무플라주가 되지 않는다는 것을 간파하고 있었고, 위기는 침략자에 의해 조작되고, 그 이후에는 피아의 상호작용에 의해 가속도를 붙이면서 다가오는 것을 답답한 심정으로, 그리고 어쩔 도리가 없이 기다리고 있었던 것이다.

## 18

푸른 5월의 산들바람도 한밤중에는 미적지근하니 불쾌하기만 하다. 국경 너머에서 은밀하게 자객처럼 건너온다. 별의 눈물조차 없는 어둠이었다. 지금은 보이지 않는 바로 거기에 역사가 정한 경계선이 어둠 속에 잠들어 있다. 그 부근에서부터 완만한 산기슭이 저편과 이편으로 그저 자연 그대로 갈라져서 경사를 이루고 있다.

그 경계선을 지키기 위해 인간이 목숨을 걸고 불침번을 선다. 무섭고, 무의미하고, 지루하고, 그러면서도 이만큼 기분 나쁜 일도 없었다. 그곳을 한 걸음 넘든지 넘지 않든지 아무런 의미가 없다. 보초는 총을 놓고 그저 어슬렁어슬렁 걸어가면 된다. 그러다 어느 한 걸음이 자기도 모르는 사이에 그 선을 넘어간다. 선 너머에서 누군가에게 말한다.

"어이, 안녕하신가?"

"여어, 안녕하시오?"

왜 그렇게 말하지 못할까? 대화를 나누고, 담배를 주고받고. 어둠 속에서는 성냥불의 조그만 동그라미가 상대편 인간과 이쪽 인간의 생김새와 피부색이 조금은 다른 얼굴을 고작해야 1, 2초간 비춰낼 것이다.

"꽤 따뜻해졌네그려."

"그러게. 이제부터가 좋은 계절이지. 이 일대에도 꽃이 천지사방에 필 거고."

"가족은? 부인은 있고?"

"있지. 날 기다리고 있네. 자네는?"

"나도 있지. 벌써 그럭저럭 1년 반이나 됐군그래. 보고 싶어."

"우리 마누라한테 갖다 줄 기념품이나 교환할까?"

"좋은 생각이네. 그렇게 하세. 다음에 여기서 만날 때 서로 교환하기로 하자고."

"그럼 다음에 보세. 안녕."

"그래, 잘 자게."

왜 그렇게 말하지 못할까?

가지는 조용히 걷고 있었다. 꿈처럼 달콤한 이야기라 즐거운 것인지도 모른다. 그러나 건너편 인간 중에도 자신과 같은 사내가 없지는 않을 것이다. "어이, 안녕하신가?" 그러면 느닷없이 건너편에서 탕! 하고 총알이 날아올까? 가지는 소름이 돋았다. 가령 지금 건너편에서 어둠 속을 손으로 더듬으며 누가 온다면? 가지 같은 사내일지도 모른다. "어이, 안녕하신가?" 그렇게 말하며 올지 모른다. 가지는 방아쇠로 손가락을 가져가지 않을까? "정지! 누구냐?" 그 목소리는, 관동군 일등병, 평화의 사도가 내는 목소리가 아니다.

어째서 이 우호적인 환상 속 작자는 순식간에 살인자로 변모하는 것일까?

가지는 우두커니 서서 귀를 기울였다. 대지를 타고 멀리서 굉음이 들려온다. 중포의 견인차나 탱크가 어딘가에서 이동해오는 모양이다. 보초 교대 때의 전달사항에도 이런 소리가 약 20분간 계속되었다고 했다. 요즘엔 거의 매일 밤 있는 일이다. 정면에 있는 상대편 진지는 근대 장비를 갖춘 병력이 이미 완전히 전투태세를 끝낸 것 같았다. 그렇다면 '어이, 안녕하신가?'는 더 이상 통하지 않을 것이다.

가지는 비참하게 일그러진 자신의 얼굴을 어둠 속에서 상상했다. 언젠가 자신을 향해 불을 뿜으려고 중포나 탱크가 이 정면에 배치되고 있는 것이다. 그것을 향해 '어이, 안녕하신가?'라니 어림도 없는 일이다.

그것이 어림도 없는 일이라면 29뮤나 카츄샤(구 소련군의 다연발 로켓포 - 옮긴이)가 포열을 정렬하고 있는 곳으로 손을 들고 들어가는 것이 낫다. 싸우지 않고 투항하는 것이다. "소련 동맹 여러분, 나는 무기를 버렸소." 가지는 얼굴을 찌푸렸다. 그렇게 손을 들고 투항하는 자신의 모습이 보이는 듯했다. 코쟁이 사내가 가지의 등에 자동소총을 겨누고 저리로 가, 이리로 가. 큰 책상 앞에 세워놓고는 건너편에서 코쟁이 장교가 히죽히죽 웃는다.

"우리가 강력한 병력 전개를 마치고 나니까 네가 무서워서 도망쳐왔다는 건가?"

"그렇진 않다. 난 애초에 귀국과 싸울 의사가 없었고, 현재도 없기 때문이다. 평화를 회복하는 길이 개인적으로는 이렇게 투항하는 것 외엔 없었기 때문이다."

"흠, 그러나 넌 방법이 틀렸다."

코쟁이 장교가 비웃는다.

"넌 네 생활과 직업을 영위하며 평화를 위해 싸웠어야 했다. 우리 해방군은 너희들의 자각이 투항이라는 형태로 실현되는 것이 꼭 반갑지만은 않다."

"설령 그렇다 해도 난 지금까지 그것을 실행하지 않았고, 지금 그것을 실행에 옮긴 것이다. 늦었다 해도, 혹은 차선책에 지나지 않더라도 아무것도 하지 않는 것보다는 낫지 않을까?"

"음."

이번에는 장교가 난처한 표정으로 고개를 끄덕인다.

"그럼 묻겠는데, 네가 소속되어 있던 부대의 병력, 장비, 진지 배치를 상세히 설명하라. 우리는 침략국 군대를 공격하여 분쇄할 것이다. 그 결과, 네 조국에도 네가 원하는 대로 평화가 시작되고 실행될 것이다. 그렇지 않나? 넌 더 이상 관동군의 솔다트(병사)가 아니다. 말하라."

가지는 지금 자신이 서 있는 관톈 산 진지, 그리고 가게야마가 있는 칭원타이 진지를 머릿속으로 그려본다.

"난 거부하겠다."

"거부하는 이유는?"

"난 이제 갓 배속된 일등병이다. 아무것도 모른다. 아마도 귀관이 입수하고 있는 정보의 10분의 1도 모를 것이다."

"좋다!"

장교의 손짓 한 번에 가지는 또다시 자동소총의 총구 앞에서 저리 가, 이리 가. 진공 같은 시간이 통과한다. 갑자기 중포 부대와 탱크 부대가 지축을 흔들며 출동한다. 칭원타이와 관톈 산은 세 시간도 버티지 못할 것이다. 가지는 온몸이 오므라드는 듯한 심정으로 기다린다. 이윽고 야전용 전화가 울리고 전선에서 보고를 들은 코쟁이 장교가 가지를 보고 씩 웃는다.

"네 진지는 궤멸되었다. 네 전우들은 옥쇄했다."

가지는 걷기 시작했다. 멀리서 들리던 굉음은 이제 들리지 않는다. 가지는 코쟁이 장교를 머릿속에 떠올리려고 했다. 그러나 도저히 떠오르지 않았다. 그 대신 어둠 끝에서 어렴풋하게 미치코가 떠오른다. 투항하는 환상에 미치코가 들어오지 않은 것이 이상했다. 지금은 미치코가 그것을 꾸짖고 있는 듯하다.

"나와 한 약속을 잊었나요? 당신은 반드시 돌아온다고 약속했어요."

그러더니 그때 막사에서 함께 보낸 하룻밤처럼 미치코는 흐느껴 울었다.

"가지 말아요……. 돌아와요."

가지는 가슴을 도려내는 듯한 아픔을 느꼈다. 미치코, 어떡하면 좋을까? 가지는 초계선哨戒線을 터벅터벅 걷고 있다. 당신은 몰라, 미치코. 우리는 말이야, 노나카 소령으로부터 본토결전교령이라는 것을 들었어. 전투 중 일반 병사가 명심해야 할 사항이 바뀐 거야. '……부상자는 개호 후송하지 말 것'이야. 다시 말해서 부상당하면 이미 9할 9푼은 살 수 없다는 거야. 난 말이지, 부상당하면 창자를 끌고라도 기어서 돌아갈 거야. 어디까지 갈 수 있을지 모르지만 말이야.

가지는 아나미(아나미 고레치카阿南惟幾-옮긴이) 육군대장이 한 달쯤 전에 공포한 '결전훈'을, 그 따분한 공염불을, 철저하게 인간을 무시하는 그 '황도정신'을, 절망적으로 반추했다. 1. 황군 장병은 신칙을 받들고 거듭 성유聖諭 준수에 매진할 것. 2. 황군 장병은 황토皇土를 사수할 것. 3. 황군 장병은 바라고 있음을 믿을 것. 4. 황군 장병은 육탄공격의 정신에 철저할 것. 5. 황군 장병은 1억 전우의 선구일 것. ……전 관동군 사령관이자 현 참모총장인 우메즈 요시지로는 '총결전에 즈음하여'라는 글에서 본토 결전의 철학을 부르짖었다. '총결전 필승의 방책이란 황토만물을 전력화戰力化하고 유형무형의 국가 총력전을 결집하여 침략해오는 미군을 섬멸하는 데 있다.' '특히 형이상形而上에서의 결전 기백의 확립은 그 제일의第一義다.' '총결전 수행에 있어서 특히 명심해야 할 것은 왕성한 공격정신의 견지다.'

본토 결전론은 국경 진지에 목제 가짜 포를 주고, 병사들에게는 형이상적인 결전 기백을 요구했다. 가지 등은 방금 전 들은 굉음에, 그것이 중포가 됐든 탱크가 됐든, '기백'과 99식 소총으로 맞설 때가 머지 않아 오리라는 것을 느꼈다.

가지는 어둠 속을 응시했다. 지금이라면 갈 수 있다. 신조라면 주저하지 않고 갔을 것이다. 단게라면 어떡할까? 미치코, 어떡하면 좋겠어? 가지는 걷다가 서고 다시 걸었다.

미적지근한 검은 바람 속에서 희미하게 소리가 들렸다. 멀리서 들려오는 그 소리는 노랫소리로도 악기 소리로도 들렸다. 전에는 없던 일이다. 점점 폭을 넓혀가며 들려오는 것 같다. 기분 탓인지 웃으며 떠드는 소리까지 들린다. 가지는 자연의 일부가 된 듯 꼼짝 않고 서 있었다.

그때 선명한 색채의 불꽃이 멀리서 올라왔다. 이제는 확실하게 귀에 익지 않은 멜로디가 흘러온다. 무언가를 축하하는 소리다. 무슨 축제날일까? 가지가 아는 바로는 아무 날도 아니었다. 저렇게 떠들썩한 것으로 보면 보통은 아니다. 저곳에선 지금 노랫소리가 밤하늘을 뒤흔들고 있을 것이다. 이쪽, 가지의 등 뒤에서는, 진지가 죽은 사람처럼 말없이 잠에 빠져 있었다.

뒤에서 발소리가 들렸다. 가지는 자세를 갖췄다. 보초 교대를 하러 오는 것이리라.

"정지!"

발소리가 멎었다. 암구호가 들렸다.

"반딧불."

가지가 대답했다.

"눈."

보초 조장과 교대 보초가 가지 앞에 섰다.

"중포 견인차 혹은 탱크 소리, 약 10분간. 기타 이상 무."

"……저 소리는? 저 소린 뭐야?"

보초 조장이 적진의 어둠 속을 보며 고개를 갸웃거렸다. 몸속으로 스며드는 듯한 선율이 희미하게 들려왔다.

"아까부터 들리고 있습니다. 축제를 하는 것 같습니다."

"그럴 리가 없을 텐데."

보초 조장은 불안한 목소리로 중얼거렸다.

"뭐라고 생각해?"

가지는 사이를 두었다가 대답했다.

"불꽃도 올라왔습니다. ……유럽에서 전투가 끝난 게 아닐까 생각합니다. 필시 독일이 항복했을 겁니다."

## *19*

가지의 추측은 맞았지만 얼마 동안은 확인되지 않았다. 노나카 소령은 설교를 좋아하는 사람인데도 '맹방 독일'의 항복을 훈화 재료로는 삼지 않았다. 그는 독일의 '전격작전'을 신봉하는 사람이었기 때문에 이번 패전 소식은 그의 전쟁관을 뿌리째 뒤흔들기에 충분한 것이었다. 모스크바를 지척에 두었던 압도적인 기계화 병단은 어디로 가 버렸단 말인가. 4주일 동안 러시아의 모든 영토를 유린하겠다고 호언한 '히틀러 대총통'은 왜 지하실의 한 방에서 음독해야 했을까?

노나카는 자신이 심하게 동요하고 있으니 병사들도 동요할 것이라고 생각한 모양이다. 하사관들에게 독일이 항복했다는 정보를 절대로 입 밖에 내지 말라고 함구령을 내렸다.

가지는 미치코에게 엽서를 썼다.

**……앞으로 마른 채소 외에는 각별히 음식물에 유의하길**

자신은 특히 무엇에 유의해야 하는지, 그것을 아직 파악하기도 전에 생활의 변화가 먼저 그를 찾아왔다.

어느 날, 가지는 칭원타이에 있는 중대로 복귀하라는 명령을 받았.

가게야마가 가지를 교관실로 불러서 말했다.

"가지, 날 좀 도와줄래?"

"……어떻게?"

"조만간 초년병들이 입대할 거야. 내가 그 교육을 맡게 되었어. 조교는 정했는데, 조수가 마땅치 않아."

가지는 쓴웃음을 지었다.

"우리 중대엔 신주님과 부처님이 지천이야."

"그것 때문에 골치야. 이번에 오는 초년병들은 스무 살부터 마흔네 살까지, 현역과 제2국민역이 거의 반반이야. 중포 출신들이 린치를 가하면 어떻게 될지 몰라. 병자랑 부상자가 속출할 거야."

"……어차피 그렇게 되겠지."

그 외에는 군대의 존재 이유가 없다.

"네가 조수라면 그렇겐 안 하겠지?"

"그만둬."

가지는 내뱉듯이 말했다.

"양치기 개는 폐업했다고 했잖아."

"난 이미 중대장에게 소총반의 교육 조수는 가지로 하겠다고 보고했네."

가게야마는 빙그레 웃었다.

"내일 일부가 진급 명령을 받을 거야. 넌 상등병이야."

"월급이 3엔쯤 오르겠군."

가지는 도발하는 듯한 눈빛으로 소위를 보았다.

"상등병이라는 미끼를 던져주면 내가 얼씨구나 하고 받아먹을 줄 알았나?"

"그렇게 생각하진 않았어. 단지 네가 폐업을 선언했지만 넌 선천적으로 양치기 개야. 군대에는 많은 늑대와 많은 양, 그리고 아주 소수의 양치기 개밖에 없네. 스즈키 하사도 네가 적임이라고 말했고."

"적임이겠지. 날 조수로 세워놓으면 가게야마 소위나 조교인 하사관은 〈영전범令典範〉을 강의하는 수고를 덜 수 있을 테니까. 소총도 명사수고. ……미안하지만 난 거절하겠네."

"거절하는 이유가 빈약하군. 난 널 임명하겠어."

"소위의 자격으로 말인가?"

"그래. 군대에는 계급 외의 인간이란 건 없지만 친구로서 부탁하는 거네. 날 도와줘. 소총, 경기관총, 유탄발사기, 이렇게 세 반으로 편성하는데 소총반이 제일 많아. 넌 초년병을 장악할 중대 최고의 실력자야."

가지의 얼굴이 흐려졌다. 또다시 라오후링의 재판이 아닌가.

"거절하면 어떻게 되지?"

"어떻게 되지는 않아. 단지 수십 명의 초년병이 너나 내가 맛본 것과 같은 꼴을 당하겠지만. ……혹시 〈소등나팔〉의 개사곡을 아나?"

"……알아."

잊지 않았다. 헌병대에 끌려갔을 때 다나카 상등병이 실내화를 끌며 흥얼거리던 노래다.

"신병님은 불쌍도 하셔라. 또 자면서 울고 계시네."

수십 명의 초년병들이 이 국경 진지에 와서 밤마다 모포를 뒤집어쓰고 몰래 흐느껴 울 것이다. 가지는 초년병일 때의 생생한 기억에 온몸이 뜨거워졌다.

"교육 기간은 짧은 편이야."

가게야마가 말했다.

"아마도 2개월이 채 안 될 거야. 어쨌든 총이라도 쏠 줄 아는 병사들의 머릿수를 만들어놓고 만반의 준비가 되어 있다는 것을 보여주고 싶은 거겠지. 관동군이 아직도 건재하다는 것을 말이야. 난 솔직히 네가 소총반을 맡아주기만 하면 부담이 절반으로 줄어들 것 같다는 생각이 들어."

"소위님의 명령이신데 거절할 수야 없겠지?"

가지는 웃으면서 눈만 반짝였다.

"맡는 대신 조건이 있네."

"뭔가?"

"내무반 편성을 근본적으로 바꾸고 싶어."

가게야마는 입을 굳게 다물고 가지를 바라보고 있었다.

"고참병을 전부 다른 내무반으로 편성해주게. 그리고 가능하면 초년병 내무반엔 조수를 한 명만 넣어주고. 그게 안 되면 적어도 2년병 일부만을 초년병과 함께 지내도록 해주게. 신주님이나 부처님은 전부 신단과 불단으로 모시고, 초년병과는 되도록 접촉하지 않게 하고 싶어. 식사나 청소 시중만은 초년병에게 시키도록 하고. 요컨대 우리가 경험한 내무반 생활의 불쾌한 것들을 형식적인 것부터 우선 규제하고 싶은 거네."

"무리한 요구라고 생각하지 않나?"

가게야마의 얼굴에 곤혹스러운 빛이 지나간 것을 가지는 놓치지 않았다.

"무리일지도 몰라. 하지만 그렇지 않으면 책임을 질 수 없어. 이번엔 라오후링 때와는 달리 나 자신이 철조망 안으로 들어가게 되니까. 생각해보게. 내가 못해도 4년병이라면 또 모르겠지만 이제 겨우 2년병이야. 4, 5년병들을 상대로 어떻게 초년병들을 감싸주겠나?"

"생각은 해보겠지만 실현되긴 어려울지도 몰라."

가게야마가 어두운 목소리로 말했다.

"작은 혁명 같은 거니까."

"이 혁명 운동은 헌병이나 특고(특별고등경찰)에 검거될 염려는 없어."

가지는 비웃듯이 대꾸했다.

"대의명분이야 확실하잖아. 신속 정확한 초년병 교육을 실현하기 위해서라는 대의명분 말이야. 초년병의 전투력을 단기간에 단련시키기 위해서는 내무반의 고부 관계는 백해무익하다고 중대장님에게 말해주게."

가지는 웃었지만 가게야마는 굳은 표정을 짓고 있었다. 장교의 입장은 또 다른 것이다. 장교가 보기에는 고참병이나 초년병이나 같은 병사다. 전투력이라면 오히려 고참병을 중시해야 한다. 가게야마는 훈련 교관이자 전투 지휘관이다. 인간의 관리자가 아니고 인도주의의 선교사도 아니다. 가지처럼 병사들과 함께 있으면서 노예의 인권을 첫째 의의로 주장한다면 소위의 입장은 궁색해지는 것이다. 그러한 곤혹스러움이 표정에 고스란히 나타나 있다.

"가게야마 소위의 입장을 위태롭게 한다고 생각한다면 내 요구는 무시해도 돼."

가지가 말했다.

"날 선천적으로 양치기 개라고 말한 건 너야. 양치기 개의 성질이 어떤지는 알고 있겠지? 나는 간부후보생을 지원하지 않은 걸 정말 잘했다고 지금 널 보고 비로소 생각하게 됐어. 만약 내가 조수를 하면 인간과 군대 사이에 끼어 더 괴로워질지도 모르지만, 그래도 상관없다고 생각해. 입원할 때까지 난 고독한 선의의 맹수였네. 입원하고 나서 오늘까지는 쓸모없는 방관자로 영락했어. 이쯤에서 어떻게든 해야 되는 시기일지도 모르지."

"중대장에게 내가 얘기하는 것만으로는 이 문제가 잘 해결될 것 같지 않아."

가게야마는 마음이 무거운 듯 말했다.

"중대장도 나와 마찬가지로 느낄 테니까. 중대는 전투단위이지 초년병의 학교가 아니야."

"옛정을 봐서 말해주게."

가지는 화를 누르며 조금 창백해진 얼굴로 말했다.

"중위로 진급하고 싶으면 날 상등병으로 진급시키거나 조수로 삼지 않는 게 나을 거야."

가게야마의 굵은 눈썹이 송충이처럼 꿈틀거렸다. 가지는 말을 이었다.

"우리가 헤어진 지도 어느새 2년이 넘었군. 소위와 상등병 후보라고 벌써 생각이 이렇게 달라진 걸까?"

"소위에게 무례하군."

가게야마는 웃었다. 반은 농담, 반은 진담이었다.

"여전히 우직하고 눈치가 없어, 넌. 소위가 일등병의 선동으로 쉽게 움직일 수 없다는 것쯤은 알아둬."

가지는 일어서려고 했다. 말할 만큼 말했다. 더 이상은 나갈 수 없는 울타리 안에 갇혀 있다. 가게야마를 이 이상 몰아세우는 것은 가지 자신까지 몰아세우는 것이 될지도 모른다.

"이 문제는 방법이……."

가게야마가 그렇게 말했을 때 노크 소리도 없이 문이 열리고 중대장인 후나다가 들어왔다. 가지는 직립 부동자세를 취했다.

"소총반 조수 가지입니다."

가게야마는 시치미를 떼고 그렇게 말했다.

"아아, 그래. 중요한 임무니까……."

후나다는 부드러운 표정과 여자 같은 새된 목소리로 가지에게 말했다.

"잘해주길 바란다."

"네."

가지는 기계적으로 대답하고 가세야마 쪽을 힐끗 쳐다보았다. 어서 말해, 편성을 바꾼다고! 그러나 가게야마는 후나다에게는 말하지 않고 가지에게 말했다.

"네 의견을 조교인 하사관들에게 말해봐."

밑에서부터 절차를 밟으라는 말일 것이다. 가게야마의 성격을 봐선 교활한 방법이지만 할 마음이 없는 것도 아닌 것 같다.

"……그렇게 하겠습니다."

"무슨 말인가?"

중대장이 두 부하의 얼굴을 번갈아 보았다.

"나중에 설명해드리겠습니다."

가게야마는 간단히 대답했다.

"가지, 이제 가도 된다. 나중에 적당한 시기에 경과보고를 해줘. 난 다음 주에 초년병들을 인수하러 출발한다."

## 20

"보충병이 조수를 한다는군!"

4, 5년병들은 웃었다. 그들의 상식으로는 교육 조수란 빠릿빠릿한 현역 중에서도 기합이 가장 많이 들어가 있는 병장이나 상등병이 해야 한다. 보충병에다 신임 상등병이 조수를 하게 되다니 관동군도 이제 '갈 데까지 갔다'는 것이다.

중포 출신의 고참병들은 〈보병조전〉도 제대로 읽지 않았고, 이제 와서 새삼스레 초년병을 상대로 '하나, 둘' 구령을 붙이는 것도 우습다고 생각하고 있었지만, 그렇다고 해서 보충병 출신의 2년병이 중대에서 중요한 자리를 꿰차는 것을 보는 것도 심사가 뒤틀린다. 보충병 2년병 주제에 수시로 교관실에 들락거리다니 정말 아니꼬운 놈이다. 장교한테 아첨을 떨어서 상등병이 된 것이 틀림없다.

"야, 가지 상등병."

3년병인 마스이가 총을 분해해서 수입하고 있는 가지에게 말을 걸었다. 마스이도 중포 출신이고, 3년병이지만 이번 진급에서 또다시 상등병이 되지 못했다. 그의 특기는 명인이라고 해도 좋을 정도로 휘파람을 잘 불었지만, 근면하지 못하고 책임감이 없다는 딱지가 붙어 있다. 본인은 그렇게 생각하지 않기 때문에 2년병이 먼저 진급한 것을 보니 배알이 꼴린 것이다.

고개만 들고 대답을 하지 않은 가지 곁으로 와서 샛트집을 잡았다.

"조수가 됐다고?"

"……그렇습니다."

"뭘 가르치나?"

"……배운 걸 전달할 뿐입니다."

"뭘 배웠는데?"

가지는 대답하지 않았다. 신단과 불단에서 곱지 않은 시선이 일제히 자신에게 쏠리는 것을 느꼈다.

"넌 조수를 할 정도니까 두루두루 많은 걸 알겠지만, 이거 하나만은 아직 모르는 모양이군."

마스이는 코를 벌름거리며 성원을 바라듯 내무반 안을 둘러보았다. 아카보시 상등병이 네모난 얼굴을 일그러뜨리며 소리쳤다.

"마스이, 가르쳐줘라!"

"아카보시 상등병님, 저는 일등병이라 가지 상등병님께는 감히 가르침을 드릴 수가 없습니다."

마스이는 그렇게 말하고 고참병들이 웃는 것을 보고 나서 씩 웃었다.

"상등병은 일등병보다 잘났다면서?"

가지는 잠자코 노리쇠를 끼우고 방아쇠를 당겼다. 마스이는 때릴 작정일 것이다. 군대는 계급이 아니라 연차가 행세하는 곳이라고 주먹으로 가르쳐줄 심산일 것이다. 따귀 한두 대쯤은 가지도 이미 단련되어 있다. 놀라지도 않을 것이다. 어차피 맞을 거라면 묵살해버리면 그만이다.

예상대로였다.

"너 이 자식, 상등병이 되었다고 잘난 척하지 마!"

왔다.

"야, 이 새끼야, 너 밥은 몇 그릇이나 처먹었어?"

내무반에서의 서열은 식사 횟수에 비례한다. 가지 상등병은 마스이 일등병보다 정확히 1년치가 부족하다. 상등병이 되었다고 '잘난 척한' 기억도 없지만 잘난 척했다고 한다면 어쩔 도리가 없다. 그럴 바에는 차라리 정말로 잘난 척하는 게 나을지도 모른다.

어디 두고 봐라! 네놈들을 이 내무반에서 깨끗이 쓸어버릴 테니까!

마음의 동요가 표정에 나타났는지 마스이의 손이 철썩 하고 선명한 소리를 내며 가지의 뺨을 때렸다. 가지는 잠자코 총을 총걸이에 세웠다. 마스이가 집요하게 다가오며 말했다.

"전달 따귀라는 걸 가르쳐주지. 기억해둬라!"

그러더니 다시 한 번 따귀를 때렸다.

"좋아! 1호 장약!"

누군가가 소리쳤다. 모두가 웃었다. 중포대의 따귀 등급을 말하는 모양이다.

"가지."

병장으로 갓 진급한 5년병인 오노데라가 침대에서 불렀다.

"넌 보병 부대 출신의 상등병이다. 마스이의 따귀를 맞아도 된단 말이다."

다시 또 모두가 웃었다. 연극의 막이 오르는 게 즐겁다는 듯. 가지는 다른 총을 집어다 식탁 위에 놓았다. 총기 수입이라도 하지 않으면 이 시간을 견딜 수 없다. 한 마디라도 대꾸를 했다간 연극의 막은 바로 올라갈 것이다. 하얀 분을 바른 것처럼 창백해진 얼굴이 한 부분만 빨개진 것은 두 번의 정확한 따귀 때문이다. 조금만 더 참자! 네놈들을 내 무반에서 내쫓아주마!

"가지!"

아카보시 상등병이 번들번들한 얼굴로 소릴 질렀다.

"가게야마 교관의 잠방이 속에 숨어 들어가서 중포 병사들이 무서워서 도저히 조수 일은 못하겠다고 말하고 와!"

"조수라."

관특련의 이누이 상등병이 비웃었다.

"대단한 조수야!"

"제기랄!"

다른 한 명이 말을 받았다.

"관동군도 엉망이 다 됐군! 민간인 아저씨가 조수라니!"

가지는 잠자코 총기 수입만 계속했다. 연극의 막은 올라가지 않았다. 웃음소리는 탄력을 잃고 흐지부지 사라졌다. 하지만 발산되지 못한 에너지는 그늘에 숨어서 끈질기게 다음 기회를 노릴 것이다. 고참병들의 곱지 않은 시선이 그것을 예고하고 있는 듯했다.

## *21*

마음을 단단히 먹지 않으면 안 된다. 조수는 하지 않겠다고는 절대로 말하지 않을 것이다. 라오후링의 재판이라 해도, 그리고 양치기 개의 역할을 맡는다 해도 이번엔 양을 향해서는 짖지 않을 생각이다.

가지는 경기관총반과 유탄발사기반의 조수가 된 현역 2년병인 이와부치와 가와무라에게 내무반 재편성의 필요성을 역설했다. 각자 다른 부대에서 전속해온 병사들이라 낯은 설지만 초년병의 고충은 아직 기억 속에 선명하게 남아 있기 때문에 "가능하다면야 그 편이 낫지."라고 두 사람 다 가지의 의견에 따르는 것으로 보였다. 그렇다면 셋이서 하사관을 각개격파하자고 하니까 이와부치는 꽁무니를 뺐다. 가지는 가게야마 교관의 옛 친구이고 나이도 들었으니까 하사관에게 그런 말을 해도 듣는 척이라도 하겠지만, 젊은 현역 이등병이 그렇게 말했다간 고참병을 은근히 무시한다고 의심받게 된다는 것이다.

초년병은 장악하고 싶고, 고참병에게는 미움을 받고 싶지 않다. 아니 오히려 고참병들에게 미움을 받을 바에는 초년병이 개돼지 취급을 받는 것을 방관하는 게 편하다. 두들겨 패도 내버려뒀다가 나중에 "고참병님, 앞으로는 주의시킬 테니까 용서해주십시오."라고 구원의 손길을 뻗어주는 것이 무난한 방법일지도 모른다. 이와부치는 젊은 나이에 어울리지 않게 벌써 그런 것을 계산하고 있는 듯했다.

가와무라는 어정쩡한 태도였지만, 결국 이와부치 쪽으로 기울었다. 두 사람 다 가지가 하사관들부터 잘 설득하면 찬성하겠다는 것이다. 어이없게도 젊은 두 사람이 나이가 많은 가지에게 편승해서 추이를 지켜본 다음 태도를 정하겠다는 기회주의자의 모습을 보이고 있다. 가지는 두 사람에게서 협조를 구하기는 틀렸다고 포기했다. 대신 고참병들에게 말하지 않겠다는 약속을 받고 스즈키 하사를 설득하기 시작했다. 스즈키는 소총반의 조교로 정해져 있었다.

"교관님은 찬성하신다고?"

스즈키는 호의적인 반응을 보였다.

"그렇습니다. 세 반의 반장님이 찬성하면 중대장님의 양해를 받을 수 있다고 했습니다."

"잠깐 기다려봐."

그렇게 말하고 스즈키는 나갔다가 금방 경기관총반의 마쓰시마 하사와 유탄발사기반의 히로나카 하사를 데리고 왔다. 가지는 긴장했다. 각개격파할 생각이었는데, 이렇게 되면 가지가 오히려 포위된 꼴이다.

마쓰시마 하사는 스즈키의 입에서 가지의 '대의명분'을 들었지만, 현재의 5년병과는 동기이고 최근에 진급한 경우라서 가지를 탐탁지 않게 보았다.

"네가 시달리는 게 싫어서 그렇게 말하는 거겠지."

마쓰시마는 짓궂게도 가지의 가장 아픈 곳을 찔렀다.

"……그런 점도 있습니다."

가지는 침착하자, 침착하자 하고 목구멍이 바짝바짝 마르는 것을 느끼면서 자신에게 들려주었다.

"그러나 전부는 아닙니다. 가령 재편성이 된다면 제가 더 미움을 사게 되리라는 것은 각오하고 있습니다. 이번에 오는 제2국민역의 초년병 중에는 마흔 살쯤 된 자가 상당히 많다고 들었습니다. 2개월도 안 되는 교육기간 동안 내무반에서 너무 심하게 당하게 되면 교육 같은 건 절대로 머리에 들어오지 않는다고 생각합니다. 제가 초년병일 때도 자살한 자가 한 명 있었습니다. 만약 자살이나 탈영하는 자가 나오면……."

스즈키가 동의하듯 고개를 끄덕인 것이 유일한 희망이었다. 마쓰시마의 완고한 표정은 변하지 않는다.

"그런 불상사가 생기지 않도록 하는 것이 우리나 너의 임무가 아닐까?"

"단련하는 것만으로 인간이 강해진다고는 생각하지 않습니다. 이번에 오는 초년병들은 필시 체력이나 기력이 제각각일 것입니다. 천편일률적인 방법으로는 무조건 낙오자가 나옵니다."

"고참병들은 어떡하고?"

히로나카가 성난 듯이 말했다.

"5년병이나 4년병이 모든 걸 다 스스로 하란 말이야?"

"필요한 것은 조수가 가르쳐서 초년병에게 시키겠습니다."

"그럼 마찬가지이겠군. 어차피 바보 같은 짓만 할 테니 고참병들이 가만히 있을 리가 없다!"

"마찬가지라고는 생각하지 않습니다."

가지는 수세에서 과감하게 공세로 전환했다.

"반장님은 항상 장교와 함께 생활하시기를 바라십니까? 고참병이 반장님들과 늘 같이 있는 것을 기뻐한다고 생각하십니까?"

히로나카는 입을 삐죽 내민 채 잠자코 있었다. 마쓰시마가 또 말했다.

"너 같은 방법으론 멍청한 초년병밖에 안 될 거야."

"초년병에게 게으름을 피우게 하려는 게 아닙니다."

가지는 긴장이 풀리자 이번엔 열기를 띠었다.

"두고 보십시오. 저는 훈련은 엄하게 시킬 겁니다. 단지 내무반에서는 친절하게 대해주고 싶습니다."

"2년병인 네가 뭘 안다고?"

마쓰시마가 소리쳤다.

"병사들이란 친절하게 대해주면 거기에 젖어서 기어오르는 법이야. 그리고 그때부터 안 되겠다 싶어서 잡죄면 이번엔 반대로 원망한다. 처음부터 따끔한 맛을 보여줘서 군대란 이런 곳이라는 것을 철저하게 인식시켜주지 않으면 안 돼."

"제가 그렇게 철저히 교육받았습니다."

가지는 완전히 달라진 어두운 목소리로 말했다.

"그 탓인지 이 사람이면 함께 죽어도 좋다고 생각한 사람이 지금까지 한 명도 없었습니다. 저는 조수를 한다면 제가 맡은 초년병에게는 그런 사람이 되고 싶습니다."

마쓰시마는 불쾌한 듯 입을 다물었다. 이 말에 대해서만은 2년병이 뭘 알고 지껄이느냐고 호통을 칠 수도 없었다. 전투라도 벌어지면 이 자리에 있는 세 명의 하사관은 누구나 병사들에게 그런 사람이 되고 싶을 것이다.

"지금 당장 결정할 필요는 없겠지."

스즈키 하사가 애매모호한 태도로 나왔다.

"가지의 말도 일리가 있어. 하지만 골치 아픈 문제야, 이건. 어때 가지, 우리한테 맡겨주지 않겠나? 상등병인 네가 나설 문제는 아닌 것 같은데……."

가지는 입을 다물었다. 세 명의 하사관이 합의하면 가지의 안은 부결될 것이다. 찬성해줄 것 같은 사람은 스즈키 하사뿐이다. 설령 스즈키가 마쓰시마와 히로나카를 어떻게 설득한다 해도 그 이야기는 내무계나 서무, 병기 등의 담당 하사관과도 상의하게 되어 부결로 기울어질 가능성이 크다. 그때는 가지도 조수를 사퇴하거나, 아니면 초년병을 옹호하며 폭력에 정면으로 맞서야 할 것이다.

가지의 마음은 아직 결정되지 않았다. 결정된 듯했는데, 아직도 흔들리고 있다.

"맡기겠습니다."

표정이 없는 목소리로 가지는 그렇게 대답했다.

가지의 안은 만약 다음과 같은 일이 일어나지 않았다면 실현되지 않았을지도 모른다.

사건의 발단은 미리 계획된 것은 아니었으리라. 가지는 침대 위에서 군화를 닦고 있었다. 오노데라 병장이 큰 목소리로 말하는 것이 들렸다.

"담배가 필요한 놈은 받으러 와! 특별 배급이다. 특별 배급이지만 배급품은 아니다. 내가 얼굴을 좀 팔았다……."

병사들은 오노데라 쪽으로 우르르 몰려갔지만 가지는 가지 않았다. 아껴서 피우면 다음 배급 때까지는 피울 수 있다. 필요하지 않아도 고개를 들고 관심이라도 보이는 척했으면 괜찮았을 것이다. 그렇게 하지 않은 것이 잘못이었다. 내부반 안이 묘하게 조용해졌다.

"쳇! 중포병의 담배는 맛이 없어서 못 피우나 봐."

누군가가 그렇게 말했다. 그 말이 가지에게 하는 말이라는 걸 깨닫기까지도 몇 초나 걸렸다. 문득 고개를 들자 그것을 기다렸다는 듯이 아카보시 상등병의 목소리가 날아왔다.

"가지, 이쪽으로 와. 묻고 싶은 게 있다."

가지는 다가갔다.

"너, 일전에 마스이에게 맞았던 일 기억하고 있지?"

"기억하고 있습니다."

"다시 한 번 맞고 싶어?"

"……아니, 그 정도면 충분합니다."

"그게 아닌 것 같은데?"

오노데라가 옆에서 말했다.

"맞고 싶으니까 그 따위로 행동하는 거 아냐?"

"무슨 말씀입니까?"

"시치미 떼지 마!"

먼저 아카보시의 손바닥이 날아왔다.

"우릴 쫓아내고 네가 대장질을 하겠다는 속셈이지?"

가지는 겨우 이해가 되었다. 하사관 중 누군가가 말했거나, 이와부치나 가와무라 중에 누군가가 누설한 것이다.

"우리가 있으면 초년병을 교육시킬 수 없다고?"

관특련의 소집병인 바바 상등병이 말했다.

"조수가 되고 나면 자기 초년병은 아무도 때리지 못하게 하겠다는 각오로 계신 모양이야."

오노데라가 주위의 동료들에게 설명하듯이 말했다. 이것은 가지가 이와부치에게 한 말이다. 가지의 가슴은 소리를 내며 들끓기 시작했다. 이와부치, 이 새끼! 지금쯤 다른 내무반에서 귀를 기울이고 있는 건 아니겠지?

"그런 각오가 되어 있다면 말이야……."

아카보시의 눈에 불길이 타올랐다.

"이런 각오도 되어 있을 거다."

정면에서 가차 없는 주먹이 날아왔다. 가지는 식탁에 걸려 쓰러지는 것만은 면했지만 코피가 터져 흐르기 시작했다.

"피를 막아."

이누이가 말했다. 배려가 아니다. 계속해서 더 괴롭히기 위해서는 처음부터 너무 처참해지지 않는 게 좋을 뿐이다. 알고 있다. 가지는 휴지로 콧구멍을 막았다. 숨을 쉬려고 입을 벌리자 오노데라가 실내화를 벗어서 있는 힘껏 때렸다.

"입을 벌려라! 좀 더 벌려!"

벌린 입에 오노데라는 실내화를 억지로 밀어 넣으려고 했다. 가지는 얼굴을 돌렸다. 뒤에서 머리를 잡히고, 몸이 여러 명의 손에 붙잡혀서 꼼짝도 할 수 없었다. 오노데라는 억지로 밀어 넣었다. 주위 사람들이 킬킬킬 웃었다.

"그러고 들어. 귀에 마개는 하지 않았으니까 잘 들릴 거다."

아카보시가 말했다.

"꿩도 울지 않으면 총에 맞지 않는다."

바바가 말했다.

"이젠 울지도 않는군. 가엾게도."

이누이가 말했다.

"잘 들어라."

다시 아카보시에게로 돌아왔다.

"고참병을 우습게보면 이렇게 된다. 네가 그렇게 아끼는 초년병들이 오면 칙유나 조전보다 먼저 이것을 자알 가르쳐라. 전투가 벌어지면 무엇에 의지할까? 칙유나 조전이 아니라 고참병이다. 네놈을 이렇게 귀여워해주는 고참병이란 말이다. 기억해둬라!"

고참병들은 가지를 괴롭히는 데 정신이 팔려서 시간이 가는 줄도 몰랐다. 가게야마 소위가 마침 하릴없이 그 앞을 지나가다가 걸음을 멈췄다.

"무슨 일이야?"

흥건한 코피와 입에 밀어 넣어진 채 늘어져 있는 실내화 때문에 가게야마는 그가 가지라는 것을 알아보지 못했다.

가지는 몸이 자유로워졌다. 실내화를 입에서 빼내고 웩 하고 토했다. 피가 섞인 더러운 침과 위액밖에 나오지 않았다. 가지는 실내화 한 짝을 식탁 위에 던졌다. 마루의 더러워진 부분을 발로 문지르고 가게야마 앞을 말없이 지나갔다.

"난 보지 않은 것으로 하겠다."

가게야마가 고참병들에게 말했다.

"단, 이번뿐이다. 앞으로는 5년병이라도 용서하지 않겠다."

가게야마는 가지 쪽을 보았다. 가지는 침대에 반듯하게 누워서 돌처럼 움직이지 않았다.

일석점호 후에 가지는 스즈키 하사에게 불려갔다. 실내에는 마쓰시마와 히로나카가 있었다. 히로나카가 물었다.

"……누가 했는지 중대장님께는 말하지 않았겠지?"

"……말하지 않았습니다."

"말할 생각이야?"

가지는 대답하지 않았다. 스즈키가 말했다.

"교관님은 네가 그런 말을 할 사람이 아니라고 하셨다."

가지는 쓴 물을 삼키는 심정으로 이 말을 받아들였다. 칭찬한 말이 칭찬이 안 된 것이다. 가지는 이렇게 말할 시기를 놓치고 말았다. 정신의 허식이랄 수 있는 것에 구애되어.

"문제를 일으키지 말아주게."

히로나카가 말했다.

"내무반은 아마도 재편성될 거야."

가지는 순간 금방이라도 덤벼들 것처럼 눈을 번뜩이며 마쓰시마를 보았다. 이제 와서 새삼스레 기쁘지는 않았다. 하사관들은 그저 문제를 무마하기 위해서 타협한 것에 지나지 않는다. 조만간 올 초년병의 신상을 걱정한 것은 아니다. 고참병의 횡포를 억누르겠다는 마음도 없다. 고참병들은 분풀이로 그랬을 뿐이다. 오노데라나 아카보시는 죽이고 싶을 정도로 밉지만 도둑질에도 서 푼의 이유가 있는 법이다. 그들은 그들 나름대로 가지에게 맺힌 것이 있었을 것이다. 하사관 놈들은 고참병들이 그런 비열하고 직접적인 린치를 가하지 않고, 무언가 좀 더 악질

적이고 간접적인 박해를 가했다면 내무반을 재편성할 필요 따위는 느끼지 않았을 것이다.

마쓰시마 하사는 가지의 시선 끝에서 멋쩍은 듯 히죽거리고 있었다.


## 22

5월 하순, 산과 저지대에서는 한 해의 꽃이 거의 일제히 피기 시작했고 바람도 녹색으로 물들어 있는 것 같았다. 대기는 투명할 정도로 맑고 해는 높이 떠서 빛나고 있었지만 아직 뜨겁다고 느껴질 정도는 아니다.

초년병들은 사단 사령부에서 국경 진지까지 50여 킬로미터를 하루가 꼬박 걸려서 걸어왔다. 맨손에 대검과 각반 차림을 하고 다들 기진맥진한 모습이다. 지칠 대로 지쳐서 눈알을 뒤룩거리며 다리를 질질 끌고 온다. 만약 대검이 없었다면 난민 집단으로밖에는 보이지 않았을 것이다. 그들은 칭원타이 진지에서 총을 받고 '적전敵前'에서 교육을 받으면서 국방의 최전선을 맡게 되어 있었다.

병사들은 아직 몰랐다. 이때의 소집과 때를 같이하여 대본영은 관동군의 전투 서열을 하명했던 것이다. 야마다 관동군 총사령관에게 시달된 대 소련 방위작전 계획의 요지는 '소련군을 격파하고, 이어서 징투선(신징新京—투먼圖們 선) 이남, 롄징 선(다롄大連—신징 선) 동쪽의 요지를 확보하고 지구책持久策을 써서 전군의 작전을 용이하게 한다.'는 것이었다. 즉, 조선반도의 북쪽에 있는 성砦을 겨우 다섯 개 '확보'하고 일본 본토를 '소련의 위협'으로부터 지키기 위해서 광대한 주변 지역에 배치된 군인들은 이미 버려질 운명에 처해 있었다.

병력 대동원의 입안자나 발령자의 심안에는 국경을 향해 개미떼처럼 뿔뿔이 흩어져서 가는 수만 명의 인간 행렬이 어떻게 비쳤을까?

희생양의 행렬이 다가온다. 땀을 흘리고, 먼지를 뒤집어쓰고, 다리를 질질 끌면서. 각 중대의 조수들은 미리 준비해놓은 주먹밥을 들고 진지에서 10킬로미터 지점까지 마중을 나갔다.

해는 산 너머로 떨어지고 멀리 산마루에서 근처까지 녹음 위로 땅거미가 지기 시작한다.

"왔다."

길가에 흩어져서 앉아 있던 조수들이 일어났다. 산 사이로 꼬불꼬불 구부러진 길에 길고 너더운 행렬이 나타났다. 대열은 그야말로 의기소침해 있었다. 불과 며칠 전에 그들은 깃발과 노랫소리로 환송을 받으며 겉보기에는 위풍도 당당하게 길을 떠났던 인간들이었을 것이다. 그러나 지금은 몸에 맞지도 않는 누더기 군복과 발에 맞지도 않는 군화가 걷고 있을 뿐이다.

초년병들은 마중 나온 조수들에게 저마다 "수고하십니다."라고 인사하는 것을 빼먹지 않았지만, 먼지투성이의 얼굴에서 튀어나온 눈은 주먹밥 쪽으로 달려가고 있었다.

"수고하셨습니다."

가지는 11중대의 초년병을 인솔해온 가게야마 앞에서 발뒤꿈치를 울리며 '멋들어진' 거수경례를 했다.

"내무반 정비는 끝났나?"

가게야마가 피곤한지 평소와는 다른 사람처럼 다정한 목소리로 말했다.

"끝났습니다."

오늘 아침, 고참병들은 우리 안으로 쫓겨 들어가는 야생의 동물들처럼 투덜거리면서 내무반을 바꿨다. 이 초년병들이 들어갈 내무반은 지금 텅 비어 있다.

가게야마가 빙그레 웃더니 특별히 나지막한 목소리로 덧붙였다.

"가지, 미안한데, 나도 주먹밥 좀 줘."

가지는 또다시 발뒤꿈치를 쿵 하고 울렸다.

"알겠습니다, 교관님."

가지가 어린아이 머리통만 한 주먹밥을 만들어서 가게야마에게 들고 가자 땅바닥에 앉아서 이미 허겁지겁 먹고 있던 초년병들은 엄청 크다! 하고 정말로 부러운 듯한 시선을 가게야마의 손에 모았다.

"교관님은 창피해서 더 달라는 말을 못해서 그래."

가지는 주위에 있는 초년병들에게 말했다.

"너희들이 배불리 먹을 만큼은 가지고 왔어. 걱정하지 마."

초년병들은 내일부터의 일은 모른다. 지금은 그저 굶주린 들짐승들

일 뿐이다. 먹을 것만 있으면 마음을 놓는다. 웃으며 어리광 부리듯 가지를 보고 있었다.

가지는 가게야마에게 물었다.

"소총반은 몇 명입니까?"

"56명이다. 경기관총 30명, 유탄발사기 20명."

"소총반은 먹으면서 손을 들어라."

가지는 초년병들을 둘러보았다.

"내가 오늘부터 너희들과 침식을 같이할 것이다. 혹은 생사를 같이 한다고 말해야 할지도 모르겠다. 난 조금도 무섭지 않은 상등병이다. 그 점이 너희들에게 득이 될지 해가 될지는 모르지만 내무반에서는 너희들의 어머니가 될 작정이다. 엉덩이 정도는 때릴지도 모른다. 너희들의 어머니도 그 정도는 하셨을 테니까 말이다."

초년병들은 웃었다. 가지는 정말로 어머니가 된다고 생각하니 가슴이 뜨거워졌다. 둘러보다가 초년병 한 명이 몹시 풀이 죽어 있는 것이 눈에 들어왔다. 벌써 마흔은 확실하게 넘은 늙은 제2국민역이다. 스무살짜리 현역과 보조를 맞춰 걷는 것조차 무리이지 싶었다. 그러나 가지가 걱정하는 것은 그게 아니었다. 맥없이 풀이 죽어 있는 모습이 자살한 오하라를 보는 듯했다. 아니 오하라보다 나이가 많아서 그런지 그 모습이 더욱 비참하게 보였다.

가지의 눈치를 살피면서 불안한 시선을 들고 어둠이 점점 짙어져가는 뒤쪽의 산들을 뒤돌아보는 것은, 산을 보는 것이 아니라 구름 끝에 두고 온 생활과의 작별을 애석해하고 있는 것이리라. 가슴에 흰 헝겊 명찰을 달고 있다. 엔치, 그것이 이 늙은 초년병의, 과거의 인격을 대표하는 이름이다.

가지가 말했다.

"주먹밥을 다 먹었으면 기운을 내서 중대까지 걸어간다. 지금쯤 너희들은 다리가 아플 것이다. 나도 안다. 아프겠지만 어머니라고 대신 걸어줄 수는 없다. 군대란 그런 곳이다. 너희들은 오늘 이미 40킬로미터 이상을 걸어왔다. 후방에 무엇을 남겨두고 왔지? 너희들의 가족이다. 지금부터 가야 하는 전방에는 무엇이 있을까? 국경이다. 그곳으로 가서 뭘 할지 알고 있나? 실은, 교관님 앞이지만, 나도 모른다……."

초년병들은 또 웃었다. 가게야마는 듣지 않는 척하지만 쓴웃음을 짓고 있었다.

"뻔한 얘기를 너희들에게 들려줄 필요는 없을 것이다."

가지는 그렇게 말했다.

"난 내 식대로 생각한다. 우리가 국경에 가는 것은 필시 우리의 가족이 후방에서 편안하게 자기 위해서는 그렇게 할 필요가 있기 때문이다. 그런 운명이 된 것이다. 왜 그렇게 된 것일까? 지금 생각하는 것은 머리만 아플 뿐이니까 그만두는 게 낫다. 우리는 여기에 있다. 여기에서 앞으로 간다. 후방에 남겨두고 온 것은 소중하게 가슴속에 간직해두어라. 소등나팔이 울리고 나서 몰래 꺼내 인사해라. 내일도 건강하게. 그렇게 말하는 것이다. 난 계속 그렇게 말해왔다. ……너희들보다 1년 반쯤 선

배인 내가 주의를 주는 것은 이걸로 끝이다."

가지는 엔치를 보았다. 엔치 이등병은 고개를 숙이고 있었다. 초년병들은 갑자기 외로워 보였지만 가지 쪽으로 보내는 시선에 두려운 기색은 보이지 않았다. 각자 자신의 운명을 파악하는 동안 자신의 욕망이라는 부담은 묵묵히 짊어지고 갈 것이다.

이와부치나 가와무라는 가지에게 기선을 빼앗겨서 연설은 하지 않았다. 소총반 56명은 초년병의 과반수다. 주도권이 자연스럽게 가지의 손으로 넘어가는 것을 현역 조수인 두 사람은 어떻게 할 수가 없는 것 같았다.

다시 대오를 갖추고 걷기 시작했을 때 가지가 엔치에게 다가가서 물었다.

"아이 걱정이라도 하는 건가?"

엔치는 자신에게 말을 걸어주는 사람이 있다는 반가움에 객기를 부리며 웃어 보였다. 그는 장사치다. 장사치는 웬만큼 약삭빠르게 돌아다니지 않으면 통제 때문에 생계를 꾸릴 수가 없다. 많은 아이들을 거느리고 있는 아내의 고생은 이루 말할 수가 없다.

"……저 하나만이 아닙니다. 괜찮습니다, 상등병님."

괜찮지가 않아 보이는 안색에서 가지는 다시 오하라의 모습을 보았다.

"국경은 적과 가깝습니까?"

현역 이등병이 물었다. 데라다라고 가슴에 적혀 있다.

"적?"

가지는 무심결에 되물었다.

"……가깝지."

"그럼 정말 최전선이군요?"

데라다의 앳된 눈동자에 생기가 돌았다.

"……이제 아버지한테 자랑할 수 있겠다."

"네 부친은……."

"군인입니다. 소령입니다."

목소리가 들떠 있다. 가지는 총성 두 발에 기절할 것처럼 당황한 우시지마 소령을 떠올리고 쓴웃음을 씹어 삼켰다. 이 소년은 군국주의의 어린 싹일지도 모른다.

"상등병님은 실전 경험이 있으십니까?"

"없어."

"없어도 조수가 될 수 있습니까? 아버지 말로는……."

악의가 없는 질문이었지만 가지의 신경을 건드렸다.

"네 부친이었으면 날 조수로는 쓰지 않았겠지."

힐끗 소년을 보았다.

"난 너희들에게 전투 방법을 가르치는 것이 아니라 어떻게 하면 목숨을 부지할 수 있는지를 가르칠 생각이다."

데라다는 잠잠했다. 뒤에서 느닷없이 괴상한 목소리가 들렸다. 나카이라는 아직 서른은 되어 보이지 않는, 거리의 불량배가 군복을 입은 듯한 사내였다.

"사진은 가지고 있어도 괜찮을까요?"

"까요는 좋지 않다."

가지는 웃었다.

"무슨 사진인가?"

"여자입니다."

"괜찮다. 사진은 대개 남자나 여자의 것이지."

"거 봐라, 이 자식아!"

나카이가 곁에 있는 젊은 병사에게 말했다.

"아닙니다."

다카스기라는 그 젊은 병사가 응석을 부리는 듯한 말투로 말했다.

"이 자식이 갖고 있는 것은 여자의 나체 사진입니다. 달랑 수영복만 걸치고 있단 말입니다."

가지는 얼굴을 찌푸렸다. 수영복을 입은 여자 사진이 〈영전범〉의 어느 조항에 저촉된단 말인가?

"부적 대용품인가?"

"……비슷한 겁니다."

"내무 검사에서는 통과되지 못할 거다. 버리기 싫으면 훈도시禈(남성의 음부를 가리기 위한 폭이 좁고 긴 천 - 옮긴이) 안쪽에 꿰매 넣던가."

모두들 일제히 웃었다. 이 상등병님은 이야기가 통한다. 가지는 그들의 웃음소리를 그렇게 들었다. 기분은 나쁘지 않다. 하지만 이런 태도를 그냥 내버려두어서는 안 된다. 응석 부리는 버릇이 들면 이들은 훗날 더 많은 눈물을 흘리게 될 것이다.

가지는 말투를 바꿔 말했다.

"미리 말해두지만 나 외의 고참병에게는 군대 용어를 써라. 있어요, 없어요. 사회에서 쓰던 그런 말을 무심코 썼다간 눈앞이 아득해지는 주먹이 날아올 거다. 알겠나?"

이제 거의 밤이 되었다. 검은 산 저편에는 희생자들의 도착을 기다리며 국경 진지가 똬리를 틀고 있다.

## 23

가지는 바빠졌다. 혼자서 생각에 잠겨 있을 만한 틈조차 없었다. 56명이나 되는 어리벙벙한 신참자들을 하나하나 챙기다가는 끝이 없다. 빠릿빠릿하게 움직이고, 척척 처리해나가지 않으면 안 된다. 표정도 몸짓도 바짝 긴장해서 한 대 치면 튕겨져 나올 것 같은 탄력을 보이고 있었지만, 신경을 곤두세우고 온몸을 주의력으로 무장하고 있는 모습은 병아리를 품고 끊임없이 주위를 경계하고 있는 암탉과 비슷했다. 그러나 병아리는 종종걸음을 치며 돌아다니다가 이따금 어미닭의 주의권 밖으로 나가 버린다. 병아리는 무언가에 정신을 빼앗겨서 그러는 것이다. 어미닭이 부르는 소리가 들리지 않아 정신이 들었을 때는 이미 늦는다. 무서운 동물의 발톱이 병아리의 몸을 꽉 움켜쥐고 있다.

키가 크고 깡말라서 신경질적으로 보이는 고이즈미 이등병은 결코 부주의한 사내는 아니었지만 변소에서 돌아오는 길에 그만 실수를 하고 말았다. 아침부터 밤까지 정신없이 내몰리는 초년병에게 내무반 출입구에서 변소까지 오가는 길은 혼자서 있을 수 있는 비교적 자유로운 시간이다.

그는 입영하기 전에 근무하던 석유화학 회사가 그를 업무상 필요한 인물로 소집 해제 절차를 밟아줄 것이라고 입대 직전까지 믿었고, 국경까지 행군해오는 동안에도 내내 기대를 버리지 않았고, 진지에 도착하고 나서도 여전히 부질없는 기대를 하고 있다. 대학을 졸업하고 만으로 2년, 갓 결혼해서 겨우 일에 익숙해졌을 때다. 병종을 받아 현역에서 면제되었기 때문에 그는 기꺼이 일에 정진했다고 생각한다. 회사는 기술자로서 그를 당연히 소집 해제해줄 것이다. 틀림없이 절차가 늦어지고 있다고 생각했다. 어쩌면 신청서가 어떤 잘못으로 지방 병사부의 사무과 책상에서 서류 더미에 깔려 있을지도 모른다. 이제 오겠지. 빨리 와줘!

그는 변소에서 돌아오는 길에 관특련의 사쿠라이 상등병을 만나 경례했다. 사쿠라이는 서른대여섯쯤 된 뚱뚱하고 얌전해 보이는 사내다. 그가 고이즈미를 불러 세웠다. 긴장할 대로 긴장해서 자세를 바로 하고 서 있는 고이즈미의 가슴에 손을 뻗은 그는 아무 말도 없이 두 번째 단추를 잡아 뜯었다. 그러고는 손바닥 위에 단추를 올려놓고 내보이면서 씩 웃더니 말했다.

"단추를 끄르고 다니기에는 아직 일러."

그러는 사쿠라이는 세 번째 단추까지 끄르고 있었다. 고이즈미는 복장 준수 사항으로서 특히 단추에 대해서는 가지에게서 미리 주의를 받은 터라 단추가 풀려 있으리라고는 짐작도 못했다. 다른 생각에 잠겨서 멍하니 있었던 것이다. 최하급품의 누더기 군복은 단추 구멍의 실이 닳아서 구멍이 꼴사납게 벌어져 있다. 본인은 단추를 단단히 채운 줄 알지만 조금만 움직여도 쉽게 빠져버린다.

"너희들은 입으로 아무리 말해도 좀처럼 실행하지 않으니까 한 번 혼이 나 봐야 정신을 차리겠지?"

사쿠라이는 놀리듯이 웃었다.

"이건 내가 맡아두겠다. 나중에 찾으러 와."

고이즈미는 사쿠라이가 변소에서 돌아오기를 그 자리에 서서 기다렸다.

"앞으로는 주의하겠습니다. 돌려주실 수 없겠습니까?"

"돌려주지 못하겠네요. 잘 생각해보고 내 내무반으로 나중에 찾으러 와."

사쿠라이는 그렇게 말하고는 가 버렸다. 고이즈미 이등병의 두 번째 단추는 하나밖에 없다. 피복 창고나 수선 공장에는 지천으로 있는 싸구려 놋쇠 단추가 이등병에게는 딱 하나밖에 없다. 가령 여분의 단추가 있다 해도 그것을 달면 큰일 난다. 사쿠라이의 수중에 있는 단추가 용서하지 않는다.

"천황폐하께서 하사하신 단추를 넌 소홀히 했다! 네놈의 두 번째 단추의 개수는 천황폐하의 어명에 따라 딱 하나로 정해져 있다!"

사쿠라이 5년병은 초년병일 때 그렇게 야단맞고 귀가 멍할 정도로 두들겨 맞은 것이 틀림없다. 그런 경험이 없는 고참병은 거의 한 명도 없다고 해도 과언이 아니다. 그렇다면 이번에 들어온 초년병도 그런 경험을 해야 한다. 마흔이 다 된 사쿠라이에게 유치하다고는 아무도 말하지 않는다. 오히려 그런 그를 보고 마흔이 다 됐는데도 기합이 바짝 들어가 있다고 말한다.

사쿠라이는 단추 하나 가지고 구타를 하고 싶은 생각까지는 없었다. 그를 대신해서 좀 더 어린 4, 5년병이 할 것이다. 한창 혼나고 있을 때 "자, 돌려주겠다. 앞으로는 멍청하게 다니지 마." 그렇게 말해줄 생각이다. 왜 그렇게까지 하지 않으면 안 되는지, 사쿠라이 자신도 즉답은 하지 못한다. 신주님은 그저 심심할 뿐이다. 그리고 심심한 원인을 신주님 자신도 모른다.

고이즈미는 어찌할 바를 모르고 풀이 죽어서 가지 앞에 섰다.

"저절로 풀어져 있었습니다. 이 단추 구멍이……."

고이즈미는 누더기 군복을 원망했다.

"너만 그런 게 아니야."

가지가 말했다.

"몸집이 작은 미무라의 발은 군화 속에서 헤엄치고 있다. 군대에서는 몸에 옷을 맞추는 것이 아니라 옷에 몸을 맞춰야 해. 왜 그래야 하는지는 나도 몰라. 아는 것은 변명을 해도 소용없다는 거야."

가지는 자신이 무기력한 2년병이라는 것이 서글펐다. 5년병과 대등하다면 다른 5년병도 이렇게 바보 같은 심술은 부리지 않을 것이고, 부리게 내버려두지도 않을 것이다.

"넌 네 손으로 단추 구멍을 수선하는 수밖에 없다. 그럴 짬이 있느냐 없느냐는 별개의 문제다. 고참병 내무반으로 돌려받으러 가면 괜히 겁먹고 주뼛주뼛하지 마라. 맞을 각오를 하고 가."

고이즈미의 겁먹은 눈빛 속에 불만스러운 그림자가 스쳤다. 상등병님이 어떻게 좀 해주실 줄 알았습니다.

"받아 와."

가지는 냉정하게 말했다.

"그 정도는 스스로 하는 거야."

단추 하나 때문에 나와 고참병들 사이에 말썽을 일으키게 하지 마. 가지의 눈은 그렇게 말하고 있었다. 고참병은 내가 나서기를 기다리고 있어. 널 괴롭히는 것보다는 날 괴롭히고 싶은 거야. 미안하지만 넌 두세 대쯤 맞아야 해.

"돌려줄 것 같지 않으면 그냥 돌아와라."

가지는 덧붙였다.

"단추 하나 때문에 그들도 그렇게까지 시끄럽게 굴지는 않을 거다."

고이즈미가 피가 배어 나온 입술을 누르고 고참병 내무반에서 돌아왔을 때 다른 초년병들은 이미 총기 수입을 거의 마무리하고 있었다. 이렇게 고이즈미는 잘 때까지 하나씩 일과가 밀리게 된다.

양복장이 미무라가 불안한 목소리로 물었다.

"어땠어?"

"……아무 일도 없었어."

고이즈미는 창백한 얼굴로 가지 앞에 섰다. 다른 내무반에서 얻어맞고 온 놈은 자기 내무반의 이름을 더럽혔다고 해서 그 내무반의 고참병에게 다시 맞아야 한다는 것을 듣고 온 모양이다. 말없이 서 있는 얼굴은 체념하고 있었지만 볼은 떨고 있었다.

"나한테 맞으라고 했겠지?"

"네."

"정신 차려."

가지는 나직한 목소리로 말했다.

"어쩔 도리가 없을 때는 때리고 싶지 않아도 때려야 될지도 몰라."

가지는 자신을 불안한 눈으로 보고 있는 미무라에게 말했다.

"미무라, 넌 수고스럽겠지만 다른 사람들의 단추 구멍을 봐줘라. 미무라가 손봐준 자는 미무라의 일을 해주고."

모두가 유치원생처럼 "네." 하고 일제히 대답했다.

미리 주의를 준 범위 내에서도 하나씩 문제가 드러난다. 그 뒤처리를 또 하나씩 해나가야 한다. 결점을 찾아내는 눈은 수십 개나 되고, 그것을 막는 눈은 한 쌍밖에 없다.

저녁식사 때 또 한 번 소동이 벌어졌다. 가지의 내무반에서 식사를 타러 간 아사카와 다시로 두 명이 도중에 식깡을 엎질러서 반찬의 3분의 1쯤을 못 먹게 된 것이다.

부잣집 도련님으로 자란 아사카가 앞에 서고 젊은 노동자 출신인 다시로가 뒤에 섰다. 둘 다 스무 살 현역이다. 아사카는 어린 아가씨들을 다루는 데는 이골이 났지만 울퉁불퉁한 통나무로 무거운 것을 메는 것은 익숙하지 않았다. 아픔을 참지 못하고 다른 쪽 어깨로 옮기려는 순간 발이 걸려서 통나무를 놓친 것이다.

주번 상등병이 달려와서 아사카를 때렸다. 이 매질에 아사카는 눈이 뒤집혔다. 사회에 있을 때는 뭐든지 누군가가 해주었기 때문에 일의 크고 작음을 막론하고 최종 책임을 진 적이 없다.

"다시로가 밀었기 때문입니다. 보조도 맞추지 않고 무턱대고 밀었기 때문입니다."

"이 병신 같은 새끼야!"

주번 상등병은 아사카를 발로 차고 돌아서면서 다시로를 때려 눕혔다. 다시로는 아무 말도 하지 않았다. 민 기억은 전혀 없었지만 아사카가 넘어졌기 때문에 연대 책임은 면할 수 없다고 체념하고 있었다.

발에 차인 아사카는 그만큼 억울하다고 생각했다. 다시로가 밀었기 때문이라고 말하고 나니 정말로 밀려서 넘어진 것 같은 생각이 들었다. 그것이 사실이든 아니든 이번 실수는 남의 탓으로 해두고 싶은 것이다.

중대 봉당에서 주번 상등병이 두 사람의 내무반에는 당연한 대가로서 조금밖에 분배하지 않는 것을 보고 초년병들이 두 사람에게 불만을 터뜨리기 시작하자 아사카는 이때도 다시로 탓으로 돌렸다.

다시로는 어렸을 때부터의 노동으로 마디가 굵어진 손을 움켜쥔 채 잠자코 있었다. 입이 무거우니까 분노가 온몸에 나타난다. 태생이 다른 것까지 생각이 거슬러 올라가서 분노가 폭발하기 직전이었다. 아사카 같은 놈이 말끔하게 옷을 차려입고 다방에서 여자아이와 달콤한 이야기에 취해 있었을지도 모를 때 다시로는 공장에서 쇳가루와 땀에 범벅이 되어 있었지 싶다. 아사카 같은 청년이 예쁜 여자를 데리고 걷다가 다시로의 바지에 크게 기운 자리를 보고 배를 잡고 웃은 일은 결코 지울 수 없는 젊은 날의 굴욕으로 남아 있다. 이 새끼는 일도 하지 않고 맛있는 음식을 먹으며 놀기만 했다. 그런 놈이 여기에 와서 뻔뻔하게 남에게 죄를 뒤집어씌우려고 한다. 비겁한 새끼! 어디 한 마디만 더 해 봐라!

초년병들은 하루 일과의 유일한 즐거움인 식사의 양이 줄어드는 것은 참지 못한다. 늪에서 솟아오르는 물거품처럼 계속해서 투덜거렸다. 가지는 잠자코 보고 있었다. 아직 소리를 지르기에는 이르다. 식사 당번이 식기에 나누어 담는 것을 투덜거리며 감시하고 있는 초년병들을 가지가 또 잠자코 보고 있다. 그때 현역인 다카스기가 가지의 몫만을 수북이 담아서 가지고 왔다. 웃는 얼굴이 비굴한 애교다. 가지의 표정이 굳어졌다.

"넌 간부후보생을 지원한다고?"

"네."

"그러면 그만한 교육은 받았겠군."

다카스기는 당황해서 간살부리는 웃음을 계속 지어야 할지 말아야 할지 망설였다. 가지의 손가락이 자신의 식기를 가리켰다.

"바보 같은 짓은 하지 마라."

가지가 왜 화를 내는지 다카스기가 이해하기도 전에 이웃의 고참병 내무반에서 가지를 불렀다.

"가지 상등병!"

가지는 순간 어떤 예감이 들어서 초년병들에게 말했다.

"내가 돌아올 때까지 음식에는 손대지 마."

이웃 내무반의 신주님과 부처님은 각자의 자리에 앉아 있었다. 내무반 한가운데에 서서 싱글거리고 있는 것은 파계승 마스이 일등병이다.

"관동군 5년병과 4년병의 식사를 좀 봐주지 않겠나?"

"땅바닥에 흘린 걸 손으로 긁어모아 담은 건 아니겠지? 엉덩이를 닦은 손으로 말이야!"

"넌 식사를 받아오는 요령도 가르치지 않은 거야?"

"어쩔 거야? 급식이 언제부터 이렇게 줄어들었어?"

마스이가 다가섰다. 부식 식기를 보니 확실히 양이 적다. 주번 상등병이 고참병 내무반에는 특별히 좀 많이 배식했지만, 그래도 엎지른 분량을 보충하진 못했다.

"어떻게 해줄 거요, 가지 상등병님!"

가지는 초년병 앞에서 일등병인 마스이한테 추궁당하는 것이 화가 나서 견딜 수가 없었다. 또 그것을 알고 있다는 듯 마스이는 심술궂게 따지고 드는 것이다. 잔소리는 집어치워! 하고 이놈을 때려눕힌다면 얼마나 통쾌할까?

초년병들은 먹이를 앞에 두고 주인의 명령을 기다리는 개처럼 식기를 앞에 두고 빈약한 오늘 밤의 식사를 또다시 원망하기 시작했다. 그러나 아사카는 그것을 끈질긴 개인 공격이라고 느꼈다.

"내 탓만 하지 마!"

아사카는 신경질적인 목소리로 소리쳤다.

"다시로, 시치미 떼지 마! 이 교활한 새끼야!"

"교활한 게 누군데? 더 이상 참을 수 없다!"

다시로는 식탁을 주먹으로 치고 일어섰다.

"야, 이 더러운 부잣집 개새끼야!"

가지는 자기 내무반이 시끄러워진 것을 걱정하면서 마스이에게 대답했다.

"어떻게 하면 되겠습니까?"

"어떻게 하느냐고?"

마스이는 가지가 마침내 궁지에 몰린 것을 보고 만족한 듯 빙그레 웃었다.

"오노데라 병장님, 어떻게 하면 되겠습니까?"

"취사반에 가서 다시 받아와. 중포대의 특별급식이다!"

아카보시 상등병이 오노데라 대신 소리쳤다. 불가능한 얘기다. 불가능하다는 걸 알고 있기 때문에 더 재미있는 것이다. 초년병이나 2년병이 다시 받으러 갔다가는 잘 왔네! 하고 쥐어터지고 나서 콘크리트 바닥을 물청소하게 될 게 뻔하다. 고참병들은 가지가 어떻게 나오는지 잔뜩 벼르면서 기다리고 있는 듯했다.

가지의 내무반에서 갑자기 시끄러운 소리가 났다. 가지는 대답했다.

"알겠습니다."

내무반에 돌아오자 나루토 이등병이 양팔을 벌리고 다시로와 아사카 사이를 가로막고 있었다. 나루토는 이제 마흔을 바라보는 건장한 체격의 도편수다. 자기 아들 또래의 어린 두 사람을 달랜다기보다는 멱살을 잡고 양쪽 다 벌을 주려는 모습으로 보였다.

"자리에 앉아."

가지가 말했다.

"이까짓 일로 이게 무슨 소란이야? 줄따귀라도 맞고 싶어?"

다시로는 가지의 마음을 의심했다. 이까짓 일이 아니다. 아사카의 비겁함은 혼내줄 가치가 있다. 가지는 그것을 모르는 게 아닐까? 아니면 알면서도 가난뱅이보다는 부잣집 도령 쪽을 비호하고 싶은 걸까?

가지는 다시로와 아사카를 번갈아 보며 말했다.

"너희들은 서로를 지켜주어야 한다. 너희들 외에는 너희를 지켜줄 사람이 없어! 너희들의 어머니가 된다고 말한 난 이런 식으로밖에 너희들을 지켜줄 수가 없단 말이다."

일부러 이웃 내무반에 들리라고 가지는 목소리를 크게 했다.

"반찬을 전부 식깡에 쏟아라. 쏟았거든 아사카, 고참병 내무반에 가지고 가라. 우리는 밥만 먹는다. 밥도 없는 것보다는 낫다고 생각해라."

## *24*

오후 11시, 여름밤은 이제 막 이슥해졌을 뿐인데 초년병들은 깊은 잠의 바다에 빠져 있었다. 단기 교육이라 훈련이 고되다. 체력은 떨어지고, 평균 연령은 높다. 피로가 쌓여서 하룻밤의 취침으로는 회복되지 않는다.

같은 시각에 히로나카 하사의 방에 하사관들이 모여서 수통에 담은 술을 마시고 있었다. 히로나카의 하사관실은 장교실에서 가장 먼 곳이다. 오노데라 병장도 끼어 있는 것은 히로나카와 동년병이자 동향인이라는 정리 때문이다. 게다가 그는 상급자에게는 늘 공손한 태도를 보인다. 인기가 있었다.

"오키나와가 위태위태한 것 같아."

피복계 하사가 말했다.

"아무래도 어려운 모양이야."

"어쨌든 섬이니까. 적이 상륙하는 순간 끝이 나는 거야. 본토에서 결전을 벌이겠다고 결정했으면 일찌감치 병력을 철수시켰어야 했어."

서무계 중사가 그렇게 말했다.

"적이 오고 나서는 바다를 건널 수 없다고."

"……바다라, 내 고향에는 바다가 있어. 파랗고 예쁜 바다가 있지."

히로나카는 술에 취해서 신파조로 말했다.

"파란 바다가 빨개지는구나, 전우의 피로 빨개지는구나, 여긴 어떻게 될까요, 중대장님? 이로다."

"오키나와가 옥쇄하면 여긴 어떻게 될까요?"

오노데라가 불안한 목소리로 누구에게랄 것 없이 물었다.

"스탈린에게 지금 전보로 물어봐라."

서무계가 웃었다.

"소련이 설마 참전하지는 않겠죠? 관동군은 아직도 건재하니까요."

오노데라는 누군가가 긍정해주기를 기대하며 하사관들을 둘러보았다.

"스탈린 온다해, 나, 만나고 싶지 않아해."

스즈키 하사가 까불었다.

"스즈키는 괜찮아. 넌 만나지 않을 테니까."

서무계가 그렇게 말한 것은 스즈키가 머지않아 특수 간부 교육을 받으러 멀리 후방으로 전출가기로 내정되어 있었기 때문이다.

"스즈키가 제대로 한 건 했지."

피복계가 웅얼거렸다.

"네가 보게 될 것은 스탈린의 수염이 아니야. 여자의 거시기 털이지, 젠장맞을!"

"가만 보면 서무계가 능력이 없어."

히로나카가 술주정을 했다.

"국경에도 계집년 좀 수배해봐."

"좋아. 그럼 지금 바로 내가 국경 너머에서 여자 부대를 유인해올 테니까, 진지의 동굴로 끌고 들어가서 하고 싶은 만큼 해라."

"좋지!"

마쓰시마가 소리쳤다.

"사내에게는 총검, 계집에게는 자지를."

담배 연기 속에서 모두가 일제히 웃었다.

가게야마는 그 웃음소리를 멀리 떨어진 방에서 어렴풋이 들었다. 가지는 열어놓은 창가에 기대 캄캄한 밤을 등지고 있었다.

또 마시고 있군. 가게야마는 그것을 말로는 하지 않았다. 하사관들이 장교의 존재를 무시하고 있는 것은 사실이지만, 후나다 중위도 가게야마도 굳이 나무라지 않는다. 하사관들은 오랜 군대생활 끝에 이 국경으로 보내져서 따분한 생활에 지칠 대로 지쳐 있다. 심심파적으로 병사들을 괴롭히지 않는 것만도 다행이라고 해야 할지 모른다.

중포 출신의 4, 5년병 맹자들이 하급 병사들을 닦달할 대로 닦달하고 있으니까 하사관들은 손을 놓고 있는 것이리라. 기껏해야 수통에 술을 한두 병 몰래 훔쳐와서 마시는 것쯤은 못 본 척해주는 것이 장교로서는 상책이다.

"또 마시고 있군."

가지는 우울하게 웃었다.

"……기분 나쁠 정도로 조용한 밤이야. 언제까지 계속될까?"

쏟아질 듯한 별이 국경의 어둠을 내려다보고 있을 뿐이다. 하사관실에서 들려오던 웃음소리가 사라진 뒤에는 너무 고요해서 오히려 귓속이 웅웅 울리는 것 같은 느낌이 들었다.

"아까 이야기와도 상관이 있는데, 이 말은 하지 않으려고 했지만……."

가지는 전제를 깔고 가게야마의 시선이 오기를 기다렸다.

"넌 오늘 아침에 기상과 동시에 들어와서 바바 상등병이 재떨이도 없이 담배를 피우고 있는 것에 주의를 줬지?"

가게야마는 고개를 끄덕였다.

"재떨이는 내 초년병이 아직 가지러 갈 짬이 없었던 거야. 넌 그 뒤에 어떤 일이 있었는지 모르지? 바바의 전우인 이누이 상등병이, 이 자식도 서른이 넘어서 분별이 있을 텐데 전우를 대신해서 화를 내며 초년병들을 세워놓고 실내화로 줄따귀를 때렸어. 내가 보고 있는 앞에서 말이야. 그런데 고지식한 다시로가 재떨이는 기상 전에 내무반 안으로 가져오게 되어 있지 않다고 항의했어. 용감한 녀석이야. 난 놀랐어. 이누이가 다시로를 고참병 내무반으로 끌고 가서 아카보시, 요코다, 마스이와 함께 돌아가면서 때리더군. 내가 가서 일조점호 때까지 가지고 오라고 가르쳤기 때문이라고 사과하고 다시로를 데리고 왔지만……."

가지는 어이없다는 듯 웃었다.

"다시로가 내게 말하더군. 제가 뭘 잘못한 겁니까?"

"넌 뭐라고 했어?"

가게야마가 물었다.

"어떻게 대답해야 하는지 가게야마 소위님께 가르침을 받고 싶군."

가지는 오늘 아침 내내 긴장으로 굳어 있던 다시로의 소박한 얼굴을 떠올렸다.

"넌 정당했다."

가지는 다시로에게 그렇게 대답했다.

"하지만 정당한 것만으로는 안 되는 일도 있어. 어느 사회에서나 맨 아랫사람이 손해를 보게 되어 있긴 하지만 다른 사회에서라면 실제로 일을 하는 것은 아랫사람이니까, 가령 너의 정당한 주장은 어느 정도 반영될 수도 있었을 거야. 어떤 형태로든 말이지."

다시로는 가지의 눈을 뚫어져라 보고 있었다.

"군대가 다른 사회와 다른 점은 이것이 전쟁을 하기 위해 존재한다는 것이 아닐까? 전투가 벌어지면 실력이 있는 것은 고참병이야. 네가 아무리 용감해도 전투 기술로는 아직 고참병들을 못 당해. 이것이, 조금은 이치에 안 맞지만, 고참병의 행패가 용인되는 이유야. 싫지만 내가 요즘 들어 깨닫기 시작한 것이 그거야. 넌 정당했지만 따귀를 맞았어. 나도 맞았어. 네가 정당하다고 생각했기 때문이야. 정당한 것만으로 이 잘못된 상황은 고쳐지지 않아. 알겠나?"

나루토의 큼직한 몸이 다가와서 조용히 서 있었다.

"……정당해도 안 된다면 어떻게 해야 된다는 겁니까?"

다시로는 열심히 따지고 들었다.

"나도 모르겠다."

가지는 솔직하다기보다는 내뱉듯이 말했다.

"너희들과 나는 함께 간다. 언제까지일지 모르지만 함께 갈 것이다. 그러면서 나도 알게 될 것이고 너희들도 알게 될 것이라고 생각한다."

가지는 가게야마에게서 눈을 떼지 않고 전등 불빛을 받으며 멍청하게 웃었다.

"말만으로는 초년병을 납득시킬 수 없어. 난 방금 전 줄따귀를 방관했으니까. 어머니라면 난폭한 애비가 아들을 때릴 때 어떻게든 말리려고 지혜를 짜냈을 거야. 나란 어머니는 아들이 애비에게 덤벼들지나 않을까 전전긍긍했다고."

다시로는 마지못해서 물러갔지만 오후가 되어 다카스기가 간살스런 웃음을 지으며 가지에게 다가와서 이런 말을 했다.

"나루토가 다음 번 내무반 당번이 되면 고참병 내무반에는 일부러 재떨이를 가지고 가지 않겠다고 했습니다."

나루토는 서른아홉 살이다. 아내와 자식도 있다. 도편수로 사회에서는 괜찮게 살았던 사내다. 설마 그런 무분별한 짓은 하지 않겠지.

"뭣 때문에?"

"고참병들이 화가 나서 당번인 나루토를 때릴지도 모르지 않습니까? 나루토는 그것을 기다리고 있는 겁니다."

가지의 얼굴이 굳어졌다. 가지 자신도 무의미한 반항을 해봤지만 계획적으로 한 적은 없었다. 이번 초년병들은 조수인 가지가 고참병들에게 반항적이라는 것을 알고 있고, 가지가 초년병의 고삐를 늦추고 있기 때문에 그렇게 된 것일까?

"그거 재미있겠군!"

가게야마가 짧게 소리 내어 웃었다.

"넌 어떻게 할 생각이야?"

"하게 놔뒀다가 내가 엄호하면 어떻게 될까? 그때 가게야마 소위가 짓게 될 표정이야말로 재미있겠어."

나루토는 까닭 없이 실내화로 줄따귀를 맞은 일에 화가 나고, 동료인 다시로가 정당하게 따지고 들었음에도 뭇매를 맞은 것에 의분을 느끼고, 조수인 가지가 결국은 고참병을 옹호하는 입장을 취하자 증오를 품은 것인지도 모른다. 그를 때릴 고참병 누군가에게 계급장을 떼고 남자 대 남자, 일대일로 붙어보자고 도전할 작정이라고 한다.

나이는 많지만 곰 같은 힘을 지닌 사내다. 중포 출신의 고참병이라도 마냥 마음을 놓을 수는 없다. 가지는 한번 붙여보고 싶다는 마음이 확실해졌다. 고참병들이 나루토를 집단으로 폭행하기 시작한다면 가지도 뛰어 들어가서 날뛰어볼 작정이다. 둘이서 셋이나 넷은 쓰러뜨릴 수 있을 것이다. 11중대의 역사는 그날을 기점으로 달라질지도 모른다. 과연 그렇게 될까?

"가게야마 소위는 나루토와 나에게 벌을 주진 않겠지? 후나다 중위를 누를 순 있을까?"

"상황에 따라서는."

가게야마는 그렇게 될 염려는 없을 거라는 생각에 태연하게 대답했다.

"후나다 중위를 누를 수는 있어도, 하사관 놈들을 누를 수는 없어, 넌. 하지만 난 할 수 있을지도 몰라. 상황에 따라서는 말이지."

사실 가지는 나루토에게 이렇게 말했었다.

"……넌 강하다. 나보다도 완력이 좋을 거야. 하지만 말이야, 내가 1년 동안 하지 못한 일을 네가 한 달 만에 할 수 있다고 자만하는 건 좋지 않아. 나는 동료 한 명을 자살에 이르게 했다. 그리고 한 명이 탈영하는 것을 말리지 못했어. 고참병 하나는 내가 습지대에서 죽였고. 그런데도 아무것도 할 수 없었다. 아무것도."

나루토는 큼지막한 손으로 덥수룩한 수염을 쓱쓱 문지르고 있었다.

"난 네가 생각하는 것보다 너희들을 좀 더 생각하고 있다. 힘이 없어서 잘 안 되는 것이 유감스럽지만."

오노데라 병장에게 실내화로 입을 틀어막힌 모욕을 당한 것도 오로지 초년병을 위하는 마음 때문인 것 같은 생각이 들었다. 자신의 몸을 지키기 위해서이기도 했던 것은 까맣게 잊어버리고 있었다.

"결국엔 뭘 말하고 싶은 거야?"

가게야마는 군복 바지를 벗으며 물었다.

"심오한 철학을 자면서 한번 들어볼까?"

"뭘 말하고 싶은 것은 아니야."

가지는 가게야마의 담배를 한 대 빼서 불을 붙였다.

"초년병은 내 말을 들어. 내가 네 교육일정표에 따라 가르치고 있는 것 따위는 실제로 아무런 도움도 되지 않는다는 것조차 거의 의심하지 않고 말이지. ……이만 자자."

가지는 담뱃불을 껐다.

"창문은 열어놔도 되겠어?"

"거짓을 가르치느라 인텔리의 양심이 아파서 견딜 수 없다는 말인가?"

"……빨갱이들이 오면 정말로 어떻게 싸울 생각이야?"

가지는 침대에 누운 가게야마를 쏘아보듯 보았다.

"급조폭뢰를 안고 육탄으로 탱크를 공격하는 요령을 넌 오늘 나에게 실연시켜 보이라고 했어. 초년병들은 내가 시킨 대로 했어. 정말 대단한 전쟁놀이지. 그런데 자동소총을 든 보병이 탱크 앞에서 오면 육탄공격수는 어떻게 해야 되시?"

"그것과 내무반 문제가 무슨 상관이야?"

"상관있어! 병사들을 죽음으로 내모는 교육을 하고 있는 내가 내무반에서 도대체 뭘 하고 있느냐는 거야. 넌 이 문제랑 직접 대결하지 않으니까 그렇게 태연한 거라고."

"그래, 난 태연해."

가게야마 소위는 모르는 척 말했다.

"가지 상등병의 정신적 고민 같은 건 포탄이 터지는 데 비하면 문제도 안 되지. 혼자 심각한 척하는 사고방식 따위는 상등병이 됐으면 버려. 그러지 않으면 몸을 보전하지 못해. 소위인 난 더 그렇고. 전쟁과 휴머니즘, 이 둘은 애초에 모순 명제야. 바보 같아! 너나 나나 이미 두 발을 다 관 속에 밀어 넣고 있는 셈이라고. 우리가 살아 있다고 생각해? 난 적 저격수의 조준경에 들어가는 순간 1초도 버티지 못하고 저승행이야. 전투가 벌어지면 넌 보쥐안 산(鉢巻山)의 돌출진지, 저 토치카에 배치돼. M4 탱크포 두 방이면 끝장이라고. 그리고 맨 먼저 저기로 오는 거야! 어때? 난 네가 이 중대에서 가장 우수한 상등병이라 저기에 배치했어. 그걸 너도 원망스럽게 생각하진 않을 거야. 넌 후방 병참부의 허수아비 상등병이 되어서 살아남으면 휴머니즘이라는 제목을 부르짖을 수 있을지 몰라. 하지만 넌 그런 놈은 되지 않았어. 또 그런 놈은 결코 휴머니즘 같은 건 부르짖지 않는 식충이 돼지들이야! 이게 전쟁의 인간 배치란 거야. 넌 무슨 일이 있어도 미치코 씨에게로 돌아가겠다고 했지? 그 꿈을 실현시키고 싶다면 방법은 하나야. 지금 바로 탈영해서 하룻밤을 마음껏 즐기라고. 그것도 하지 않는 것보다는 나을지 몰라. 오키나와는 곧 함락돼. 알겠나, 가지? 마침내 빨갱이들이 쳐들어온단 말이야. 칭원타이는 산산조각 날 거야. 너나 나도 죽겠지, 여기에 있는 한은. 고참병이 어떻다느니 초년병이 어떻다느니 말할 시간도 이제 얼마 남지 않았어……"

"그럴지도 몰라."

가지는 중얼거렸다. 치켜뜬 눈이 야수처럼 강렬하게 딱 한 번 빛났다.

"그래도 난 말할 생각이야. 그리고 돌아갈 생각이야. 전쟁이 전 세계를 뒤덮고 있는 당치도 않은 현실이라 해도 결국은 인간이 만든 거야. 인간이 저항 못할 까닭이 없어."

"정반대가 되었군."

가게야마는 하얀 이를 드러내며 씩 웃었다.

"난 회사를 나올 때 천성적인 낙천주의자라고 했어. 넌 낙천주의자는 될 수 없다고 했지. 기억해?"

가지는 문 앞에서 고개를 끄덕였다. 그것은 작은 도시의 콘크리트 건물 안에서의 일이었다. 2년하고도 3개월. 가지의 인생은 그때부터 시작되었고, 가게야마의 예상에 의하면 이제 끝나려고 하고 있다.

가지는 돌아와서 내무반 안을 둘러보았다. 초년병들은 자고 있었다. 모포를 밀쳐내고 몸을 내민 채 이때만은 아무 구속도 받지 않으며……. 밤공기는 이제부터 동이 들 무렵까지 섬점 차가워질 뿐이다. 모포를 다시 덮어준다. 베개를 바로잡아준다. 잘 자라. 초년병의 천국, 소등부터 기상까지. 잘 자라. 여름밤은 길지 않다.

가지는 침대에 누워서 눈을 감고 눈꺼풀 안쪽에 펼쳐지는 아득한 지도에 선을 하나 똑바로 긋는다. 똑바로. 똑바로. 여기부터 저기까지. 미치코, 우린 정말 너무 멀리 떨어져 있어!

## 25

 오키나와는 함락되었다. 그날 미군은 일본군의 작은 동굴 거점 두 개가 아직 남아 있었지만, 일본군의 조직적인 저항은 끝났다고 발표했다.

 소만 국경은 모든 국경선이 연일 이상 무다. 한때 종종 눈에 띄었던 소련 영내의 병력 수송도 최근엔 별로 볼 수 없다. 그것은 전투 배치가 이미 완료되었다는 것을 의미하는 듯하다.

 폭풍 전의 고요, 누구나 그렇게 느끼고 있다. 이대로 끝나진 않는다. 언젠가 온다.

 전장은 오키나와에서 바다를 건너 본토로 옮겨갈 것이다. 국경의 평온이 깨지는 것은 그 전일까, 그와 때를 같이할까?

 "초토화 결전인가……."

 가게야마는 비웃는 듯한 웃음을 노나카 소위에게 보였다. 장교 집회소의 오락실이다. 가게야마는 얼른 얘기를 끝내고 자리를 뜨고 싶었다.

 "요행을 바랄 시기는 이미 지났다고 생각하는데."

 "요행을 바라는 게 아니야!"

 노나카의 말투가 거칠어졌다.

 "승산도 없이 본토 결전의 방책을 세운 것은 아닐 것이라고 말하는 거야."

 "아닐 것이라, 또 추측인가?"

 가게야마는 노골적으로 비웃었다.

"이번에는 어떻게든 하겠지, 라는 국민의 기대를 받으며 현지군은 연이어 옥쇄하고 있어. 하겠지라고. 현지군에 과연 그런 희망적인 추측이 있었는지 없었는지는 몰라. 아마도 없었을 거라고 봐. 현지군은 그저 비전투 구역의 희망적인 추측을 좀 더 연장시키기 위해 옥쇄하고 있는 거야."

"개죽음을 시키고 있단 말인가?"

노나카의 얼굴이 창백해지는 것을 보면서 가게야마는 대답했다.

"보기에 따라서는 그렇지. 그래, 개죽음이랄 수도 있어."

"장교란 자가 그게 할 소리야?"

노나카는 일어서려고 했다. 가게야마는 실내 곳곳에서 자신에게 쏠리는 다른 장교들의 시선을 의식했지만 두렵지도 꺼리지도 않았다. 그의 예측으로는 며칠 안에 이 국경 진지는 포염에 휩싸이게 될 것이다. 군법회의에 회부되는 것보다 그 쪽이 훨씬 더 두렵다.

"진징해."

가게야마는 뻔뻔하게 보일 정도로 느긋한 태도를 보였다.

"자네에게는 이 국경선에서 승기를 잡을 것이라는 계산이 서 있는 건가?"

"난 그런 건 생각해보지도 않았어!"

"생각해보지 않은 게 아니야. 생각해봤지만 희망이 보이지 않았어. 그래서 빈말로 자신을 속이는 거야."

"불쾌한 놈!"

노나카는 거칠게 일어섰다.

"네놈은 대대장님 앞에서도 그렇게 말할 수 있을까?"

"못해. 그럴 필요도 없어. 난 3대대 11중대의 멍청한 소위야. 자네처럼 '황국'을 짊어지고 일어서겠다는 큰 기개를 가지고 장교에 지원한 것이 아니야. 전시를 살아가는 방편일 뿐이지."

가게야마는 마침 실내에 있던 네댓 명의 장교들이 일제히 자리에서 일어나는 것을 보았다. 예비역이거나 간부후보생 출신뿐이다. 그들에게는 신경 쓸 것 없다.

"국경에서 전사할 운명에 처한 줄도 모르고 일종의 도박을 하고 있는 거지. 한 꺼풀 벗겨보면 장교라면 누구나 다 마찬가지야. 내 주사위는 짝수가 나올 거라고 던졌더니 홀수가 나왔어. 그런 자들이 여기 와 있고, 오키나와에도 있었단 말이야."

"닥쳐!"

노나카가 소리쳤다. 가게야마는 자포자기한 웃음을 보였다.

"내 입을 막을 수 있을까?"

가게야마는 건장한 몸을 천천히 일으켰다.

"순국 지사 흉내는 병사들 앞에서나 해. 호언장담하는 자가 다 용감하고 장렬하게 싸운다는 보장은 없어. 이제 머지않았다고. 자네가 어떻게 분전하는지 내가 지켜보고 있을 테니까 기억해둬."

"무슨 일이야?"

검은 칫솔 같은 수염을 코 밑에 기른 예비역 출신의 도히 중위가 다가왔다.

"실례했습니다."

노나카는 창백한 얼굴을 상관에게로 돌렸다.

"이놈이 너무 망국적인 언사를 하기에."

"망국의 무리는 여기엔 없어."

도히는 웃으며 가게야마를 보았다.

"그렇지? 소위는 평화론자인가?"

"그럴 자격조차 없는 것 같습니다. 분하지만 말입니다."

가게야마가 밝은 표정으로 대답했다.

"소관이 현재 할 수 있는 것은 고작 1개 소대의 병력을 지휘하여 전투를 수행하는 것뿐입니다. 그 외에는 자격도 능력도 잃었습니다."

"소위는 조금 잘못 생각하고 있는 것 아닌가?"

도히는 자신의 자랑거리인 칫솔 수염을 쓰다듬었다.

"일본의 국력은 소위가 생각하는 것만큼 그렇게 허약하지 않아. 북쪽으로는 알류샨, 남쪽으로는 호주, 동쪽으로는 마킨과 타라와, 서쪽으로는 인도의 코히마, 임펄까지 수천 평방 킬로미터의 광대한 전선을 펼친 일본의 국력이라는 것은 소위의 비관론으론 계산할 수 없는 것이 있어. 물론 전선은 축소되었네. 지금은 오키나와조차 잃고, 본토 결전의 단계에 와 있어. 하지만 이는 전략적으로 예정된 행동이야. 광범위하게 전선을 펼친 실력을 본토로 집중시키고, 그동안 적에게 막대한 출혈을 입히면서 오늘에 이르고 있는 거야. 그 증거로 한번 지켜보게. 적은 결코 섣불리 본토에 접근하려고 하지는 않을 테니까. 적의 병참선은 지금 너무 길어졌어. 그리고 아군은 안으로 충실해. 육군의 주력이 일본 본토에 건재하니까. 태평양의 희생은 이렇게 말하면 미안하지만 구우일모九牛一毛에 지나지 않는다고. 알겠나?"

그렇게 믿고 있는 듯하다. 250만 명의 본토 방위군이 대기하고 있다고 해도 병사들의 머릿수만으로 무엇을 할 수 있단 말인가. 가게야마는 도히 중위의 낙관론에 화를 내고 싶은 마음조차 들지 않았다. 민간인 출신의 중년 장교까지 이렇게 말할 정도라면 250만의 본토 방위군과 80만의 관동군은 머지않아 맹렬한 포화에 휩싸일 것이다. 그런 상황에서 한 개인에 지나지 않는 가게야마 소위가 과연 무엇을 할 수 있겠는가?

"알겠습니다."

그렇게 대답했다. 노나카가 고소하다는 표정으로 끼어들었다.

"뭘 알겠다는 건가, 가게야마 소위?"

"……내가 여기서 죽을 게 틀림없다는 거야."

가게야마는 노나카를 노려보며 거침없이 말했다.

"노나카 소위, 자네도 마찬가지고."


"사태가 심각해졌어."

이누이 상등병이 동료인 요코다 병장에게 말했다.

"이러다 비상나팔이 언제 울릴지 몰라."

"그럼 땅속으로라도 도망쳐 들어가야겠군?"

요코다가 심각한 얼굴로 말했다.

"포도 없는데 어쩔 수 없지."

"29류의 엄청난 놈을 말이야……."

아카보시가 말했다.

"여기로 가져왔어야 했어. 포격전 준비! ……이런, 쌍! 다른 대포로는 여자를 울릴 일 밖에 할 수 없으니."

"울어줄 여자도 없을걸? 여기에 쏴달라고 가랑일 벌리고 기다릴 여자가 말이야."

오노데라는 농담으로 그렇게 말했지만 아무도 웃지 않았다. 국경 너머에서 언제 포탄이 날아올지 모른다. 포탄의 위력을 알고 있는 중포 출신의 고참병들은 속으로 안절부절못하고 있었다.

"너무한 거 아냐?"

바바 상등병은 농의를 구하듯 동료들을 둘러보았다.

"5년 동안이나 우리한테 포를 익히게 해놓고는 이제 와서 딱총을 쥐여주고 뭘 어쩌라는 거야? 잠깐 가서 야마다 오토조에게라도 물어보고 올까?"

"우시지마 소령에게 물어보고 와. 중포 고참병들을 소총병으로 쓰는 것은 국가적인 손실이 아닙니까? 라고 말이야."

사쿠라이가 말참견을 하자 아카보시는 네모난 얼굴을 흔들어대며 말했다.

"아니, 그대로 소총이나 써. 제군들에게 포를 쏘게 했다가는 내가 너무 놀라서 말도 마누라도 못 타게 돼."

이번엔 모두가 웃었다. 우시지마 소령이 관텐 산 진지에서 총성 두 발에 놀라 낙마한 것을 조롱한 것이다.

"겁쟁이 대대장에 늙다리 초년병이라……."

이누이가 내뱉듯이 말했다.

"위를 보나 아래를 보나 정말 믿음직스런 놈들뿐이군! 이러다가 비상이라도 걸리면 도대체 어떻게 되는 거야?"

아무도 대답할 수 없었다. 이번만은 정말이지 어떻게 될 것 같았다. 잠시 후 요코다가 소곤소곤 말했다.

"최후의 결전은 보병의 임무야. 자기 총검을 믿을 수밖에."

"자기 총검을…… 믿어야 한단 말인가. 어쩔 수 없지."

바바가 즉각 그 뒤를 잇자 모두가 힘줄이 솟을 정도로 웃었다.

확실히 어쩔 도리가 없는 일이다. 웃기는 했지만 웃을 일이 아니었다. 여기서는 보병이 엄호 화력을 기대할 희망이 없다. 보병은 싫더라도 자기 총검을 믿어야 한다. 총검이 쳐들어올 탱크 부대에 맞서는 데 무슨 도움이 되겠는가.

사내들은 그것을 생각하지 않음으로써 자기 자신을 속일 수밖에 없었다. 언젠가 비상나팔이 울리면 그것은 전투 개시를 알리는 것이 아니라 인생 폐업의 신호가 될 것이다.

## 26

오후 훈련이 시작되기 전에 내무반 안에서 양복장이 미무라가 마르고 작은 몸을 더욱 움츠리고 부잣집 아들인 아사카에게 속삭였다.

"……드디어 본토 결전에 들어가나 봐. 일본도 위험한 게 아닐까?"

아사카는 깔보듯 대답했다.

"위험해도 어쩔 수 없잖아?"

"우린 어떻게 될까?"

"어떻게든 되겠지."

얼굴이 하얀 미소년은 크게 걱정하지 않았다. 세상천지가 어떻게 되든 돈만 있으면 인간은 그런대로 살아갈 수 있다. 공부도 제대로 하지 않고 여자애들과 놀러 다니기만 했지만 돈이 가진 위력의 비밀만은 실제 경험을 통해 터득했다. 그는 부친이 은밀하게 목소리를 낮췄지만 자랑스럽게 말하던 것을 잊지 않았다. 장제스蔣介石 정권의 거물과 친밀한 거래관계를 유지하기만 하면 일본의 전쟁이 어느 쪽으로 기울든 재산을 잃을 일은 없다, 일본도 미국도 장제스 정권도 진짜 적은 내외의 '빨갱이'뿐이라고. 그러니까 30대 중반이 되어 겨우 자기 앞으로 양복점을 개업할 수 있었던 미무라 따위와는 서 있는 기초가 전혀 다른 것이다.

"어떻게든이라니……"

말하는 미무라는 표정도 목소리도 어두웠다.

"만약 진다면 일본인은 알거지가 될 텐데……."

일본이 져서 생활의 기초가 뿌리째 파괴되는 것이 두려운 것이다.

"진다니, 무슨 소리야?"

이야기를 듣고 있다가 데라다가 식탁 너머에서 험악한 목소리로 말했다.

"큰 소리 내지 마."

미무라는 당황했다.

"지지야 않겠지만, 그냥 좀 그렇게 생각한 것뿐이야."

"진다면이라고? 지긴 왜 져?"

소령의 아들은 씩씩거렸다.

"그런 생각을 하는 것만으로도 넌 비국민이야."

"비국민이라니, 뭐라고?"

다시로가 얼굴을 붉히며 말했다.

"누구나 자신의 살 길에 대해 걱정하는 건 당연하잖아. 너희 집처럼 군인 연금을 받거나 아사카네처럼 이잣돈만으로도 먹고살 수 있는 사람만 있는 건 아니야."

"그래서 뭐 어쩌라고?"

"……어쩌긴 뭘 어쩌겠어."

다시로는 우물거렸다. 그가 군대에 와 있는 동안 임시직으로 선탄부를 하며 근근이 생계를 꾸려가고 있는 어머니가 떠올랐던 것이다.

"걱정 말고 다녀오너라."

어머니는 그렇게 말했다.

"몸조심하고. 무리해선 안 된다. 알겠니? 네가 몸 성히 잘 지내고 있다고 생각하면 어미는 무슨 일이든 참을 수 있으니까……."

그러나 그는 이미 무리를 했다. 재떨이 사건 때문에 항의하다 고참병에게 두들겨 맞았다. 가지 상등병은 얌전히 잠자코 있으라는 듯한 말투였다. 얌전히 있으면 데라다 같은 놈은 더 기어오를 것이다. 뭐라고 한마디해줄 필요가 있다. 내가 무슨 말을 잘못했단 말인가.

다시로는 도움을 청하듯 나루토 쪽을 보았다. 나루토는 큼지막한 손으로 작은 〈보병조전〉을 펴고 입을 우물거리고 있는 것이 외우기 어려운 글귀를 외우려고 애쓰고 있는 것 같다.

"다시로 자식, 갑자기 움츠리는군."

아사카가 비웃었다. 힘이 좋은 데라다가 옆에 있기 때문에 오늘은 안심한 것이다. 데라다가 더욱 기세가 등등해서 말했다.

"오키나와가 함락됐다고 해서 꽁무니를 빼는 놈은 일본인이 아니야! 진다고 생각하니까 지는 거야. 필승의 신념을 가져야 해!"

"네가 조수가 되었다면 정말 피곤했겠어."

얼굴이 유달리 검은 이마니시가 놀렸다. 제2국민역이지만 그렇게는 보이지 않는 다부진 몸이다.

"다행이었지, 너랑 같이 입대해서. 못 견뎠을 거야. 필승의 신념인지 뭔지를 조수님께서 휘둘러댔다면 말이지."

그 말을 들어서인지 나루토가 조전을 읽으면서 빙그레 웃었다. 데라

4부 부치지 못한 편지 · 179

다는 갑자기 피가 역류하기 시작했다.

"……너희들은 다 진지하지가 못해. 상등병님이 민간인 출신인 너희들에게 너무 관대하니까 긴장이 풀려 있는 거야. 옆 내무반의 고참병들에게 물어봐. 난 도대체 가지 상등병님의……."

데라다는 운이 나빴다. 마침 그때 가지가 들어왔다.

"오후 훈련은 총검술로 변경이다. 10분 후에 막사 앞에 집합."

가지는 데라다에게 미소를 지어 보였다.

"내가 어쨌다고?"

데라다의 얼굴은 창백해져 있었다. 다른 사람들은 데라다를 감싸줄 요량으로 어색하게 무표정한 얼굴을 짓고 있었지만 다카스기만은 싱글벙글 웃고 있었다.

"상등병님, 집합 복장은 어떻게 합니까?"

이마니시가 시간을 벌려고 바보 같은 질문을 했다. 이 말이 오히려 가지의 신경을 건드렸다.

"데라다, 말해봐. 내 얼굴을 보고는 못할 말인가?"

데라다는 쿵쾅거리는 가슴을 안고 어찌 할 줄을 몰랐다. 마침 그가 서 있는 곳에서는 바로 뒤인 고참병들의 내무반 쪽으로 모든 신경을 집중시켰다. 고참병들의 뒤치다꺼리를 누구보다도 적극적으로 하는 그였기에 고참병 중에서 자신을 지지해줄 누군가가 있으리라 믿은 것이다. 가지 상등병 따위는 4, 5년병 앞에서는 아무것도 아니다.

"말하지 못하는군. 겁쟁이 같은 놈! 네 아버지인 소령님의 낯짝을 한

번 보고 싶구나."

가지는 내무반 안을 둘러보며 소리쳤다.

"복장은 맨손에 각반이다."

데라다를 내버려둔 채 걷기 시작하는데 등 뒤에서 목소리가 들렸다.

"오키나와 말입니다. 처음에는……."

가지는 돌아섰다. 데라다는 아버지 욕을 듣자 말할 결심을 굳힌 모양이다.

"상등병님은 오키나와에 대해 우리에게 아무 말도 해주지 않았습니다. 우린 정신적으로 강한 자극이 필요합니다. 필승의 신념을 우리에게 주입시켜주기를 바라는 것입니다. 상등병님은 그런 교육은 해주지 않습니다……. 그래서 모두……."

"그래서 모두들 나약해진다, 그렇게 말하고 싶은 건가?"

데라다는 애매하게 고개를 끄덕였다.

"억지 쓰지 마라."

가지가 망연자실한 듯 웃었다.

"큰 소리로는 말하지 못하겠지만, 필승의 신념이 어떤 것인지 내가 묻고 싶다. 〈전진훈〉 본훈 제1장의 6조인가 7조에 필승의 신념이 쓰여 있다. 넌 그것으로 만족하나? 내가 너희들에게 가르치고 싶은 것은 2000년이나 전에 중국의 한 사내가 말한 것이다. 적을 모르고 나를 모르고 싸우면 큰일 난다는 것이다."

가지는 입을 다물었다. 데라다를 나무랄 생각으로 한 말이 곧장 자신에게 되돌아왔다. 가지 자신은 과연 적을 알고 자신을 알고 싸우고 있는가?

"너 혹시 구관조를 길러본 적이 있나?"

"……없습니다."

"없겠지. 있으면 그런 말은 하지 않을 거다. 〈전진훈〉의 각 조항을 끈기 있게 가르치면 구관조조차 틀리지 않고 말할 수 있다. 내가 너희들에게 말하고 싶은 것은 〈영전범〉의 어느 조항에도 없는 것이다. 알겠나?"

"모르겠습니다."

데라다는 의기양양하게 대답했다. 이런 민간인 같은 놈이 용케도 조수가 됐군!

"모르겠거든 죽을 때까지 생각해봐!"

가지는 독살스럽게 내뱉었다.

"넌 스무 살에 벌써 네 아버지처럼 동맥경화에 걸렸다."

다카스기가 킬킬 웃었다. 가지의 눈초리가 험악해졌다. 어느새 갖춰진 고참병의 눈이다.

"넌 뇌연화증이다. 다카스기, 데라다에게 군인정신이 어떤 것인지 잘 배워라."

가지는 자기 침대까지 겨우 몇 걸음밖에 안 되는 거리를 걸어가는 동안 수많은 생각들이 충돌하는 것을 느꼈다. 오키나와 함락에 관한 설명을 일부러 피한 것은 실수였다. 오키나와는 함락되었고, 패전은 다 가오고 있다. 죽음도 다가오고 있다. 가지와 쉰여섯 명의 초년병은 그 사실 앞에서 어떻게 행동해야 할까? 가지 상등병은 자신과 쉰여섯 명의 생명에 얼마나 관여할 수 있을까? 가지는 현재를 무엇으로 지탱하며 살고 있을까?

이때 가지가 만약 그가 처음 소속되었던 부대가 오키나와에서 옥쇄했다는 사실을 알고 있었다면 이 국경에 다가올 위기를, 결국엔 그와 그의 초년병들에게 닥칠 위기를, 좀 더 절실하게 생각했을지도 모른다.

국경은 평온했다. 사내들은 사소한 일을 중대시하고, 중대한 일을 거의 무시하고 있었다.

## 27

특수 교육을 받으러 남만주 부대로 전출하게 된 스즈키 하사는 출발하는 날 아침 가지를 불러 이렇게 말했다.

"내가 가고 나면 소총반은 네가 혼자서 교육시켜야 돼. 하사관이 부족하니까."

하사관이 부족한 것은 사실이다. 서무계의 오누키 중사가 내무계 준위직을 겸하고 있고, 경기관총반의 조교인 마쓰시마 하사는 병기계를 겸임하고 있다. 피복계의 후지키 하사가 비교적 한가해 보이지만 그는 하사관실에서 몰래 술을 마시는 데는 적극적이지만 새삼스레 '하나, 둘' 하고 구령을 붙이는 것도 우습지 않으냐는 태도를 가게야마 교관에게 노골적으로 보이고 있었다.

"너라면 혼자서도 잘할 수 있을 거라고 교관님께 말해두었다."

가지는 스즈키가 그렇게 말하는 것에 예의상 고개를 숙였다. 차라리 아무도 오지 않는 게 낫다. 가지의 본심은 그랬다. 어차피 맡은 일이다. 혼자서 해나갈 수밖에 없다.

가지는 별다르게 빈정대는 기색을 보이지 않으며 웃었다.

"반장님은 운이 좋았습니다. 전선으로 나가는 자, 후방으로 물러가는 자, 명령은 여러 가지이니까요."

"그렇게 보면 그럴지도 모르지."

스즈키는 시원하게 웃고 나서 떠나가는 사람의 다정한 목소리로 말했다.

"네가 초년병을 장악하는 방법은 독특하고 꽤 훌륭하지만, 초년병을 아껴준다고 해서 방심하지는 마라."

"……무슨 말입니까?"

"말할 때도 방심해선 안 돼."

"확실하게 말씀해주십시오."

"구관조라도 〈전진훈〉을 외울 수 있다고 했다는데……."

가지는 입을 굳게 다물었다. 경솔했다. 데라다란 놈이 날 팔아서 하사관과 고참병에게 잘 보이려는 속셈이었구나!

"물론 네 말의 의미는 나도 안다. 하지만 오누키 중사나 히로나카 하사는 그것을 문제로 삼고 싶어 했어. 네가 교관님의 친구라서 도리어 그런 말이 나쁘게 들리는 거야."

"알겠습니다. 조심하겠습니다."

가지는 더 이상 아무 할 말이 없다는 듯 또다시 입을 굳게 다물었지만 금방 다시 열었다.

"데라다가 말했습니까?"

"데라다가 아니야. 가르쳐줘도 되겠지만 끝난 일이니 잊어버려. 그자가 하사관실을 청소하러 왔을 때 마침 네 이야기가 나왔어. 별종이긴 하지만 기합은 잘 든 상등병이라는 점에서는 모두의 의견이 일치되었지. 히로나카가 그 이등병에게 가지는 어떤 내무 교육을 하고 있느냐고, 뭐 일종의 유도심문을 했던 거야."

가지는 쉰여섯 명의 초년병을 머릿속에서 바쁘게 분류하고 있었다.

"알았습니다. ……다카스기입니까?"

스즈키는 고개를 끄덕였다. 가지는 마음속이 점점 칙칙하게 물들어가고 있는 듯한 느낌이었다.

"신경 쓰지 마. 그자도 밀고할 생각으로 말한 건 아니니까. 얘기하는 김에 나온 거야."

가지는 쓴웃음을 지었다.

"……얘기하는 김에 말입니까?"

나도 얘기하는 김에 언젠가 그놈을 혼내주리라.

그 얘기하는 김에의 상황은 금방 찾아왔다.

훈련하러 나갔을 때 가지는 그것과 얽힌 생각은 정리한 줄 알았다.

보쥬안 산의 돌출진지 부근, 가게야마가 가지의 전투 배치소라고 지정한 곳이다. 훈련 과목은 분대 전투 교련. 방어진지에서 공격 전투 훈련만 한다. 가게야마도 그것이 모순이라는 것은 알고 있었지만, 이것이 대대에서 정한 훈련 일정이다. 우시지마 소령은 공격 정신의 함양을 목청껏 외치고 있다. 만약 방어 전투 훈련에 중점을 두는 교관이 있었다면 그가 대대장에게 심하게 질책을 받을 것은 뻔하다.

가지는 초년병들을 구덩이에 모아놓고 말했다.

"오늘의 훈련 목표는 주로 지형지물을 이용한 멈춤 없는 사격이다. 교관님이 서 있는 곳까지 약 400미터. 각 분대는 이 부근에서 최전선으로 병력을 증원시키라는 명령을 받았다고 생각하라. 너희들은 빨리 그늘에 가서 쉬고 싶을 것이다. 쉬게 해주겠다. 한 번만 할 테니까 배운 대로 전력을 다해라. 지형지물의 이용은 너희들의 생명과 직결된 문제다. 대충대충 건성으로 하는 놈은 실전에서 반드시 죽는다. 실전이 벌어지면 누구나 지형지물을 이용하게 될 것이라고 우습게보는 놈은 막상 실전에서는 몸이 움직이지 않는다. 총알이 날아온다. 정말이지 간발의 차이로 저세상행이다. 내 말을 거짓말이라고 생각하는 놈은 죽기 전엔 절대로 모르는 바보 같은 놈이다. 자, 시작하자."

초년병들은 두 번 하게 되는 것이 괴로워서 열심히 했다. 달리고, 엎드리고, 쏘고, 또 약진한다. 가지는 엔치 이등병을 주시하고 있었다. 엔치는 주름진 얼굴에 눈만 두리번거리면서 마치 실탄이 날아오기라도 하는 듯 열심히 하고 있었다. 지물에 너무 신경을 쓴 나머지 지형으로서는 매우 불리한 장소에서도 그 보잘것없는 지물에 매달려 있는 모습이 꼭 아이들 장난 같았다. 마흔네 살의 그 아이는 비참했다.

나루토는 곰처럼 느릿느릿 움직였고, 데라다는 민첩하게, 다시로는 성실하게, 고이즈미는 참 군인답지 않았다. 어쩔 수 없다. 병사 자체의 규격품 검사가 전쟁 말기에는 엉터리가 된다. 규격대로 행동할 수 있을 리가 없다. 가지는 그들이 땀을 흘리며 헐떡이고 있는 것만으로도 충분하다고 생각할 수밖에 없었다.

마지막 분대가 돌격을 마치자 가지는 재빨리 병사들을 모아 구덩이로 데리고 뛰어갔다. 가게야마 옆에서 얼른 떨어지는 것이 병사들로서는 좋을 것이다. 가게야마도 그것을 알고 있다. 군대 물이 든 가지의 요령 있는 행동에 빙그레 웃었다.

그것으로 끝났으면 아무 일도 없었을지 모른다.

마쓰시마 하사와 히로나카 하사는 다른 비탈면에서 병사들에게 반복 훈련을 시키고 있었다. 이 두 사람이 소총반의 태만을 투덜거리며 가게야마에게 들으라는 듯 욕설을 내뱉었다.

"자식, 스즈키가 없으니까 아예 반장 행세를 하고 있군."

가게야마는 구덩이 쪽으로 내려갔다. 가지가 초년병들의 원진圓陣 한가운데에 서서 이야기를 하고 있는 것이 보였다.

"가지 상등병."

가게야마가 불렀다. 가지는 원진에서 나왔다.

"한 번 더 해."

가지는 잠자코 가게야마의 얼굴을 보고 있었다.

"휴식은 나중에 하고 한 번 더 하라고."

가지는 아무 말도 하지 않았다.

"다른 내무반과의 균형도 좀 생각해."

가게야마의 말투가 조금 거칠어졌다.

"멋대로 하는 건 용서하지 않는다."

가지는 군화 뒤축을 울렸다.

"알겠습니다, 교관님."

초년병들은 돌아온 가지의 굳은 표정을 올려다보았다.

"일어서."

가지가 말했다.

"너희들은 잘했다. 잘했지만 실제로는 아직 많이 서투르다. 한 번 더 한다."

우- 하고 소리 없는 신음이 흘러나왔.

두 번째도 대체로 첫 번째와 비슷한 성과를 보였다. 그런데 눈에 띄게 그렇지 않은 자가 딱 한 명 있었다.

다카스기는 가지의 시계 안에서는 민첩하게 움직였다. 그러나 가지의 눈이 쉽게 지치는 제2국민역의 노병들 쪽에 쏠리자 적당히 요령을 피우는 것이었다. 엄폐하기에 딱 좋은 요처凹處에 들어갔을 때 다카스기의 동작은 완전히 멈췄다.

"쏴."

다시로가 주의를 주었다.

"상등병님한테 들켜."

가지는 약간 높은 곳에서 이미 보고 있었다.

"다카스기 위치를 바꿔서 쏴라."

다카스기는 한 번만 위치를 바꿨다. 돌아보고 가지의 시선이 다른 데로 옮겨간 것을 확인하자 그 자리에 납작 엎드려서 무턱대고 쏴댔다. 쏘면서도 그의 눈은 끊임없이 가지를 힐끗거렸다. 눈치를 보면서 별로 도움이 되지 않는 휴식을 즐기고 있다. 다시로는 요처에서 뛰어나와 전진했다. 한 번 약진하고, 다카스기에게 오라고 손짓했다. 다카스기는 가지 쪽을 돌아보고 느릿느릿 요처에서 나왔다.

"제자리로 돌아가!"

가지의 험악한 목소리가 쫓아왔다.

"다시 해! 아까부터 몇 번이나 널 본 거야?"

다카스기는 혀를 날름 내밀었다. 그 혀의 순간적인 붉은빛이 가지의 눈에 새겨졌다. 하사관실에서 구관조 얘기를 일러바치고 그곳을 나올 때도 저렇게 혀를 날름 내밀었을 것이다. 가지는 다카스기에게서 눈을 떼지 않았다. 자신의 눈이 내무반에서 트집거리를 찾는 고참병의 눈처럼 심술궂게 반짝이고 있는 것에는 생각이 미치지 않았다.

다카스기는 약진하여 다시로가 엎드려 있는 위치로 가서 엎드렸다. 그는 무엇보다도 먼저 사격자세를 취했어야 했다. 그러는 대신 다카스기는 얼굴을 들고 다시로를 보며 이를 드러내고 웃었다. 꾸중을 들었을 때 웃는 멋쩍은 웃음이었으리라. 저 자식 꽤 까다로운걸!

그는 긴장이 풀린 얼굴로 다시 가지 쪽을 돌아보았다. 가지는 그 시선 위로 곧장 다가오고 있었다. 다카스기의 눈빛이 순식간에 달라진 것은 다가오는 가지의 표정이 아직 한 번도 본 적이 없는 것이었기 때문이다.

"일어서!"

가지는 눈앞에서 비굴한 웃음을 지었다가 차츰 일그러지는 젊은 사내의 얼굴을 보았다.

"면종복배面從腹背도 정도껏 해. 넌 더러운 놈이다. 네가 한 짓이니까 무슨 말인지 알겠지?"

"……네."

어쩔 수가 없어서 그렇게 대답했다고밖에 볼 수 없었다. 뭣 때문에 화를 내는지 알게 뭐람. 극히 짧은 순간이었지만 공포에 떠는 젊은 얼굴에 그런 불복의 빛이 스쳤다.

"얼굴을 들어."

다카스기는 가지를 똑바로 보지 않았다. 본 것은 앞으로 약간 내민 가지의 한쪽 발뿐이었는지도 모른다. 다카스기는 비틀비틀 뺨을 누르면서 겁에 질린 눈을 들었다. 흉포한 고참병의 얼굴이 바로 앞에 있었다.

"얘기하는 김에 말해두겠다."

고참병이 그 자리에서 싸늘하게 말했다.

"너 혼자만 남에게 잘 보이려고 하는 한 난 몇 번이라도 널 두들겨 패줄 것이다."

가지의 마음에 평정이, 아니 그보다는 무서운 냉각이 갑작스럽게 찾아든 것은 엎드려쏴 자세로 가지를 올려다본 다시로의 눈 속에 서글픔 비슷한 빛이 스치는 것을 보고 나서였다. 가지, 너도 마찬가지구나! 가지는 다시로의 눈에서 자신을 보고 그렇게 생각했다. 이제 돌이킬 수는 없었다. 라오후링에서 첸을 때렸을 때의 쓰디쓴 기억이 가지의 가슴을 쥐어뜯고 있었다. 그때는 하찮은 자신의 체면을 세우기 위해서였다. 지금은 시시한 분풀이에 지나지 않는다.

"어서 가라!"

가지는 떼쳐버리듯 다카스기와 다시로에게 말했다. 자신이 동요하는 모습을 보이고 싶지 않았다. 후회하는 모습을 보이고 싶지 않았다. 하물며 사과할 용기는 티끌만큼도 없었다.

가지는 고참병이 되어 있었다. 타락한 것이다. 특권의식이 언제부터 자신의 내부에서 지배자의 자리를 차지하고 있었는지, 그는 퇴색한 바위를 밟고 서서 허전하고 우울한 가슴속을 불확실한 손길로 더듬으려고 하고 있었다. 그러나 가슴은 받아들이지 않았다. 비웃을 뿐이다. 넌 상등병이야. 가지가 아니야. 가지라는 사내는 군대라는 거푸집 속에서 이미 녹아버렸어.

초년병들은 보쥐안 산 정상을 향해 쫓기는 토끼처럼 뛰어 올라가고 있었다.

## 28

훈련이 끝나고 막사 앞에서 해산한 뒤 엔치 이등병이 나루토에게 말했다.

"상등병님이 다카스기를 때린 거 봤어?"

당사자인 다카스기는 막사 입구에서 아사카와 우스갯소리를 하면서 각반을 풀고 있었다.

"상등병님만은 그런 짓을 하지 않을 사람이라고 생각했는데."

엔치는 혼잣말하듯 중얼거렸다.

"고참병이잖아."

나루토는 내뱉듯이 말하고 종아리에서 푼 각반으로 나무줄기를 난폭하게 후려쳤다.

"마음에 들지 않으면 두들겨 패는 거야. 그게 통하는 데니까 어쩔 수 없지."

나루토는 재떨이 건 때 고참병들의 처사에 화를 낸 자신을 의젓한 얼굴로 나무란 가지와 오늘의 가지를 비교하며 배신당한 듯한 불쾌감을 감추지 못했다.

"사회에서는 화가 나면 돈으로, 주먹으로, 오기로 싸울 수 있지만 여기서는 무리야."

"상등병님은 우리가 보는 앞에서 교관님에게 다시 한 번 하라는 말을 듣고 기분이 상했던 것인지도 몰라."

고이즈미가 그렇지 않으면 가지의 행동은 이해할 수 없다는 식으로 고개를 갸웃거리면서 말했다.

"기분이 상했다고 그렇게 마구 패대면 어떻게 견디겠어? 엔치나 내 나이가 되어봐. 그렇게 가뿐하게 뛰어오르고, 뛰어다닐 수가 없을 테니까. 그걸 나무라면 견딜 재간이 없지."

나루토는 기능공부터 온갖 고생을 다하며 자수성가한 사내다. 인종의 맛은 잘 알고 있다. 10년 이상이나 주인에게 착취당했지만 마지막에 주인이 선심 쓰듯 한자리 마련해주기만 했다면 나루토는 인종의 대은이라 착각하고 아직도 반항을 모르는 사내였을지 모른다.

그러나 나루토의 경우는 그렇지 않았다. 어엿한 기술자가 된 뒤에도 계속해서 착취하는 주인에게서 도망쳐 나와 곧장 만주로 건너온 것이다. 결국 기술 하나만 믿고 홀로서기에 성공한 그는 이젠 처자식에게 제법 사치도 부리게 해줄 수 있는 처지가 되었다.

제자를 거느리고 있지만 자기는 이전의 자기 주인처럼 착취만 하는 사람이라고는 생각하지 않는다. 그것이 실은 만주인 막노동꾼을 착취하고 있기 때문에 할 수 있는 것이라고는 생각해보지도 않았다. 누구에게도 고개를 숙이지 않는 성공한 사내. 아랫사람에게는 인정을 베풀 줄 아는 사내. 도리에 어긋나는 짓은 결코 용납할 수 없는 사내. 나루토는 자신을 그렇게 만들어가고 있었다.

그는 가지를 말이 통하는 사람이라고 생각했다. 오늘은 싫어졌다. 상등병이라는 계급장을 등에 업고 뻐기고 있는 것으로밖에 생각되지 않았다. 상등병이 대체 무엇이란 말인가? 빠르면 11개월, 늦어도 1년하고 몇 개월만 지나면 아무 고생 없이 바보나 등신이라도 될 수 있는 것이 아닌가. 이제까지 자신이 겪은 고생에 비하면 가지가 '1년에 걸쳐서' 해온 것 따위는 감히 명함도 못 내민다.

가지는 내무반에 초년병이 모이기를 기다리고 있었다. 그냥 잠자코 있었다간 초년병과의 사이에 틈이 벌어질 것 같았다. 그렇다고 새삼스럽게 다카스기 문제를 끄집어내는 것도 유치하다. 내무 교육을 빙자하여 의사소통을 꾀할 생각이었다.

초년병들은 다음 일정에 대해 듣지 못했기 때문에 뿔뿔이 흩어져서 내무반 안에는 몇 명밖에 보이지 않았다. 신경질적으로 생각하면 반항적으로 피하고 있다고 볼 수도 있다. 가지, 너도 마찬가지구나! 그렇게 생각한 것은 다시로뿐만이 아니었을 것이다. 한 번의 잘못으로 초년병에게서 멀어지면 조수라는 존재는 우습게 전락하고 만다. 강의를 듣는 학생이 한 명도 없는 텅 빈 교실의 교단에 홀로 서서 입만 나불거리는 교수와 다를 게 없다.

가지는 막사 앞으로 나가 보았다. 초년병들이 해방된 잠깐의 시간을 막사 앞에서 즐기고 있다면 자기도 그 무리에 끼고 싶었다.

초년병들은 드문드문 서 있는 나무처럼 막사 앞에 서 있었다. 그들의 긴장된 시선이 일제히 한곳을 향하고 있다. 막사의 벽 쪽이었다. 엔치 이등병이 아카보시 상등병 앞에서 한 대 맞을 때마다 용수철 인형처럼 자세를 바로 고치며 "네." "네." 하고 말하고 있다. 발밑에서는 닭다만 군화가 뒹굴고 있었다. 엔치는 양말 차림이다. 다른 초년병들은 가지가 출입구에 나온 것을 확인하고 다양한 각도에서 지켜보고 있었다.

"넌 조수한테 그렇게 배웠나?"

아카보시가 그렇게 말하는 소리가 들렸다.

"그렇지 않습니다. 제가 실수한 것입니다."

아카보시의 손이 붕 날아갔다.

"실수했다고? 털썩 퍼질러 앉아서 군화를 손질하고 있는 게 실수였다고?"

다시 한 대 날아갔다.

가지가 다가갔다.

"엔치, 어떻게 된 거냐?"

"조수님께서 납시셨군."

아카보시는 네모난 얼굴이 벌게져서 햇빛을 받아 번들번들 빛나는 웃음을 보였다.

"넌 군화를 손질하는 방법을 어떻게 가르친 거야?"

가지는 그 순간 무슨 일인지 이해가 되었다. 엔치는 훈련이 끝나자 긴장이 풀려서 땅바닥에 털썩 주저앉아 군화를 손질한 것이 분명하다. 누차 주의를 준 바 있다. 군대의 규칙상 군화는 총과 마찬가지로 보병의 생명과도 같은 것이다. 발에 신는 낡은 신발에 지나지 않더라도 '천황폐하가 하사하신 것'을 궁둥이를 깔고 주저앉아서 손질한다는 것은 말도 안 되는 일이다. 그렇게 말하며 주의를 주었다. 그런데 실수를 하고 말았다. 엔치 이 멍청한 놈이!

마흔네 살의 엔치 이등병은 지쳐 있었다. 엉덩이를 깔고 퍼질러 앉는다고 벌을 받을 만한 일은 아니다. 천황폐하는 그에게 아무것도 해주지 않았다. 오히려 그가 받을 빚이 있을 정도다.

"제가 잘못한 것입니다."

엔치는 가지에게도 혼나는 것이 두려워서 새된 소리로 말했다.

"넌 닥치고 있어!"

아카보시가 매섭게 쏘아보았다.

"말해봐, 가지."

"……특별히 어떻게 하라고는 가르치지 않았습니다."

"전 제대로 배웠습니다. 제가 잘못한 것입니다."

"넌 잠자코 있어."

이번엔 가지가 말했다.

"아카보시 상등병님, 제대로 확실하게 교육시키겠습니다. 용서해주십시오."

"좋다. 재미있겠군. 내가 보는 앞에서 해봐."

아카보시는 가지가 나서자 엔치 따위는 안중에도 없었다. 5년병을 업신여긴 2년병 쪽이 더 괴롭히는 맛이 있었다.

"그놈을 때려라! 넌 아무도 때리지 못하게 한다고 했으니까, 내 대신 때려."

가지는 입을 꾹 다물었을 뿐이다. 마음은 이미 정해져 있었다.

"때리지 못하겠습니다."

"그럼, 내가 가르쳐줄까?"

드러난 아카보시의 치열이 의외로 하얗고 깨끗하다고 생각할 만큼의 시간은 있었다.

"이렇게 하는 거다."

아카보시의 주먹이 크게 반원을 그리며 가지의 관자놀이에 꽂혔다. 가지는 뇌가 울리는 듯한 충격을 받아냈다. 쉰여섯 명의 눈을 등 뒤로 의식했다. 분노가 불길처럼 끓어올랐다. 가만히 서 있는 다리를 그 자리에서 지탱하고 있는 것은 말하자면 일종의 순교자와 같은 자부심이 있었는지도 모른다. 얼음 같은 쾌감조차 느꼈다. 난 이렇게 스스로를 구원해야만 하는 것이다.

엔치가 참다못해 소리쳤다.

"가지 상등병님, 절 때려주십시오."

"넌 이제 상관없는 일이다."

가지는 엔치를 밀쳤다.

"가라! 내가 맡겠다."

미처 돌아서기도 전에 반대쪽에서 다시 한 대 얻어맞고 가지는 비틀거렸다.

오늘만은 속이 시원해질 때까지 맞아주마. 오늘만이다. 훗날 오늘 일에 얼마나 비싼 이자가 붙는지 언젠가는 알려주겠다.

아카보시는 때리고 싶은 만큼 때리고도 갈증이 풀리지 않았다. 휜히 트인 막사 앞이다. 누구의 눈에 띌지 모른다.

"앞으로도 이런 일은 있을 거다, 가지. 2년병 따위는 군인 축에도 끼지 못해."

가지는 뒤로 돌아선 아카보시에게 달려들지 못하는 자신을 초년병들이 어떻게 생각하는지 그것이 비로소 걱정되었다. 겁쟁이 상등병이다, 초년병을 때릴 줄 밖에 모르는가! 겁쟁이는 아니다. 초년병들아 두고 봐라. 내가 놈들을 한꺼번에 박살내버릴 테니까.

가지는 돌아섰다. 바로 옆에 나루토가 서 있었다. 수염이 덥수룩한 두꺼운 입술을 조금 벌리고 나루토의 눈이 슬픈 듯 웃었다. 가지는 겨우 마주 웃어주었다.

## 29

"미안하게 됐어."

엔치는 긴장 끝에 찾아온 피로를 느끼며 침대에 주저앉아 누구에게랄 것도 없이 중얼거렸다.

"차라리 상등병님이 때려주는 게 나았어. 젠장, 뭔가가 개운치 않은 기분이야. 그 일로 상등병님과 고참병들의 사이가 더 틀어지겠지? 그 영향이 또 우리한테 올 테고. 나야 어쩔 수 없지만 여러 사람이 피해를 당하게 생겼어."

아무도 대꾸하는 사람이 없었다.

"……정말 돌아가고 싶다."

엔치는 주름진 얼굴을 몇 번이나 손으로 문질렀다. 나오는 것은 한숨뿐이다. 한 번 내쉴 때마다 몸에서 정기가 빠져나가는 것 같았다.

"신경 쓰지 않는 게 좋아."

미무라가 위로하듯 말하는데 동병상련의 마음이 느껴졌다. 그 육체의 야윈 어깨 언저리에서는 인종의 무기력함만이 보인다.

"가지 상등병은 다카스기를 때린 대가를 치른 거야."

아사카가 웃었다.

"조수라면 당연한 일이지."

"그래도 아사카, 다카스기의 덤으로 너까지 맞는 것보단 나았을걸?"

빈정거리며 말한 것은 이마니시다. 까무잡잡한 얼굴이 하얀 이를 드러내며 웃고 있었다.

"따귀 한 대 맞은 걸 갖고 뭘 그래? 꼭 초상 치른 사람처럼."

데라다가 말했다.

"옛날 군인들은 다 경험한 일이야. 돌이켜보면 다들 그나마 다행이었다고 웃으며 얘기하잖아."

"넌 아버지가 소령이니까 그런 말도 할 수 있는 거야."

다시로가 비난했다.

"소령이라 미안하게 됐군. 그게 내 책임이란 말이야?"

"시끄러워!"

나루토가 소리를 질렀다.

"대가리에 피도 안 마른 놈이 뭘 안다고 떠들어?"

데라다는 상대가 나루토만 아니었다면 틀림없이 덤벼들었을 것이다. 나루토의 완력엔 도저히 당할 수 없다고 포기한 것이다.

나루토는 다시로와 둘만 있게 되었을 때 이렇게 말했다.

"5년병이든 4년병이든 신경 쓸 것 없어. 나한테 손가락 하나라도 댔다간 갈비뼈를 분질러버릴 테니까."

"당치도 않아. 그랬다간 영창이야."

"어차피 여기서 죽을 텐데 뭐. 그까짓 영창이 대수야? 내가 가지처럼 상등병이었다면 오늘 일만 해도 가만히 있지 않았어."

다시로는 잠시 잠자코 있다가 말했다.

"난 나이는 당신보다 반밖에 안 먹었지만, 의견이 있다면 역시 말하는 게 좋다고 생각해. 당신이 완력으로 해결하려는 생각은 잘못됐어. 아니, 완력이 필요할 때도 있겠지만, 지금은 아직 그럴 때가 아니야. 오히려 나빠질 뿐이라고 생각해. 그러니까 그런 기분이 들었을 때는 가지에게 말하는 게 나아. 그 사람도 오늘은 해괴한 짓을 했지만, 군대에 대해선 우리보다 잘 아니까."

나루토는 잠자코 있었다. 승복한 것인지 어떤지 다시로는 판단할 수 없었다.

"내가 맞았다고 해서 하는 말이 아니야."

가지는 교관실에서 가게야마에게 말했다.

"필요하니까 말하는 거야. 초년병에게 사적인 제재를 가해서는 안 된다고 확실하게 시달해줬으면 좋겠어."

가게야마는 가만히 웃었다.

"초년병을 때리는 것은 너만의 특권으로 삼겠다는 거야?"

"그래, 네가 굳이 문제를 곡해해서 그렇게 말한다면 그렇다고 해두지. 적어도 난 아카보시 같은 자보다는 정상적인 인간이라고 생각하니까."

"네 요구를 들어준다면 넌 초년병들에겐 어진 아버지 같은 존재가 되겠지만, 고참병들에겐 더더욱 미움을 받게 돼. 하기야 그건 괜찮겠지, 네가 바라는 바니까. 그럼 난 뭐가 되지? 소위 군복을 입은 피에로? 가지, 여기가 후방의 위수지역이라면 네 의견을 받아들일지도 모르지만 여기선 안 돼. 여차했다가 어떤 사태가 벌어질지 생각해봐. 고참병들이 하찮아 보여도 독자적으로 행동하는 능력은 있어. 이자들이 내 통제에서 벗어나면 전투는 어떻게 될까?"

전에 가지가 다시로에게 쓴 논법을 지금 가게야마가 가지에게 쓰고 있다.

"내가 초년병을 장악하고 네 지휘 아래로 들어갈게. 걱정하지 마."

"……전투에 관한 한……."

가게야마는 가지를 뚫어져라 보았다.

"난 널 고참병의 반만큼도 믿지 않아."

"말이 좀 심하군."

가지는 당찮은 분노에 눌려 목소리가 갈라졌다.

"그런 사내를 용케도 조수로 임명했어."

"들어봐. 넌 사격도 잘하고 내가 돌출진지에 배치할 정도로 전투 능력도 갖추고 있어. 문제는 네가 초년병을 감싸려고 드는 어머니의 마음을 갖고 있다는 거야. 그리고 또 하나 네가 전투에 임했을 때 빠지게 될 마음의 동요야. 넌 싸울 수 있을까? 아무런 목적도 의식하지 않고 싸울 수 있겠어? 내가 적들을 쏘라고 하면 즉각 쏠 수 있겠어?"

"……이번엔 날 과대평가하는군."

가지는 창백하게 웃었다.

"난 초년병일 때 300미터 사거리에서 눈을 감고 표적을 맞힌 적이 있어. 아무 목적의식도 없었지. 네가 쏘라고 하기 전에 난 쏘고 있을 거야. 두려우니까. 난 네가 생각하고 있는 것만큼 대단한 반전론자도 아니야. 네 옆에 내가 있다면 안심해. 적군 보병이 네 앞에 오는 것은 불가능할 테니까. 그러니 날 믿고 고참병이 초년병들을 건드리지 못하게 해줘."

"네가 날 과대평가하고 있어. 아니면 군대에 대한 인식부족이거나."

가게야마는 입으로는 웃었으나 눈은 날카로웠다.

"간부후보생 출신인 내 명령이, 혹은 예비역 중위인 후나다 중대장의 명령이 심통 난 5년병들에게 얼마나 먹힐까? 너답지 않은 생각이야. 피라미드형 조직인 군대를 명령 하나로 어떻게 휘어잡겠나? 군기는 군대의 명맥이야. 하지만 군대만큼 명령이 사문화되는 곳도 없어. 사회에서처럼 실리가 따르지 않으니까. 명령에 얽매여 꼼짝도 못하는 것은 초년병뿐이야. 모든 압력이 거기까지 내려가서 지탱됨으로써 이 조직은 겨우 유지되고 있다고. 그것을 한낱 소위에 불과한 나에게 이래라저래라 하는 것은 단단히 잘못 본 거지."

"알겠습니다, 소위님."

가지는 가게야마 앞에서 물러났다. 가지 상등병의 인식부족이었습니다. 피라미드형 조직은 아래에서부터, 제일 아래에서부터 치고 올라와야만 했습니다.

"잠깐만."

가게야마는 돌아서서 가려는 가지를 불러 세웠다.

"미치코 씨한테 편지가 왔어. ······나랑 같이 있다는 걸 최근에 알려줬어. 그래서일 테지. ······나와 같이 있으면 너도 조금은 자유로워졌을 텐데 편지를 너무 안 한다고 불평하더군."

"······자유로워졌다고?"

가지는 두어 번 숨을 쉬는 동안 눈을 감고 있었다.

"점점 더 쓸 수가 없게 되더군. 전에는 쓰고 싶은 말이 산처럼 많았어도 역시 쓰기가 어려웠어. 지금은 메말랐다고나 할까? 마음을 전하는 게 내키지가 않아. 어차피 괴로운 일밖에 전할 게 없는데 뭘 쓸 수 있겠어? 목하 동부 국경 이상 무. 그 점에 대해서는 안심하길. 설마 그렇게는 쓸 수 없잖아."

가지는 전에 있던 부대에서 스미노쿠라 중위의 여동생이 미치코를 불러주겠다고 한 것을 끝까지 거절한 것이 후회되었다.

"나에게도 지난주엔 왔었는데 너한테는 뭐라고 썼어?"

"읽어봐."

가게야마는 책상 서랍을 열었다. 가지는 고개를 저었다.

"말해줘, 요약해서."

"……네가 돌발적으로 행동하는 것이 여자들에겐 걱정거리일 거야. 병원에서 퇴원하고 나서는 잘 모르는 모양이야. 여기로 와서 한가롭게 지내고 있는 것 같아서 안심이라는군. 이 막다른 곳에 와서, 말이야……."

안심시켜두자. 편지를 쓸 때마다 그렇게밖에 쓸 수 없기도 하다.

"안심했다는 건 다시 말해서 불안해서 견딜 수가 없다는 것이겠지."

가게야마는 그렇게 중얼거리듯이 말했다.

"너의 기력과 체력밖에 믿을 게 없었는데 여기에 와서 나랑 같이 있는 걸 알자 뭔가 가능성이 생긴 것처럼 믿고 싶은 거겠지. 맹목적으로 믿으려고 하던 것에는 조금이나마 구체성을 갖게 하고 싶어지는 법이야. 그래서 더욱 불안해져. 부디 그이를 잘 부탁드립니다, 그렇게 쓰여 있어. ……이제 자중 좀 해, 가지."

가지는 눈을 동그랗게 떴다.

"그 편지를 네 입장에서 해석하지 마."

"바보 같은 놈!"

가게야마는 창백해진 얼굴로 낮게 일갈했다.

"너를 사랑한 여자를 위해서야. 어차피 죽는다고 해도 여자는 널 그리워한다고. 행복한 놈이야, 넌. 너나 나의 쓰레기 같은 목숨도 무의미하게 죽게 하지 말라고 기도하고 있는 거야. 말은 다르지만 그렇게 쓰여 있어. 여기서만 벗어나게 해달라고, 여기서만 말이야. 두 번, 세 번 반복해서 썼어."

"……미안하네."

가지는 몇 번이고 고개를 끄덕였다.

"……내가 나빴어. ……넌 장교니까 쓸 수 있을 거야. 답장을 보낼 거면 이렇게 써줘. 가지란 놈은 죽지 않을 것이다, 어떤 일을 당해도 죽지 않을 것이다, 살아남을 놈이다. 그렇게 써주지 않겠나? 다른 사람에게서 그런 말을 들으면 그녀도 든든하게 생각할 테니까."

## *30*

중대는 후나다 중위의 발안으로 고참병과 초년병의 친목을 도모하기 위해 연예회를 열었다. 후나다로서는 가게야마로부터 병사 간의 사정을 들었어도 중대 운영을 원활하게 하기 위한 묘안이 없던 터라 연예회라도 열어서 '화기애애한 분위기'를 만들어주고 싶었던 것이다. 가게야마는 효력이 있을 거라고는 생각하지 않았지만 해로울 것도 없다고 생각해서 별로 반대는 하지 않았다.

고참병들은 마침 따분하던 터라 전에 없이 열성적인 반응을 보였고,

초년병들은 잠깐이나마 내무생활에서 해방되는 것을 기뻐했다. 마침 매점에서 꽤 많은 술이 배급된 것도 병사들을 기쁘게 하는 데 한몫했다. 이처럼 병사들이 저마다 좋아는 했지만, 그것이 병사 간의 친목 도모에 매개체가 될 수 있을지 어떨지는 의문이었다.

연예회 같은 때마다 갑자기 두각을 나타내는 사내가 있다. 평소에는 무리들 속의 일개 구성원으로서 고유의 이름이 있든 없든 마찬가지이고 눈에도 띄지 않던 사내가 갑자기 광채육리光彩陸離하기 시작한다. 반대로 평소에는 눈에 띄는 존재인데 노래도 부르지 못하거니와 별다른 재주도 부리지 못하는, 예를 들면 가지 같은 병사는 빽빽하게 늘어앉아서 그저 박수만 칠 줄 아는 수많은 빡빡머리 중 하나가 되어버린다.

재주꾼은 의외로 많았다. 소등시간을 한 시간 연장해도 아직 어딘가 부족한 듯 다양한 재주가 펼쳐지며 웃음소리가 막사를 뒤흔들었다. 하긴 재주가 아무리 다양하게 펼쳐져도 결국은 타락할 데까지 타락하지 않으면 끝나지 않는다. 옷을 한 꺼풀 한 꺼풀 벗겨내는 듯한 말이 나오기 시작한다. 마지막에는 여자라곤 그림자도 없는 병영이 여체의 망상으로 가득 찬다. 자욱한 담배 연기 속에서 사내들은 당치도 않은 여자의 자태를 그린다. 열광적으로 터져 나오는 웃음소리에는 이루려다 이루지 못한 욕정의 한숨이 넘쳐나고 있다. 땀내와 고일 대로 고여서 시큼해진 체취. 후끈 달아오른 체온. 그냥 놔두었다가는 무슨 일이 벌어질지 모른다. 술이 위 속에서 발효하여 폭발할 때만을 기다린다. 사내들은 지금 살아 있다. 지금 이 순간만은 '천황폐하'도 '성전'도 없다. 군대의 온갖 구속을 반납하고 거친 생명이 솟구치는 대로 맡기려 한다.

이제 끝내기에 적당한 시간이다. 이 이상은 허용할 수 없다. 그 즈음에 소등 연장의 시한이 다가왔다. 병사들은 모두 김이 모락모락 나는 나사 풀린 얼굴로 망상을 품에 안기 위해 각자의 침대로 돌아간다. 재미있었을까? 안 하느니보다는 나았을까?

중대장인 후나다 중위는 만족스러운 듯 가게야마 소위를 돌아본다. 어떤가, 잘된 것 같지 않나?

하사관들은 남은 술을, 아니 교묘하게 빼돌려서 남긴 술을 하사관실로 가지고 와서 거의 공공연하게 2차를 했다.

히로나카 하사는 주량을 넘긴 모양이다. 목 언저리까지 벌게져서 신나게 떠들더니 얼굴이 점점 검푸르게 변하고 눈이 풀리면서 신경질적이 되었다. 그는 실내화를 신은 채 밖으로 나가더니 변소에 가서 죄다 토해냈다. 이렇게 괴로울 뿐인데 뭣 때문에 술을 마셨는지 후회는 되지 않는다. 휘청거리며 변소에서 나왔다. 고지대의 밤은 여름이 이제 막 시작되었는데도 벌써 가을을 생각하게 한다. 냉기가 시키먼 산허리에서 불어온다.

히로나카는 어둠 속에 서서 몸서리를 쳤다. 술은 아직 깨지 않았다. 균형을 잃은 마음에, 살갗에 닿는 냉기와 기분 나쁜 국경의 고요가 작용한 모양이다. 의지할 데 없고, 우울해지기만 하는 쓸쓸함이 밀려왔다. 2년병이 되고 나서 햇수로 4년 동안 거의 느껴보지 못한 기분이다. 혹은 그런 기분에 휩싸이는 순간이 있었다 해도 무언가 다른 것으로 간단히 말살하고 바꿔놓을 수가 있었는지도 모른다. 이대로 아무도 모르는 벌판에서 죽어버릴 덧없는 처지가 술이 깨자마자 어둠 속에서, 이 고요 속에서, 그를 사로잡은 것이다.

평상시의 거짓이 지금 갑자기 돌아누워서 복수하고 있는 것일지도 모른다. 국가에 '충성'한다는 마음으로 하사관이 된 것은 아니다. 가난한 농사꾼의 둘째아들에게는 안주할 곳이 없었던 것이다. 안주할 곳은 오히려 다섯 자 길이의 침대에 있었다. 하사관이 되면 전용 방이 주어지고, 일반 병사들을 하인처럼 부릴 수 있다. 가난한 농사꾼 출신이든 천민 출신이든 '관'이라는 직위가 주어진다. 아무리 출신이 좋은 병사도 그를 향해 경례를 붙이고, 그의 명령에 복종해야 한다. 그렇다, 그는 그렇게 되었다. 그리고 지금은 이 국경지대에서 '충성'의 공염불을 병사들에게 강요하면서 자기도 모르게 찾아올 죽음을 기다리고 있다.

히로나카는 침을 뱉고 기분을 새롭게 했다. 새롭게 했다기보다도 내일이 없는 처지의 자각 위에 바로 놓은 것이다. 어차피 죽는다고 해도 자기 혼자 죽는 것은 아니다. 그가 하사관이 된 것은 역시 잘못된 선택이 아니었다.

정말 싫다. 그는 다시 한 번 침을 뱉었다. 돌아가서 다시 마시자. 씨발, 다른 놈들이 벌써 다 마셨을지도 몰라.

히로나카는 걷기 시작했다. 막사에서 시커멓고 큼지막한 그림자가 나와서 곁을 스쳐 지나갔다.

"이 새꺄, 정신 차려! 경례 안 하나?"

큼지막한 그림자는 잠깐 멈춰 섰다가 다시 가려고 했다. 경례를 했는지 안 했는지 알 수 없었다. 하반신은 군복을 입고 있는지 어둠에 묻혀서 보이지 않았지만 어렴풋이 잿빛으로 드러난 상반신은 속옷 차림이 분명했다.

히로나카는 그 어깨를 잡고 돌려세웠다.

"이름을 대라! 넌 누구 내무반이냐?"

나루토는 이때 비로소 상대가 고참병이 아니라는 것을 깨달았다. 어둠 속이라고 결례를 범한 데 대한 변명도 할 수 있을 것이다. 고참병이라면 못 본 척할 작정이었다. 멈춰 서서 경례를 하려고 했지만 평소의 울분이 어둠 속에서의 동작을 어정쩡하게 만든 것은 사실이다. 개새끼! 소변을 보러 가면서까지 경례를 하라고?

그러나 상대가 하사관이라면 이런 태도는 통하지 않는다. 보이지 않았다고 해도 얼마 되지 않는 하사관의 목소리, 그것도 다른 내무반이라고는 하지만 매일 훈련을 받는 조교의 목소리를 알아듣지 못했다는 것은 변명이 되지 못한다.

"내무반으로 돌아가!"

히로나카는 나루토의 가슴을 쳤다.

소총반으로 간 히로나카는 소리를 질러서 모두를 일으켰다.

"가지, 네 교육은 돼먹지가 않았다!"

그는 가지 앞으로 다가와 술 냄새가 진동하는 숨을 토해내며 말하더니 갑자기 돌아보며 호령했다.

"전체 차렷! 엎드려뻗쳐! 다리는 침대 위에 올린다. 너희들의 얼굴에서 나오는 땀이 마룻바닥에 스며들 때까지 그러고 있어라. 시작!"

모두는 바닥에 댄 양손으로 침대 높이에서 비스듬하게 내리누르는 중량을 견뎌야 했다. 보통 체력으로는 10분도 버티지 못한다.

"반장님."

나루토가 마룻바닥에서 얼굴을 들고 말했다.

"결례를 한 것은 제 책임입니다. 저만 벌을 받게 해주십시오. 다른 사람은 용서해주십시오."

"잔말 말고 해!"

히로나카는 통로에 버티고 서 있었다.

"명령이다!"

"부탁입니다, 반장님."

히로나카는 대답 대신 목총으로 마룻바닥을 쿵쿵 치고 있었다.

주번 상등병은 일부러 일어나서 나온 모양이다. 들어와서 경례를 하더니 웃었다.

"수고하십니다, 반장님."

"응. 미안하지만 네가 여길 잠깐 보고 있어라. 난 방에 갔다 올 테니까."

"반장님."

다시 나루토가 말했다.

"부탁드리겠습니다, 반장님. 다른 사람은 용서해주십시오."

"잔소리 말고 해라, 잔소리 말고."

주번 상등병이 히로나카 대신 대답했다.

"반장님!"

"시끄러워!"

"반장님!"

"부탁한다, 주번 상등병. 금방 갔다 올 테니까."

히로나카는 나갔다.

"반장님!"

나루토가 울부짖듯이 말했다.

"나루토 잔말 말고 해."

반대쪽에서 가지의 목소리가 마룻바닥을 기어왔다.

"다른 녀석들도 잘 들어라. 나도 같이 하고 있다. 히로나카 반장이 그만하라고 할 때까지 다른 누가 뭐라 하든 멈추지 마라. 중대장님이나 교관님이 말해도 마찬가지다. 알았나?"

가지는 가게야마가 오기를 바랐다. 가게야마가 어떻게 말하든 이 엎드려뻗쳐는 그만두지 않을 것이다. 초년병 앞에서 가게야마가 히로나카에게 중지시키라고 명령할 때까지는.

조용해졌다. 아직 시간은 얼마 지나지 않았다. 뚝뚝, 마룻바닥에 땀방울이 떨어지는 소리를 각자가 듣는다. 점점 거칠어지는 숨소리가 들린다. 주번 상등병이 실내화로 마룻바닥을 쓸며 걷는다.

"네놈들도 참 잔인하다. 난 잠을 자고 싶단 말이야."

뚝, 땀방울이 떨어지는 소리. 가빠지는 숨소리.

"이봐, 주번 상등병."

옆의 고참병 내무반에서 주번 상등병을 불렀다.

"수고가 많다. 확실하게 해."

"어휴, 피곤해 죽겠구먼."

하품하는 소리가 들린다. 웃음소리가 으스름한 공동(空洞) 속에 울린다. 또 조용해진다. 땀방울이 떨어지는 소리. 거칠어지는 숨소리. 몇 십 마리의 개가 헐떡이고 있다.

누군가가 털썩 고꾸라졌다. 주번 상등병이 욕했다.

"이 새끼가! 일어나지 못해?"

목총이 거칠게 마룻바닥을 쳤다.

"갈긴다!"

"누구냐?"

가지의 목소리도 이제 쉬어 있었다.

"······엔치인가?"

"······죄송합니다. 상등병님."

엔치의 몹시 나약해진 목소리가 들렸다.

"똑바로 해!"

주번 상등병의 목소리와 함께 둔탁한 소리가 울린 것은 엔치가 목총에 맞았기 때문이다.

"우리가 초년병이었을 땐 이런 걸 한 시간이나 했다. 한 시간이나."

가지는 얼굴이 온통 벌게져서 가게야마를 원망하고 있었다. 한밤중에 히로나카가 그렇게 소리를 질렀는데 못 들었을 리가 없다. 가게야마,

넌 이제 내 친구가 아니야.

갑자기 나루토가 일어났다.

"에이, 씨발!"

신음 소리가 들렸을 때는 이미 나루토의 큼지막한 몸이 검은 바람을 일으키며 내무반 밖으로 뛰어나가고 있었다.

"상등병님."

다시로가 말했다.

"나루토가······."

가지는 일어서서 마치 고양이처럼 발소리도 없이 하사관실로 황급히 갔다.

"한밤중에 술 처먹고 멋대로 굴지 마라! 하사관이면 다냐?"

나루토가 고함치는 것을 가지는 문 밖에서 들었다.

"반항하는 거냐?"

마쓰시마 하사로 보이는 날카로운 목소리가 들렸다.

"뒈지고 싶어?"

피복계인 후지키 하사일 것이다.

"그래, 죽여봐!"

나루토가 으르렁거렸다. 가지는 문을 박차고 뛰어 들어갔다. 수염이 덥수룩한 나루토의 큼지막한 몸은 곰이 서 있는 것처럼 벽을 등지고 세 명의 하사관에게 당장이라도 덤벼들 듯한 기세로 서 있었다.

"대가리에 피도 안 마른 애송이로 착각하지 마라. 난 하고 싶은 것만큼은 사회에서 뭐든지 다 하다 온 놈이다. 사랑하는 처자식이 기다리고 있다고 해서 겁을 먹거나 몸을 사리진 않는다. 영창이든 형무소든 얼마든지 가 주겠다."

"나루토, 정신 차려!"

가지가 그들 사이로 들어가 막아섰다.

"상등병님, 비키십시오. 이 새끼들이 뭘 믿고 이렇게 거만해? 네놈들은 스스로의 힘으로 하루라도 밥벌이를 한 적이 있나? 내가 잘못했으면 나한테만 벌을 주면 되잖아? 어디서 지랄이야!"

나루토의 시선은 가지의 몸에 의해 막혀 있었다. 그 틈에 히로나카가 달려들었고, 마쓰시마가 덮쳤다. 나루토의 엄청난 힘이 한번은 둘을 뿌리쳤다.

"가지, 그놈을 막지 않으면 너도 함께 중영창이다!"

후지키가 소리쳤다.

가지는 나루토를 등 뒤에 세우고 버티고 섰다.

"반장님, 나루토는 제가 맡겠습니다. 저한테 넘겨주십시오."


"술을 너무 많이 마셔서 무슨 말을 했는지 기억이 없다고 해라."

가지는 나루토를 자기 침대에 앉혀놓고 나지막하게 말했다.

"엎드려뻗쳐 때문에 피가 머리로 쏠려서 아무것도 몰랐다고 하는 거다. 알겠나? 그저 동료들이 기합받는 걸 면하게 해주고 싶었다. 그뿐이었다. 반항할 마음은 없었다. 나 혼자만 기합을 받을 생각이었다. 그것을 부탁하러 갈 생각이었다. 그렇게 말하는 거다. 다른 건 아무것도 기억하지 못하는 거야. 알겠나?"

나루토는 어두컴컴한 벽 가에 있는 가지의 침대에 앉아서 허탈 상태에 있었다. 가지가 한마디 할 때마다 고개만 끄덕일 뿐이었다.

"그 다음은 나한테 맡겨. 어디까지 할 수 있을지는 나도 모른다. 여기에 있어. 가게야마 소위와 얘기하고 오겠다. 여기서 움직여서 누군가와 한마디라도 했다간 끝이야."

"상등병님."

나루토는 무지막지한 힘으로 가지의 손을 잡았다.

"괜찮아. 아무 말도 하지 마. 후회도 하지 마라. 넌 어쨌든 뭔가를 했어."

가지는 나루토를 침대에 남겨두고 일어섰다. 초년병들은 각자의 침대에 누워서 꼼짝도 하지 않았지만 자는 사람은 아무도 없었다.

"……자."

가시는 나지막하게 말했다. 다시로의 침대로 가서 귓전에 대고 속삭였다.

"내가 돌아올 때까지 나루토 옆에 있어줘."

## *31*

"상관 모욕과 반항은 부정할 수 없어."

가게야마가 졸린 표정으로 말했다.

"하사관 놈들이 다른 곳이라면 모를까 병사들이 알 만한 곳에서 당했으니 가만히 있지 않을 거야. 네 내무반에서만 사고가 터지는 걸 보면 역시 네 방법에 문제가 있어."

"결론은 어떻게 나겠어?"

가지는 튀어나오려는 말을 억지로 참았다.

"나루토를 구명해줄 수 있을까?"

가게야마는 쓰디쓴 웃음을 지었다.

"중대장이 자기 중대에서 영창에 보내는 것을 얼마나 불명예스럽게 여기느냐에 따라 다르겠지. 불명예스러워도 군기를 바로잡느냐, 군기는 어지러워도 남의 이목을 피하느냐야."

"남의 이목을 피할 수 있도록 손 좀 써줘."

"글쎄."

가게야마는 속내를 살피듯이 삐딱하게 가지를 보았다.

"영창행이나 형무소행이 차라리 낫지 않을까? 희생자만 한 명 나올 뿐 다른 건 네가 바라는 대로 될지도 몰라."

"……내가 또 방법을 잘못 선택한 모양이군."

가지가 자조의 넋두리를 했다.

"네가 이 부대에 있다는 우연에 너무 의지하고 있었어."

"그래. 가게야마 소위란 놈이 있든 없든 이 문제는 달라질 것이 없어."

"알았어."

가지는 일어섰다. 나루토를 속이 풀릴 때까지 날뛰도록 놔두는 게 나았지 싶다.

"하나만 더 묻고 싶은데, 하사관이 소등 후에 술을 마시고 어둠 속에서의 결례를 이유로 병사에게 기합을 줬다는 사실은 중대 간부가 묵살해버리겠지?"

가게야마는 대답하지 않고 담배를 물고 천천히 불을 붙인 다음 연기 고리를 내뿜었다. 그 연기 고리가 차츰 커지고 흐려지면서 창 쪽으로 흘러가는 것을 물끄러미 바라보며 가지가 중얼거렸다.

"나루토에게는 숙명으로 받아들이고 체념토록 설득하겠네. 중영창이든 군법회의든 좋을 대로 해. 그 대신이라고 말하면 뭣하지만 난 이제부터 초년병들에게 상관 모욕죄나 항명죄에 걸리지 않고 반항하는 방법을 교육시키겠네."

"협박해도 난 어쩔 수 없어."

가게야마는 재미있다는 듯 웃었다.

"교육을 시키면 어떤 식으로 시킬 건가?"

"모르겠습니다, 교관님. 난 이제까지 고매한 인격이니 하는 시답잖은 허세 때문에 신사적으로 하려고 했지요. 그래서는 안 된다면 조직적인 것도 할 수 없을 테니 당연히 더러운 방법이라도 쓸 수밖에요. 한밤중에 그런 소동이 있었는데 교관님이 몰랐다는 것도 웃기는 얘기고, 알았다면 그건 또 더욱 재미있는 얘기입죠. 소위님은 모쪼록 앞으로도 강 건너 불구경이나 하시지요."

비꼬고 싶은 만큼 실컷 비꼰 가지의 눈앞에 가게야마는 갓 뜯은 담배를 던져주었다.

"담배 없지? 가지고 가. 이 문제로 네가 책동한다는 인상을 주는 것은 좋지 않아."

"내가 너한테 말했다는 것이? 소위는 상등병의 의견에 좌우되어서는 안 된다는 건가? 넌 좌우되지 않았잖아? 훌륭해."

사실 가게야마로서는 가지에게서 아무 말도 듣지 않는 편이 일을 처리하기에 수월했을지도 모른다. 그의 마음은 이미 정해져 있었다. 후나다 중위 앞에 히로나카와 나루토를 호출하여 잘잘못을 가려보고 그 결과 쌍방을 같이 처벌해야 하는 일이라면 나루토에게는 하극상에 해당하는 행동을, 히로나카에게는 하사관으로서 있을 수 없는 경솔한 처신을 훈계하는 선에서 중대 내 문제로 마무리할 생각이었다. 확실히 가지는 가게야마라는 존재를 너무 믿은 나머지 지나치게 앞서 나간 느낌이다. 가게야마로서는 미온적인 후나다 중위가 자신의 재량에 맡길 것이 십중팔구 틀림없다고 생각하고 있었다.

그러나 후나다 중위는 이 조치가 훗날 타 중대로 새어나갈 것이 두려웠다. 만약에 그렇게 되면 엎드려뻗쳐 같은 기합이나 소등 후의 음주 같은 해이해진 군기는 별로 문제가 되지 않겠지만 이등병이 하사관실에 들어와 난동을 부렸다는 해괴한 사실은 이유 여하를 불문하고 군법에 저촉되기 때문에 문제가 될 것이다.

후나다는 여자 같은 새된 목소리로 판결을 내렸다. 나루토는 술주정을 하며 중대 규칙을 어지럽힌 죄로 사흘간 영창에 가고, 히로나카는 당시 이미 사령부에서 계획되어 있던 후방 진지의 구축 작업에 관한 교육 및 연락이라는 명목하에 사령부 소재지인 연대본부로 파견되었다.

가게야마는 가지의 격노한 얼굴이 눈에 선했지만 가지를 불러서 설명하려고는 하지 않았다.

가지는 나루토에게 말했다.

"무기력한 상등병은 아무 도움이 되지 못했다."

나루토는 덥수룩한 수염 아래에서 웃었다.

"차라리 흠씬 두들겨 패줬다면 군법회의였겠죠? ……갈 데까지 가서 놈들의 작태를 폭로해버릴 걸 그랬습니다."

"그렇게 될 거라는 확신이 있었다면 내가 벌써 했을지도 몰라. 입에 재갈을 물려놓으니 아무것도 할 수가 없어."

가지는 입대한 날부터 있었던 일들을 순식간에 떠올렸다. 언제나 억지가 통했고, 상식은 뒤쪽으로 밀려나곤 했다.

"고생스럽겠지만 사흘만 참아."

"각오하고 있습니다. 사흘이면 그나마 다행이죠."

가지는 고개를 끄덕이고 중얼거렸다.

"이 보복은 언젠가 반드시 해주고 말겠어."


마쓰시마 하사가 나루토의 군복 단추를 모조리 잡아떼고 나서 영창으로 데리고 갔다.

가지는 그날 이후 가게야마의 교관실에 출입하는 것을 피했다. 훈련 정렬과 해산 때 외에도 무섭도록 절도 있게 경례했다. 말은 하지 않았다. 하사관들에게도 마찬가지다. 그러면서도 고참병들에게는 절대로 경례를 하지 않게 되었다. 뭔가 하나만 걸리기를 기다리고 있는 듯한 태도였다.

자연스럽게 고참병들은 가지를 더욱 눈엣가시처럼 여기게 되었으나 고참병들 쪽에서도 나루토의 폭거가 있은 직후라 가지의 태도에 왠지 모르게 꺼림칙한 것을 느꼈는지 시비를 걸지는 않았다.

나루토가 영창에서 나오자 조금은 달라진 영내 분위기가 느껴졌다. 하사관에게 대든 이등병을 하사관들과 연차에 별 차이가 없는 고참병들이 호의적으로 보는 것이었다. 차마 칭찬은 하지 못하지만 '괜찮은 놈이야.'라고 생각하는 것이리라. 그러나 나루토는 잠자코 있었다. 동기들과도 별로 이야기를 나누려고 하지 않았다. 반항적인 모습은 아니었다. 가지의 지시에는 순순히 따랐다.

열흘 정도 중대에서 구타 소리가 한 번도 들리지 않은 것을 보면 나루토의 행동도 조금은 약이 되었는지도 모른다.

## 32

관동군에서는 또다시 만주 주둔군의 방비를 강화하라는 명령이 내려와서 약 25만 명을 더 동원하게 되었다. 그것이 뜻하는 것은 소련의 대일 개전을 시간문제로 보고 있다는 것이다. 그러나 소련은 독일과의 전투에서 이미 막대한 희생을 치렀기 때문에 일본과의 전투에는 '숙시주의熟柿主義(잘 익은 감이 저절로 떨어지기를 기다리듯이 노력은 하지 않고 일이 잘되어 이익이 돌아올 때만 기다리는 태도를 비유적으로 이르는 말 – 옮긴이)'로 임하며 최소의 희생으로 쉽게 만주를 점령할 수 있는 시기를 노릴 것이다.

극동 소련령으로의 군사 수송은 여전히 계속되고 있었지만 7월에 접어든 뒤로 전투 병종의 수송은 줄고 보급 관련 수송이 늘기 시작했다. 다시 말해서 언제든 대일 개전을 단행할 수 있는 태세를 갖춘 것이다. 이것이 포츠담 회담 직전에 있었던 대본영의 대소 정세 판단이었다.

우시지마 소령은 안으로는 신경질적이 되었고, 밖으로는 '공격 정신'을 더욱더 강조했다. 각 중대의 교관들에게는 초년병들의 교육을 서둘러 종료시켜서 국경 감시를 강화하라고 명령했다.

병사들은 정세에 대해선 모른다. 그저 막연하게 느낄 뿐이다. 운명이 시시각각 소리도 없이 다가오고 있다는 것을.

가지는 그날 훈련 휴식 시간에 고이즈미 이등병의 질문을 받았다.

"상등병님, 전투가 벌어졌을 때 이 진지에서 몇 시간이나 버티면 후방의 지원군이 도착합니까?"

"글쎄……."

가지는 말끝을 흐렸다.

"세 시간쯤이면 된다고 했는데……."

고이즈미, 단념해. 지원군 따위는 오지 않아.

"세 시간 정도는 버티겠죠?"

미무라가 불안한 듯 물었다.

"버틸 수 있을지 어떨지는 주력인 너희들에게 달렸다."

미무라, 단념해. 세 시간 후에는 누구 하나 살아남지 못할지도 모르니까.

엔치는 주름 사이에 수심을 가득 담고 가지를 지켜보고 있었다. 가지는 미무라의 가는 발목 언저리에서 군화의 주둥이가 벌어져 있는 것을 보고, 엔치의 얼굴에 팬 깊은 주름을 보고, 화창하게 갠 푸른 하늘을 올려다보았다. 솔개가 유유히 원을 그리고 있었다. 가지는 벌렁 드러누워서 솔개가 날아가는 것을 지켜보았다. 높이, 높이. 날개는 거의 움직이지도 않고 유유히 날고 있었다.

"사령부에서 여기까지는 50킬로미터가 넘을걸. 세 시간 만에 어떻게 오겠어?"

다시로가 고이즈미에게 말하고 있었다.

"기계화 부대야."

데라다가 말했다. 가지는 데라다를 힐끗 보았다가 다시 솔개를 올려다보았다.

"보병 사단에 기계화 부대가 얼마나 되는데?"

다시로는 데라다 쪽으로 돌아앉았다.

"넌 알 필요가 없어. 그냥 믿으면 돼."

"그럴 수야 없지. 안 그런가, 다시로?"

엔치의 쉰 목소리가 들렸다.

"이러이러하니까 믿어라. 그러면 또 모르지만."

가지는 드러누운 채 말했다.

"난 너희들에겐 믿음을 줄 수 없다."

"그런 뜻으로 한 말이 아닙니다. 저는 그냥 좀……."

"괜찮아. 내가 너희들에게 뭘 가르쳤지?"

초년병들은 누워 있는 가지의 얼굴을 보면서 아무 말도 하지 않았다.

"데라다, 넌 어때?"

"전투 동작에 관한 모든 것을 배웠습니다."

"실전 경험이 없는 나에게 말이지?"

가지는 웃었지만 여전히 솔개를 보고 있었다. 솔개가 그리는 원은 차츰 일그러지더니 이윽고 만주 내부 쪽으로 천천히 날개를 움직이기 시작했다.

"가족에게 전할 말이 있으면 저 솔개에게 부탁해라."

가지는 일어나 앉았다.

"내가 너희들에게 가르친 것은 전투 요령이 아니라 목숨을 지키는 요령이다. 아마 이렇게 하면 되겠지, 라는 거야. 난 너희들에게 전쟁터에서 죽는 것을 명예롭게 생각하라고는 말하지 않았다. 그렇지?"

"그렇습니다."

다시로가 가지를 응시하며 대답했다.

"이 진지가 몇 시간이나 버틸 수 있을지는 누구에게나 걱정이겠지만, 쓸데없는 걱정이다, 고이즈미."

가지는 살집이 거의 없는 고이즈미의 얼굴을 보았다.

"너희들은 이제 곧 어엿한 군인이 된다. 내 손에서 떠나 독자적으로 행동해야 돼. 그래서 참고로 내 생각을 말하자면 국경 부대에 지원군은 오지 않는다. 그래, 오지 않을 거야. 우리가 여기에 있는 의미는 후방의 아군이 전투 준비를 할 시간을 벌기 위해서다. 그러니까 너희들이 생각해야 하는 것은 스스로의 힘으로 자신의 목숨을 어떻게 오랫동안 지킬 수 있느냐는 것이다. 쓸데없이 죽어서는 안 된다는 말이야."

가지는 한 사람 한 사람의 얼굴을 둘러보았다. 데라다가 얼굴이 벌게져서 말했다.

"쓸데없이 죽지는 않습니다. 상등병님은 이 전쟁이 마치 무의미한 것처럼 말씀하시는군요."

가지는 데라다를 똑바로 응시했다. 손이 저절로 움직여서 풀을 쥐어뜯었다.

"그래, 넌 밥보다 필승의 신념을 더 좋아했으니까."

다른 자들이 낄낄 웃었다.

"솔직히 말하면 난 필승의 신념보다 마누라가 더 좋다. 내가 전투 기술을 가르친 것도, 조수로서 너희들을 감싸는 것도 실은 몸과 마음이 모두 건전한 상태로 마누라에게 돌아가고 싶기 때문이다."

데라다는 뜻밖의 말에 얼굴을 더욱 붉혔다.

"속으로 넌 이런 날 계집애 같다고 생각할 거다. 하지만 이 계집애 같은 상등병이 전투가 벌어지면 네가 의지할 수 있는 유일한 사람이 될 거다. 어떻게 하면 되겠습니까, 상등병님……?"

주위에서 웃음소리가 터져 나왔다. 데라다는 입술을 굳게 다물었다. 누가 이런 놈한테 의지한단 말이냐?

"어떻게 하면 되겠습니까, 상등병님?"

나카이가 농담인지 진담인지 분간이 되지 않는 말투로 말했다.

"여자가 절 기다리고 있습니다. 결혼도 하지 않고 기다리고 있겠다는데……."

"……훈도시에 꿰맨 사진 속 여자 말인가?"

"그렇습니다."

"가까워서 좋겠다."

아사카가 나이도 어린 것이 거침없이 말했다.

"야, 이 새끼야, 훈도시는 신단에 고이 모셔두었단 말이야!"

와, 하고 터져 나온 웃음소리 속에서 가지가 말했다.

"기다려줬으면 좋겠지?"

"다른 사람하고 결혼하라고 말해줄까 합니다. 하지만 쌍, 그 여자를 품에 안을 놈을 생각하면 분통이 터져서. 아니, 상등병님, 질투하는 건 아닙니다. 우리가 이런 곳에서 이렇게 썩고 있는데, 사회에서는 다른 사내놈들이 지들 꼴리는 대로 마음 놓고 하고 싶은 일을 하고 있으니……."

"안다, 나카이. 설명할 필요는 없다."

가지는 떨어진 곳에서 쉬고 있던 가게야마가 일어선 것을 보았다.

"담배를 피우고 싶은 사람은 얼른 피워라. 휴식 끝이다."

그러고 나서 다시로를 보았다.

"다시로, 넌 그녀에게 기다려달라고 할 거야?"

다시로는 귀까지 벌게졌다. 연인이라고 부를 수 있을지 어떨지도 모르겠다. 서로 너무나 가난했기 때문에 달콤한 얘기 같은 건 거의 하지도 못했다. 공장에서 오가다 만날 때마다 빙그레 웃음을 주고받는다. 눈이 불같이 타오르고 마음에 파도가 친 것은 사실이다. 떠날 때 기다려달라는 말은 하지 않았다. 그녀도 기다리고 있겠다고는 말하지 않았다. 얼굴을 붉히고 센닌바리千人針(출정 병사의 무운을 빌며 천 명의 여자가 한 땀씩 붉은 실로 천에 매듭을 놓아서 보낸 배두렁이 따위-옮긴이)를 내밀며 말했다.

"5센錢(1엔의 100분의 1에 해당하는 일본의 화폐 단위-옮긴이)짜리와 10센짜리 동전을 붙여놓았어요. 사선死線을 넘어 5센, 고선苦線을 넘어 10센 동전이래요(일본어의 죽을 사死와 넉 사四, 괴로울 고苦와 아홉 구九의 발음이 같고, 선 선線은 돈 전錢과 발음이 같은 데서 온 말-옮긴이). 그래서……."

다시로는 그곳엔 없는 여자에게 들려주듯이 긴장해서 말했다.

"……기다려주었으면 좋겠습니다."

가지는 갑자기 눈시울이 뜨거워졌다. 기다리게 하는 사람에게도 기다리는 사람에게도 아무런 보장이 없다.

"기다려줄 거야."

일부러 힘차게 일어나서 다시 하늘을 올려다보았다.

'아까 그 솔개는 어디로 갔을까?'

하늘은 구름 한 점 없이 파랗다. 국경 너머에도 이렇게 푸른 하늘이 있다. 하지만 사내들을 기다리고 있는 여자들 위에는 어떤 하늘이 있는지 여기에선 누구의 눈에도 보이지 않았다.

## 33

이틀이 지났는데도 가지의 마음속에는 아직도 솔개의 영상이 또렷하게 남아 있었다. 그러면서도 다른 사람의 마음속에는 다른 잔상이 있다는 것을 전혀 마음에 두지 않았다.

그날은 야간 훈련 때문에 오후 훈련을 일찌감치 끝내고 막사로 돌아와서 내무반 안에서 초년병들을 쉬게 하고 있는데 중대장실에서 가지를 호출했다.

후나다 중위는 가게야마와 담소를 나누고 있었다. 가지가 들어와서 경례를 한 순간 후나다의 온화한 표정이 갑자기 변했다.

"가지 상등병은 초년병들에게 종종 반군적인 교육을 실시한다면서?"

"무슨 말씀입니까?"

"전의를 상실케 하는 교육 말이다."

가지는 솔개가 그린 엄청나게 큰 원 아래에서 데라다 이등병의 벌게진 얼굴을 떠올렸다.

"그런 의도는 아니었습니다. 국경 부대가 처한 실정을 있는 그대로 말했을 뿐입니다."

가게야마는 무표정하게 서 있었다. 후나다는 책상 위에서 연신 손을 움직이고 있었다.

"결과적으로 악영향밖에 주지 않는다는 것을 모르나?"

"말대답 같습니다만, 그렇게는 생각하지 않습니다. 살아남고 싶다는 병사들의 마음을 잡아놓는 것이 강령을 암기하라고 강요하는 것보다 효과적입니다. 그 누구도 이 진지가 곧 직면하게 될 운명으로부터 도망갈 수는 없습니다. 공염불에 속으면서 죽느냐, 알고서 죽음을 피하려는 노력을 하느냐. 같은 죽음이라도 저는 후자 쪽으로 초년병들을 이끌어 주고 싶습니다."

"나니까 괜찮다. 하지만 우시지마 소령님이라면 넌 가벼워도 중영창을 면할 수가 없어."

후나다의 불룩하게 처진 볼이 떨리고 있는 것은 매우 화가 났다는 증거다.

"가지 상등병은 배운 것도 많고 분별도 있는 사람이니까 잘못 생각하는 일은 없겠지만, 일반 병사들은 혼란만 일으킬 것이다. 또 11중대의 교육 조수가 이런 말을 했다고 다른 중대에 소문이라도 나면 큰일이 벌어질 거야."

가지는 똑바로 선 채 상상 속에서 데라다의 멱살을 잡고 있었다. 네놈이 뭘 안단 말이냐? 넌 거짓말로 꾸며댄 전쟁 교육밖에 모르는 놈이다!

"너의 경솔한 언동은 나아가서는 가게야마 소위에게까지 폐를 끼치게 된다."

후나다의 말에 가지는 눈만 가게야마 쪽으로 움직였다. 가게야마는 뒷짐을 쥔 채 수염자리가 짙은 입가에 웃음을 머금고 있었다.

"가게야마 소위가 보증해서 넌 조수라는 중요한 임무를 맡게 된 것이다. 난 부하의 과거를 운운할 생각은 없다. 단지 현재만은 군기를 엄정하게 해주길 바란다."

가지는 다시 한 번 가게야마 쪽을 보았다. 가게야마, 들었지? 하사관들에게 군기를 엄정하게 적용했느냐, 그렇지 않았느냐아!

"……알겠습니다."

"나도 오랫동안 사회 밥을 먹은 사람이라 그렇게 말이 통하지 않는다고는 생각하지 않는다."

후나다의 복소리가 가늘어졌다.

"그러나 여긴 군대니까 너도 잘 생각해봐야 한다. 네가 밤마다 꼭 일어나서 초년병들이 자고 있는 모습을 살필 정도로 신경 쓰고 있다는 건 나도 안다. 그러나 말이다, 가지 상등병. 초년병을 너무 위한 나머지 고참병과 대립한다는 것은 건군의 본의에 어긋나는 일이다. 고의로 불화를 조성한다, 비록 너에겐 그런 의도가 없었다 해도 결과는 그렇게 되는 거야."

"가게야마 소위님도 같은 의견이십니까?"

가지가 노골적으로 비아냥거리며 묻자 가게야마는 완전히 다른 사람의 얼굴로 대답했다.

"난 말이야, 가지. 네가 혼자서 뻗대고 있다고밖에 생각하지 않아. 초년병들의 지지를 얻었다 해도 그것이 널 고립시키는 데에만 도움이 된 건 아닐까? 초년병들을 장악하는 능력이 있는 너라면 고참병들과 협력하는 것도 못할 까닭이 없어. 사정이야 어떻든, 이 군대라는 사회는 모순 위에서조차 서로 협력하지 않으면 단번에 적의 무력에 죽음을 맞게 되는 거야……."

"……그럴지도 모릅니다."

가지는 쌀쌀맞게 대답했다. 가게야마, 적보다도 미운 놈이 아군 중에 있다는 걸 너도 모르지는 않을 거다! 협력하라고? 폭력과 증오와 경멸과 협력하라고?

가지야말로 그것을 할 수 없게 만들고 있는 것의 정체를 따져 묻고 싶었다. 고참병들도 사회에서는 초년병과 같은 인간이었고, 사회로 복귀하면 다시 같은 인간으로 너무나 자연스럽게 돌아가는 것은 무슨 이치인가? 도대체 군인이란 것이 초년병이라는 굴레를 벗는 순간부터 인간이라는 범주 안에서도 벗어나는 것은 무슨 이치란 말인가? 가지 자신조차 이미 인간이기보다는 상등병인지도 모른다.

"그런데 말이야, 가지."

가게야마가 말투를 바꾸어 말했다.

"근시일 내에 초년병 중 반을 진지 작업에 투입하게 될 거야."

진지 작업 지점은 국경에서 100킬로미터 후방의 국도를 끼고 있는 산간 지점으로 예정되어 있었다. 그곳에 저항선을 펴고 다가올 소련과의 전투에 대비하는 것이다.

"넌 갈 거야, 남을 거야?"

가지는 고개를 숙였다. 성가신 놈이니까 보내고 싶을 테고, 쓸모 있는 놈이기도 하니까 남기고 싶을 것이다.

"군인은 명령에 따를 뿐입니다, 소위님."

"그거야 그렇지."

가게야마가 싸늘한 미소를 지었다.

"내가 특별히 중대장님께 부탁해서 네가 원하는 대로 해줄게."

"……어느 쪽이든 상관없습니다."

"좋아. 중대장님은 널 남겨서 남아 있는 초년병들을 장악하게 하겠다는 의향이셔. 이와부치와 가와무라는 작업하러 간다."

"……알았습니다."

100킬로미터를 물러나도 죽을 때는 죽게 마련이다. 가지는 그때 그렇게 생각했다. 국경과 고참병들 사이에 남겨진 나머지 절반의 초년병을 위해서 남도록 하자.

중대장실에서 나와 낮에도 캄캄한 복도로 들어섰을 때 가지는 자기가 스스로 자신을 이 국경에 붙들어 맨 것에 비통한 감회를 느꼈다. 미치코, 돌아가고 싶지 않은 것이 아니야. 한 발자국이라도 가까이 가고 싶지 않은 것이 아니야. 난 100킬로미터를 잃었어. 당신을 생각하지 않는 날이 단 하루도 없었는데 말이야!

봉당의 발판을 건너면 고참병들의 내무반이다. 식탁 위에 총과 대검, 배낭 따위가 어지럽게 흩어져 있었다. 위병 근무를 교대했구나. 가지가 그렇게 생각했을 때 각기 다른 방향에서 싸늘하게 번뜩이는 험악한 시선이 일제히 날아왔다. 무슨 일이 있다. 틀림없이 무슨 일인가 있었다. 가지는 자세를 꼿꼿이 세우고 통로를 지나갔다.

가지의 내무반에서는 초년병들이 가지에게 허락받은 거리낌 없는 자세로 담배를 피우고 있었다. 가지는 내무반으로 한 발자국 들어서면서 바로 알아차렸다. 이놈들이 아무 생각 없이 궁둥이를 붙이고 앉아 있었구나.

"너희들 위병 교대자들을 맞아준 거냐?"

위병은 '연대의 군기와 풍기의 정수로서 스스로 임하며, 엄숙하게 복무함을 요함.'이라고 내무령에 정해져 있다. 병사들이 가장 신경을 많이 쓰는 근무다. '한쪽 발을 영창에 들여놓는다는 각오로' 근무를 나가야 한다고 할 정도다. 따라서 위병 근무를 마치고 돌아오면 하급자의 마중을 받고 동기들에게도 수고했다는 말을 들으며 목욕과 취침까지 마음대로 할 수 있는 것이 관례다. 초년병들에게는 내무 교육을 통해 귀에 못이 박히도록 말했는데 훈련을 마치고 돌아와서 피곤한 몸을 편하게 쉬고 있던 초년병들은 그만 깜박 잊고 게을리 했던 것이다.

초년병들은 가지의 말에 겨우 깨달았다. 모두 이러지도 저러지도 못하고 허둥댔지만 이미 때는 늦었다. 칸막이 판자 너머로 날카로운 목소리가 날아왔다.

"가지 상등병, 이리 잠깐 와봐."

가지는 체념했다. 이번엔 엔치의 군화 때와는 차원이 다를 것이다.

고참병 내무반에는 열두세 명의 거친 사내들이 모여 있었다.

"가지 너, 초년병들을 참 잘 교육시켰더군!"

위병 근무를 마치고 돌아온 오노데라 병장이 말했다.

"우리가 너무 많은 신세를 졌으니 그에 대한 보답은 톡톡히 해줘야겠지?"

오노데라는 실내화를 벗더니 옆차기로 가지를 있는 힘껏 걷어찼다.

"다음은 이쪽이다."

4년병 중 하나가 가지를 잡아끌어서 따귀를 갈기고는 그 기분 좋은 소리에 씨익 웃었다.

"자, 다음은 요코다 병장이시다."

요코다는 위엄 있는 얼굴을 하고 솥뚜껑 같은 손으로 따귀를 철썩 한 대 때렸다.

"이 새꺄, 다시 교육시켜."

철썩, 한 대가 더 날아왔다.

"상등병이 됐다고 뻐기기만 하면 되나, 좀 고분고분하란 말이야."

퍽, 이번엔 손등이 날아왔다.

가지는 등 뒤에 있는 초년병들을 계속 의식했다. 초년병들이 보고 있다. 아니 듣고 있다. 소리를 질러서는 안 된다. 고통을 대가로 지불할 때마다 초년병들의 영혼을 얻는 것이다. 고개는 숙이지 말자. 날 우습게 보지 마라. 네놈들한테는 절대로 지지 않겠다.

폭력은 빈틈이 없었다. 손바닥도, 주먹도, 실내화도, 혁대도, 모두 갖춰져 있었다. 오른쪽에서도, 왼쪽에서도, 정면에서도, 아래에서도 전혀 실수가 없었다. 가지는 무릎이 떨리기 시작하면서 비틀거렸다. 얼굴은 이제 일그러질 대로 일그러졌다. 찢어질 곳은 찢어지고, 터질 곳은 터지고, 부어오를 대로 부어올랐다. 때리는 쪽은 이제 가지에 대한 미움조차 잊고 때리는 것에만 열중하고 있었다. 때릴 수 있으니까 때리는 것이다. 이유도 목적도 필요 없는 듯하다.

가지는 깜박깜박 초년병들을 잊기 시작했다. 비틀거리는 다리로 다시 땅을 디딜 때마다 머리 뒤쪽, 아주 먼 뒤쪽 어디선가 하얀 얼굴이 잡아먹을 듯이 이쪽을 응시하고 있는 것을 느꼈다. 쓰러져서는 안 돼요! 난 쓰러지지 않아. 왜 참고만 있어요? 왜 싸우지 않는 거예요? 싸워도 될까? 넝마 조각이 되도록 두들겨 맞을 것을 아는데 싸워도 되겠어? 참아요! 나중을 생각해서 참아요!

"이를 꽉 깨물어라!"

이누이 상등병이 말했다. 가지는 순간 다시 초년병들을 떠올렸다. 그들은 듣고 있을 것이다. 작대기처럼 몸이 뻣뻣해져서. 핏기를 잃고. 숨을 죽이고 듣고 있을 것이다.

참자. 아직 견딜 수 있다. 이것으로 이놈들은 모두 나에게 빚을 지게 된다. 빚은 한꺼번에 모아서 갚아주마. 언젠가 그럴 기회가 올 것이다. 정말 그럴 기회가 올까?

이누이의 일격으로 가지는 자기도 모르게 무릎을 꿇었다. 쓰러져서는 안 된다. 절대로 쓰러지지 않는다는 것을 보여주어야 한다.

귀가 윙윙 울리고, 머릿속은 흙발에 마구 짓이겨진 것처럼 혼란스러웠다. 가지는 이제 의지와는 상관없는 것이 되어버린 무릎을 겨우 세웠다.

"이거나 먹어라!"

갑자기 위에서 쇳덩이 같은 묵직한 주먹이 날아와서 가지의 몸을 페치카로 날려버렸다. 아카보시 상등병이 식탁 위에 서서 반동을 넣은 주먹을 휘두른 것이다. 가지는 페치카에 기대 혼란스러운 머리를 흔들었다. 자신을 여기까지 날려버린 것이 무엇인지, 그것을 확인하기도 전에 아카보시는 식탁에서 뛰어내려 목총을 옆으로 들고 가지의 목을 페치카로 밀어붙인 채 꽉 눌렀다.

"이 새끼야, 이제 좀 맛을 알겠냐? 초년병들을 대신하는 것이 네 소원이지, 응? 우러러볼 만한 놈이야. 칭찬해주마! 이렇게 말이다!"

가지는 목이 눌려서 질식할 것 같았다. 참다못해 목총을 잡고 밀쳐 냈다. 그럴 힘이 의외다 싶게 아직 남아 있는 것이 아카보시를 자극했는지도 모른다. 이 5년병은 목총을 가지의 손에서 낚아채더니 "윗몸!" 하고 가슴을 곧장 찔렀다.

피해자의 숨이 끊어지는 듯한 신음 소리와 갑자기 주검처럼 창백해진 낯빛이 가해자들을 몹시 놀라게 한 모양이다.

"이제 그만해."

맨 처음 매타작의 불씨를 당긴 오노데라가 당황한 듯 말했다.

가지는 페치카에 기대 눈을 감고 힘없이 얼굴을 흔들다 오노데라의 목소리가 신호라도 된 듯 번쩍 눈을 뜨고 비틀거리면서 식탁 쪽으로 갔다.

"다시 한 번 해봐, 아카보시 상등병."

가라앉은 목소리가 그렇게 들렸다. 고참병들이 자신의 귀를 의심했을 때는 가지의 손이 이미 식탁 위에 던져져 있던 위병 교대자의 대검을 뽑아 든 뒤였다.

"덤벼라, 아카보시. 이 칼로 죽여버릴 테니까. 못할 거라고 생각하면 오산이다. 세상에 대한 미련은 지금 이 순간 다 버렸다. 네놈을 죽여버릴 테다."

가지는 한 걸음 앞으로 나아갔다.

"이 새끼들아, 그렇게 잘난 척 떠들더니 2년병 하나가 무서우냐? 와봐. 난 체면도 자존심도 다 버렸다. 벌레 같은 놈하고 내 몸을 바꿔주마. 덤벼라!"

가지는 정말로 찌를 작정으로 보였다. 차마 볼 수 없을 정도로 추악하게 변한 형상으로 다가서는 것이었다. 근처에 있는 사내들은 꽁무니를 뺐다. 떨어진 곳에서 마스이가 요코다와 눈짓을 교환하고는 재떨이를 집어 들었다.

"잠깐만 가지."

오노데라가 그렇게 말하는 것과 동시에 가지가 소리쳤다.

"일대일로는 못하겠다는 거냐?"

마스이의 손이 움직이려고 했다. 만약 그 손에 들린 재떨이가 던져졌다면 그것을 계기로 가지는 누군가를 찔렀을 것이고, 가지는 마룻바닥에 쓰러져서 기절할 때까지 두들겨 맞았을 것이 틀림없다. 마스이의 손이 멈춘 것은 지진이라도 일어난 듯 마룻바닥을 흔들며 초년병들이 뛰어 들어왔기 때문이다.

가지의 몸은 뒤에서 나루토의 황소 같은 힘에 제압당했다. 다시로는 가지가 절대로 놓으려고 하지 않는 대검을 자기 가슴에 바짝 들이대서 놓게 했다. 다른 초년병들이 고참병들과의 사이에 만든 인간 울타리 속에서 가지는 나루토의 힘에 끌려가면서 이를 갈며 말했다.

"잊지 마라. 난 네놈들한테 반드시 빚을 갚아주겠다."

## 34

초년병들은 가지의 얼굴을 식혀주고, 가슴에는 찜질을 해주었다. 가지는 아직 흥분이 가라앉질 않았다. 가만히 누워는 있었지만 부어오른 눈꺼풀 사이로 보이는 눈빛은 열병환자처럼 희번덕이고 있었다. 초년병들은 마치 임종을 앞둔 사람을 지켜보듯 숨을 죽이고 있었다. 가지가 뭐라고 입을 열지 않는 이상 앞으로의 일이 어떻게 전개될지 아무도 모른다.

오노데라 병장이 들어와서 어색한 웃음을 지으며 가지의 침대로 다가왔다.

"아까는 서로 너무 흥분했어, 가지 상등병. 이제 끝난 일이니까 냉정하게 생각해서 서로가 후환이 없도록 하세."

"……화평 교섭입니까?"

가지는 터진 입술을 아픈 듯이 일그러뜨리며 비웃었다.

"선전포고를 한 것은 그쪽입니다. 싸움을 벌여놓고 후환이라니 무슨 말입니까?"

"그러니까…… 너도 사내니까 그런 일을 상부에 보고하지는 않겠지만 병사들 간에 생긴 일은 병사들끼리 해결하자는 거야. 서로 나중에 귀찮은 일이 생기지 않도록 하자는 거지."

"그 말은 울며 겨자 먹기로 참고 있으라는 겁니까? 농담하지 마십시오."

가지는 눈만 힐끔 움직였다.

"상등병이 얻어터지고도 울며 겨자 먹기로 참으면 세 개의 별(상등병 계급장-옮긴이)이 운다고는 생각하지 않습니까? 위에 보고하면 고참병이야 곤란해지겠지만, 나에겐 유리합니다. 말하든 말하지 않든 당신네들의 지시는 따르지 않겠습니다."

오노데라는 천성은 착한 사람이었는지 난감해하는 표정으로 몇 번이나 같은 말을 되풀이했지만 가지가 완고하게 입을 다물고 일그러진 얼굴을 보이자 다시 화를 냈다.

"좋다. 네놈 혼자서 우리들을 상대할 수 있다면 어디 한번 해봐."

화평 교섭은 성립되지 않았다. 전권대사는 얼굴을 찡그리고 돌아갔다.

잠시 후 마쓰시마 하사가 왔다.

"그냥 누워 있어."

그 역시 처음엔 억지웃음을 지었다.

"네 기분은 안다. 중대장님이나 교관님도 그 일은 알고 있으니까 네가 일부러 말하지 않아도 아무도 널 나쁘게는 생각하지 않아. 그걸 괜히 까발렸다간 문제만 커져. 알겠나? 가지, 그 결과가 반드시 너나 초년병에게 유리하게 전개되리라는 보장도 없단 말이야······."

"어떻게 하든 유리하게 전개될 일은 없습니다."

가지는 마쓰시마의 말을 자르듯이 말했다.

"아카보시 상등병을 찔렀다면 나에겐 상해죄나 살인죄를 묻겠지요. 날 폭행한 그놈들은 불문에 부칠 테고요. 나만 나쁜 놈이 되고 그들 중 누군가는 불쌍한 피해자가 되는 겁니다. 날 때리고 싶은 만큼 실컷 때린 놈들이 말입니다! 난 찌르지 않았습니다. 그랬더니 이번엔 잠자코 있으라고 합니다. 그들은 역시 불문에 부치려고 하고 있습니다. 일전에 나루토 때도 그랬습니다. 그렇다면 항상 손해만 보는 입장에 있는 초년병이나 나는 무슨 생각을 하겠습니까?"

"······어쩌겠다는 거야?"

"오늘뿐만이 아닙니다. 그들이 지금까지 우쭐해져서 해온 짓이 어떤 것인지 싫어도 생각나게 해줄 겁니다. 군대의 계급의 상하나 연차의 많고 적음도 인간의 도리 앞에서는 모두 대등하다는 것이 정말로 인정되지 않으면 오늘과 같은 일은 수없이 반복될 것입니다."

"네 말은 억지 이론에 지나지 않아."

마쓰시마 하사는 목소리는 낮았지만 고압적으로 말했다. 이런 이론은 군대에선 있어서는 안 된다. 어떤 하사관이나 고참병도 그런 이론을 뺀 교육의 시련을 거쳐 오늘에 이르렀다. 가지에게만 특별히 예외가 인정되어도 좋다는 법은 없다.

"네가 아직 흥분이 가라앉지 않아서 이러는 것도 무리는 아니겠지만, 하사관과 고참병 전부를 상대로 뭘 할 수 있다는 거야?"

"……모르겠습니다."

가지는 나지막하게 중얼거렸다. 솔직히 뭘 할 수 있을지 몰랐다. 뭔가를 해야 되겠다는 마음뿐이었다. 그렇지 않으면 칼부림 사태가 될 뻔했던 그 큰 소동이 연극처럼 무의미한 것이 되고 말 것이다.

"뭔가를 할 수 있겠거니 생각하는 건 너의 자만심이야."

마쓰시마가 말했다.

"네가 이런 경우를 사내답게 네 가슴 한편에 묻어두고 잠자코 있어 봐. 고참병들도 널 대단한 사내라고 생각할 거야. 우리 하사관들도 널 괴롭히지 않을 거고."

가지는 눈을 감고 잠자코 있었다. 협박의 발톱을 감춘 하사관의 감언에 속을 정도로 멍청하지는 않지만, 그렇다고 해서 고참병 전부를 상대로 싸울 수 있는 조건이 지금으로선 전혀 없었다.

"잘 생각해봐."

마쓰시마는 그렇게 말하고 나갔다.

생각하면 생각할수록 뭔가 할 수 있을 것 같은 방법의 범위가 좁아지기만 한다. 거의 무無에 가까워진다. 장교나 하사관 앞에 꼼짝도 할 수 없는 문제로 내던지기 위해서는 혈기에 넘쳐서 과격한 소동을 일으키는 길밖에는 없지 않았을까? 일단 저질러놓고 사후에 설명을 덧붙인다. 만약 사건이 정당하게 처리된다면 그렇게 해서 다소나마 이치에 닿게 할 수 있을지도 모른다. 하지만 사건이 공평하지 않게 처리되거나 흐지부지 묻혀버리면 혈기에 찬 행동은 그저 병사들 사이에 잠깐의 이야깃거리를 제공하는 데 그치고 만다. 그리고 그렇게 될 공산이 훨씬 크다.

가지는 대검을 뽑아들고 아카보시에게 다가섰을 때는 그런 생각을 한 것은 아니었지만, 지금 자신의 행동에 의미를 붙이자니 그런 것이 된다. 결국은 무의미한 모험으로 끝나는 것이다. 그때 가해자들을 전부 벨 수만 있었다면 기분이라도 후련했을 것이다. 그리고 지금은 절망과 허무의 밑바닥에 가라앉아서 평생 떠오르지 못하게 되었을 것이다. 하지만 그렇게 생각을 바꾸는 것만으로는 핍박당한 사내의 원한과 고집, 그 정당한 요구와 사상은 결코 해방되지 않았다. 역시 무언가를 어떻게든 해야만 한다.

꼭두서니 빛 저녁 해가 창으로 들어와 음침한 내무반에 빛의 무늬를 그리고 있었다. 그 무늬 속에 작은 먼지가 무수하게 떠서 때때로 금빛과 보랏빛으로 빛나는 것을 가지는 물끄러미 바라보고 있었다.

나루토의 큼지막한 몸이 다가와서 옆 침대에 앉았다.

"……좀 어떻습니까?"

가지는 그제야 부드러운 미소를 지어 보였다.

"이젠 일어날 수 있어. 단지 이렇게 하고 있는 게 생각하는 데 편해서……."

두 사람은 동시에 입을 다물었다. 옆 내무반에서 휘파람소리가 들렸다. 인간의 입술도 훌륭한 악기라는 것을 보여주는 듯한 휘파람소리다. 좋은 기분으로 불고 있다. 휘파람을 부는 사람은 2년병인 상등병을 때릴 자격이 있는 마스이 일등병이다. 웃음소리가 나고 휘파람소리는 그쳤다. 고참병 내무반은 그 사건을 벌써 완전히 소화해버린 것일까?

"상등병님."

나루토가 소리를 죽이고 말했다.

"만약 상등병님이 요다음에 뭔가 하실 거라면 저도 끼워주십시오. ……다시로도 동참하려고 할 겁니다."

가지는 빛의 무늬 속을 떠다니는 먼지에서 나루토 쪽으로 눈길을 돌렸다.

"초년병들은 한두 명을 빼놓고 전부 상등병님 편입니다."

"……고맙지만 그래선 안 돼."

"……왜요?"

가지는 누워서 시야가 닿는 범위를 천천히 둘러보았다.

"……일종의 반란으로 처벌받을 거야."

"법에 호소해도 된다고 생각합니다."

나루토는 얼굴을 가까이 가져와서 속삭였다.

"저에게도 처자식이 있습니다. 쓸데없는 짓은 하고 싶지 않습니다. 하지만 장난을 너무 심하게 쳐서 하고 싶은 것입니다."

"법에 호소했다간 우리가 지고 말아. 반란이 안 된다는 건 아니지만, 아직까지는 이길 가망이 없다는 거야. 고참병 놈들을 해치우는 것은 우리 힘으로도 할 수 있을지 몰라. 그러나 적은 고참병이 아니라 바로 이거야."

가지는 침대를 손가락으로 찔렀다.

"여기라고. 군대란 말이야……. 초년병 때는 누구든 나나 너처럼 생각해. 그런데 너희들이 2년병이 돼봐. 그때도 지금과 같은 생각을 하는 놈이 얼마나 될까? 문제는 말이야, 나루토, 인간을 그런 식으로 바꿔버리는 제도라고."

그렇게 말하면서도 부어오른 눈꺼풀 아래에서 눈동자가 반짝반짝 빛나기 시작한 것은 반란이라는 형식이 반드시 공상만은 아니라는 것을 무식한 도편수의 수염투성이 얼굴에서 배울 수 있었기 때문인지도 모른다.

"어쨌든 난 너희들과 행동을 같이할 거다. 힘을 빌리거나 빌려줄 때가 올 거야. 그때까지 행여나 이런 말을 입 밖에 내서는 안 돼."

"……알고 있습니다."

나루토가 물러가며 남긴 모포의 움푹 들어간 자국을 가지는 한참 동안 바라보고 있었다. 지금까지 그곳에 있던 사람이 수염투성이 나루토가 아니라 가지의 변고를 듣고 달려와준 미치코였다면 어땠을까? 역시 반란 이야기를 했을까? 미치코의 미간에 걱정스러운 듯 주름이 잡히는 것이 보이는 듯했다. 미치코는 이렇게 말할 것이다. 언젠가 받은 편지에서도 말했다. 당신은 이제 제 손이 닿지 않는 곳을 성큼성큼 걷고 있는 것은 아닌지요. 저로서는 상상도 할 수 없는 경험이란 무거운 짐을 끌고 이미 저 멀리로 가 버린 것은 아닐는지요. 가게야마 씨는 저를 안심시키려고 생각하시나 봐요. 그는 결코 죽지 않을 사내입니다, 자신을 스스로 해치지 않는 한 다른 사람에게 해를 입을 사람은 아니라고. 하지만 저는 당신이 그렇기 때문에 더 걱정이에요. ……나도 그게 걱정이다. 쓸데없이 강한 척하다가 쉽게 스스로를 해치게 될지도 모르니까. ……그런 사람을 기다리고 있는 여자는 어떻게 하면 될까요? 라고 미치코는 썼다. 가지 자신이 미치코에게 묻고 싶은 말이다. 기다리고 있는 여자에게 돌아가길 바라면서도 자꾸만 반대 방향으로 걸어가는 사내는 어떻게 하면 되는지를.

가지는 일석점호 때 일어났다. 내무반에 초년병들을 정렬시키고 통로에서 주번 사관을 맞이하여 자신의 완전히 달라진 얼굴을 보여줄 생각이다. 그러면서도 "그 얼굴은 어떻게 된 건가?"라는 질문에 어떻게 대답할지 가지의 마음은 아직 정해지지 않았다. 말소리가 죄다 들리는 통로에서 부상당한 이유를 큰 소리로 대답하는 것이 사건을 드러내기에는 가장 쉬운 방법이다. 하지만 그 이후엔 어떻게 될까? 만약 흐지부지되어버린다면 공연히 고참병들의 증오심만 키우는 결과가 될지도 모른다. 말하지 않으면 어떻게 될까? 고참병들은 가지의 의협심을 높이 살 것이다. 이번만은 아량을 베풀어줄까? 폭로하지 않았다고 해도 기뻐하기에는 아직 이르다. 싸움은 싸움이다. 복수는 자신에게 달려 있다.

가지는 목총에 찔린 가슴이 아직도 심하게 아팠지만 다른 내무반에까지 들리는 큰 목소리로 '정렬'을 외쳤다.

그런데 점호 때 주번 사관은 오지 않았다. 주번 하사관이 대행했다. 종종 있는 일이다. 그러나 가지는 그것이 장교가 사건을 알고서 일부러 그렇게 했다고밖에 생각되지 않았다. 주번 사관이 내무반 점호에 임하여 내무반의 이상을 모른 척하고 지나쳐서는 안 된다. 가지는 울화가 치밀었다. 빌어먹을! 그렇다면 내가 가서 말해주마.

주번 하사관은 가지에게서 점호 보고를 받고는 시치미를 뚝 떼고 다음 내무반으로 가 버렸다. 점호가 끝나고 인사계가 왔다.

"초년병들은 잘 들어라. 지금부터 진지작업에 투입되는 자를 호명하겠다……."

작업 요원은 소총반에서 서른 명, 경기관총반에서 열다섯 명, 유탄발사기반에서 열 명이다.

"이상의 초년병들은 각 내무반의 교육 조수, 소총반은 가지 상등병, 경기관총 이와부치 상등병, 유탄발사기 가와무라 상등병의 인솔로 현재 사령부에 출장 중인 히로나카 하사의 지휘 아래로 들어간다. 알았나? 각 상등병, 알았나? 출발은 모레 오후 8시. 병사들의 이동을 비밀리에 하기 위해 야간행군으로 국경에서 후퇴한다. 초년병들의 복장은 맨손에 대검과 각반, 세 명의 상등병은 집총대검이다. 작업 기간은 약 1개월 예정이다."

가지는 통로에 멍하니 서 있었다. 가게야마가 오늘 한 얘기로는 중대장의 의향의 따라 가지는 잔류하는 초년병들을 단속하기 위해 국경에 남기로 되어 있었다. 남고 싶은 것은 아니다. 얘기가 갑자기 달라진 것이 이상할 뿐이다. 나루토 이등병이 작업 요원에 들어가지 않은 것은 국경에 도편수의 기술이 필요하기 때문이 아니라 히로나카 하사와 문제가 있기 때문임이 틀림없다. 반대로 가지는 국경에 잔류하는 초년병들에게는 필요한 존재지만, 고참병들과의 접촉을 막기 위해서는 작업지로 보내는 것이 낫다고 판단했을 것이다.

어쨌든 이것도 운명의 한 모습일지 모른다. 한 조각 명령서에 의해 인간의 진로가 너무나 쉽게 좌우된다. 오늘은 북쪽으로, 그리고 내일은 남쪽으로 간다. 무엇이 기다리고 있는지는 아무도 모른다.


*35*


나루토는 가지의 침대 옆에 서서 출발 준비를 돕지도 않고 그저 가지의 손놀림을 지켜볼 뿐이었다. 큼지막한 몸이 생기를 잃고 잔뜩 풀이 죽은 모습이다.

"한 달이야. 전부 다 무사히 데리고 돌아올 테니까 얌전히 지내."

가지는 달래듯 말했다.

"하긴 앞으로 한두 달간 어떻게 될지 전혀 짐작할 수 없지만……."

막연하면서도 짙은 불안이 가슴 한편에서 떠나지 않는다. 불길한 예감이라고 하는 게 맞을지도 모른다. 갑작스럽게 후방의 진지작업이 결정된 것은 관동군 당국이 소련의 대일 개전 시기를 임박한 것으로 판단한 증거라고 해석할 수도 있다. 앞으로 한 달간의 진지작업이라면 필시 가을을 대비하는 것이리라.

"돌아오기도 전에 갑자기 터지진 않겠지……."

"그때까지는 돌아와주십시오, 상등병님."

두 사람분의 힘은 있음직한 큰 사내가 눈을 끔벅거리며 불안한 듯 말했다.

"어쩐지 저 혼자 좌천된 것 같은 기분입니다."

"나와 네가 여기에 다 남으면 곤란한 놈들이 있는 모양이야."

가지는 애써 웃어 보였지만 나루토의 눈은 트라코마에 걸린 것처럼 충혈되어 있었다. 가지는 갑자기 마음이 뒤숭숭해지기 시작했다. 고작 한 달간의 이별이 마치 영원한 이별 같은 감회를 동반하는 것은 오랫동안 국경의 중압감이라는 이 기분 나쁜 감정에 시달린 탓이리라. 당장 내일 일도 모르는 사내들의 비참함이 새삼스럽게 서로의 가슴을 오간다.

"너나 나나 성격이 그다지 늘쩡한 편은 못 되는 것 같아. 가늘고 길게 살 수 있는 방법을 생각해보자."

가지는 대검을 차면서 그렇게 말했다.

"욱하지 마라. 혼자 어떻게 해야 할지 모르겠거든 상관없으니까 가게야마와 상의하고."

그때 봉당의 발판을 밟는 소리가 나며 주번 상등병이 복도 끝에서 소리쳤다.

"작업 부대 정렬!"

가지는 내무반 안을 둘러보며 잔류자들에게 무언가 말하려다가 갑자기 고개를 돌리고 성큼성큼 나가 버렸다.

컴컴한 막사 앞에는 가게야마가 이미 군도를 차고 서 있었다.

"수고가 많아."

저음의 목소리만 들리고 표정은 잘 보이지 않았다.

"널 작업 부대로 보내게 되어서 나도 마음이 놓여."

"……중대의 암적인 존재를 제거하게 되었으니 마음이 놓인다는 건가? 그래 봐야 한 달일세, 소위님. 또다시 골치가 아프실걸?"

"그럴 일은 없을 거야. 작업이 끝나면 난 널 특수 교육에 보낼 생각이니까."

가게야마의 말투는 고민이 많은 듯 느릿느릿했다. 가지는 독살스럽게 대꾸했다.

"내놓은 자식이니까 남의 집 밥을 먹여서 고생 좀 시키겠다는 건가?"

"……남만주야."

가게야마가 가지의 빈정거리는 말은 듣지 못했다는 듯 한 마디 툭 던졌다.

"……미치코 씨랑 가까운 곳일지도 몰라."

가지는 입을 다물었다. 침을 삼키는 소리가 들렸다.

"후방으로 갈 기회가 있으면 국경 부근에서 얼쩡거릴 필요가 없어. 그렇지 않아?"

가지는 어둠 속에서 횡대를 이루기 시작한 초년병들을 보았다.

"……해결하지 못한 문제가 남아 있어, 너와 나 사이에도. 넌 해결하길 피했고, 난 너무 조급하게 굴었다는 차이의 사이에 말이야. 어느 쪽이나 아무것도 할 수 없었다는 점에서는 같지만……."

"투쟁으로 날이 밝고 투쟁으로 저문다고나 할까? 학생 때는 그런 생활을 이상理想으로 생각한 적이 있었지."

가게야마가 어둠 속에서도 하얗게 드러나는 이를 보이며 웃었다.

"넌 투쟁의 장으로서는 가장 가능성이 희박한 군대를 선택한 영리한 바보야. 고집을 부리기보다는 안전을 도모해야 해. 너 자신도 진정으로 바라는 것은 그거야. ……벌써 시간이 됐군. 정렬시켜."

"……그 영리한 바보가 부탁할 것이 있네."

가지가 나지막한 목소리로 말했다.

"어미가 자식들 중 절반을 남기고 가네. 역시나 걱정을 떨칠 수가 없군. 차라리 내가 없는 편이 너도 고참병들을 다루기에 쉽겠지. 기대해도 될까?"

"걱정을 사서 하는군."

가게야마가 웃은 것 같았다.

"그 절반도 아내를 걱정하는 데 써봐."

가지는 어둠 속에서 가게야마의 얼굴을 뚫어지게 보다가 아무 말도 하지 않고 돌아서서 대열 쪽으로 걸어가기 시작했다.

다시 이곳에 미련이 남는 것을 느꼈다. 이상한 일이다. 여기서 기뻤던 적이 단 한 번이라도 있었던가? 하루라도 마음 편히 쉰 적이 있었던가? 지금 이렇게 국경에서 100킬로미터 후방으로 물러나려고 한다. 이거야말로 기뻐할 일이 아니던가.

그러나 사실은 가을 밤바람이 가슴을 뚫고 지나가듯 으스스 추웠다.

## *36*

그 산에는 도라지와 패랭이꽃이 흐드러지게 피어 있었다. 가을의 풀꽃이지만 여름이 짧고 가을은 더 짧다는 것을 알고 있는 것이다. 쨍쨍 내리쬐는 햇볕 아래에서 짧은 생을 영위하기에 여념이 없다.

더웠다. 산 표면에서 내뿜는 열기가 후텁지근하다. 풀의 훈기를 머금은 산의 냄새는 땀에 젖은 여인의 체취를 생각나게 한다. 완만한 산의 기복이 또 웅대한 여체의 구조로 보이기도 한다.

사내들은 막사에서 자고 날이 새면 흙을 파서 엄폐호를 만든다. 골짜기에서 이어지는 적의 예상 진로를 유효 사거리 안에 두는 위치에 총안을 뚫고, 통나무로 만든 지붕에는 흙을 덮고, 그 흙에 풀을 옮겨 심어서 위장한다.

관동군의 새 저항선은 콘크리트와 철골로 구축되어 있지는 않았다. 통나무와 흙으로 만든 엄폐호의 덮개는 구경이 불과 몇 센티미터 이상인 포탄에도 쉽게 파괴되지만 이 저항선에 배치되는 병사들은 이런 엄폐호에 자기 생명을 맡기는 것이다. 이것이 군의 명령이고 군인의 숙명이다.

그러나 작업병들은 즐거웠다. 성가신 내무 교육도 없고, 고참병의 무서운 기합도 없기 때문이다. 노동으로 햇볕에 그을리고, 배가 고프면 게걸스럽게 먹고, 막사에서는 죽은 듯이 잔다. 이 정도라면 몇 달이든 계속하고 싶다. 초년병들은 밝은 웃음을 되찾았다. 반라의 몸이 땀과 흙으로 더러워져도 이를 드러내고 웃으면서 장난친다. 화내는 사람은 아무도 없다. 작업 중대의 중대장이나 하사관이 넓은 작업장 곳곳에 감시의 눈길을 동시에 보낼 수는 없기 때문이다.

하지만 모두가 즐거운 것만은 아니었다. 체력이 약한 미무라나 엔치에게는 노동이 과중한 듯 날이 갈수록 새까매지고 야위어서 휴식시간에 잠시 눕기라도 하면 땅에 떨어진 검정색 막과자처럼 보였다.

소도시의 양복장이, 30대 중반에 겨우 개점의 꿈을 이룬 미무라는 가지나 다시로가 작업에 열중하는 기분을 이해할 수 없었다. 그는 가게의 장사에 더 관심이 있었고, 다른 걱정도 있었다. 소집되기 전에 솜씨가 좋은 점원을 채용했으니 장사는 그럭저럭 되고 있을 것이다. 그런데 그 점원과 아내의 사이가 걱정되는 것이었다. 이웃사람들이 수군대는 것이 싫어서 일 바지를 입으라고 말해도 막무가내로 스커트를 입고 싶어 하던 여자다. 사내가 있는 쪽으로 쭈그리고 앉아서 하얀 허벅지를 태연히 드러내곤 하던 여자다. 미무라의 저질 체력에 한숨을 짓던 여자이기도 하다. 이게 가장 좋지 않다.

  점원은 솜씨가 좋고 절름발이라 소집될 염려도 없고, 여자들에게도 인기가 없을 것 같아서 채용한 것인데 젊은 데다 남자답고 몸도 튼튼하다. 지금 생각해보면 큰 걱정거리다. 정사를 나눌 때는 밖에 나갈 필요가 없으니 절름발이는 아무 장애도 되지 않는다고 생각했어야 했다. 일생일대의 실수다. 제대하고 돌아갔더니 생전 처음 보는 아이가 뛰어나와서 "아저씨 누구야?"라고 묻는 것은 아닐까?

  아내는 이따금 편지를 보내지만 남편이 고생하는 것을 걱정하는 내용은 빠져도 점원을 칭찬하는 말이 빠진 적은 없다. 이런 걱정은 부끄러워서 누구한테 말할 수도 없지만 미무라의 마음속이 의마심원意馬心猿(생각은 말처럼 달리고 마음은 원숭이처럼 설렌다는 뜻으로, 사람의 마음이 세속의 번뇌와 욕정 때문에 항상 어지러움을 이르는 말 – 옮긴이)이지 않은 날이 없다. 그것을 칭원타이 진지에 있었을 때는 바쁘고 무서웠기 때문에 억누를 수 있었다. 그런데 이곳에 오자 갑자기 번뇌가 불타오른다. 이런 상태로 언젠가는 누군가의 무덤이 될 것이 틀림없는 엄폐호를 파는 데 어떻게 열중할 수 있단 말인가.

가지는 덮개를 통나무로 다 짜고 나서 기름을 바른 것처럼 땀으로 번들거리는 얼굴을 팔뚝으로 닦고 말했다.

"모두 이 위에 올라서서 뛰어봐."

이것이 덮개의 견고도를 시험하는 가지의 방법이다. 한 조에 여섯 명의 작업병이면 그 무게는 대략 340킬로그램이다. 동시에 뛰어올랐다가 쿵 소리를 내며 내려온다. 그렇게 해서 골조의 흔들림 정도를 보는 것이다.

아사카 조에서 첫 덮개가 완성되었을 때 가지가 이 방법으로 시험해보자 골조가 심하게 흔들렸다.

"안 돼, 이런 걸로는."

가지가 소리쳤다.

"애들 굴 파기 놀이가 아니야. 골짜기로 내려가서 한 자 이상의 통나무를 베어와. 전부 다시 한다."

초년병들의 시커먼 얼굴에 난감한 기색이 역력했다. 직경 한 자 이상의 생나무를 베어서 넘어뜨리기가 쉬운 일은 아니다.

"상등병님."

아사카가 입을 삐죽 내밀며 말했다.

"통나무를 아무리 굵은 것으로 올려놓아도 포탄이 날아오면 마찬가지 아닙니까?"

"마찬가지일지도 모르지."

그렇게 대답한 가지의 눈빛이 험악해졌다.

"속사포라도 관통할 것이다. 그렇다고 있으나 없으나 마찬가지란 말이냐? 넌 포탄이 날아올 때 얄팍한 덮개가 좋겠냐, 두툼한 덮개가 좋겠냐? 똑같이 엉성한 통나무 지붕이라도 말이다. ……잔말 말고 하라면 해! 이왕 말이 나온 김에 말해두겠다. 너희들이 자기 몸을 숨길 구덩이를 팔 때는 필요한 깊이가 대충은 정해져 있을 거다. 하지만 그것보다도 50센티미터는 더 깊게 파라. 나도 너희들과 마찬가지로 실전 경험은 없지만 그 50센티미터는 있으나 없으나 마찬가지가 아닐 거다. 아사카, 넌 죽고 싶으면 파지 않아도 된다. 난 자살할 놈을 말릴 생각은 없다."

가지의 감독하에 있는 초년병들은 모두 가지의 이 엄격한 성격을 익히 알고 있었고, 작업 중대의 중대장으로서 칭원타이에서 이곳으로 온 도히 중위가 가지를 비롯한 자신들이 만든 엄폐호를 히로나카 하사에게 칭찬했다는 것도 알고 있다.

미무라와 엔치는 이미 지칠 대로 지쳐 있었지만, 가지가 시키는 대로 덮개 위에서 동시에 뛰어보았다. 덮개는 꼼짝도 하지 않았다. 가지는 만족했다.

"좋다. 일단은 됐다. 흙을 덮어라. 되도록 두껍게 덮어. 풀은 해가 좀 더 저물고 나서 심도록 하자. 그때까지 하나만 더 판다. 서둘러."

가지는 솔선하여 야전삽으로 흙을 덮기 시작했다. 미무라와 엔치는 아무리 피곤해도 선임병이 일하고 있는데 게으름을 피울 수는 없었다. 풀무처럼 거친 숨을 몰아쉬면서 삽질을 한 번 할 때마다 비틀거렸다.

엔치가 쉽게 지치는 것은 꼭 나이 때문만은 아니다. 그는 미무라의 경우와는 달리 가업의 부진에 대한 걱정과 자식에 대한 지나친 사랑이 원흉이었다.

규모가 작은 소매상인은 통제경제의 뒷골목을 걷지 않으면 가게가 운영되지 않는다. 그러나 아이가 딸린 여자 혼자의 몸으로는 그것이 거의 불가능에 가까운 모양이다. 이대로 가다가는 앞으로 어찌 될지 모르겠다, 불안할 뿐이다, 라고 진지작업에 나오기 전에 받은 아내의 편지에는 쓰여 있었다. 군수품을 취급하는 자들은 떼돈을 벌고 있다. 소규모 장사치라도 약삭빠른 자들은 돈을 왕창 긁어모으며 재미를 보고 있다. 엔치는 지인 중에 그런 자들을 몇 명 떠올려보고, 그런 사내들의 틈바구니에서 갖은 고초를 당하며 허탕만 치고 있을 아내의 창백한 얼굴이 떠올라 가슴이 저미듯 아픈 것이었다.

아내는 가게를 정리하고 야반도주라도 해야 되는 것은 아닐까? 엔치는 벌써 마흔네 살이다. 지금까지 쌓아온 얼마 안 되는 기반마저 무너져버린다면 두 번 다시 인생의 경쟁에 나설 자격조차 사라지게 된다. 그것까지는 아직 괜찮다. 전쟁으로 인한 불운이라고 체념할 수도 있다. 하지만 먹고살 길이 없어진다면 아이들은 어쩌란 말인가. 아이들만은 아무리 보잘것없는 장사꾼이라도 훌륭한 아버지라 믿고 있다. 언젠가 둘째아이가 아내에게 한 말을 잊지 않고 있다.

"……엄마, 돈만 있으면 뭐든지 먹을 수 있잖아. 그런데 돈이 없으면 어떡해?"

아내가 대답했다.

"어떡하지? 엄마도 힘들겠는걸?"

그러자 아이가 의기양양하게 말했다.

"에이, 어른이 그것도 모르고. 힘들어도 돼, 엄마. 돈이 없으면 아빠가 가지고 올 거야. 응? 그렇지?"

아내가 고개를 끄덕였다.

"그래. 우리 아가는 걱정하지 않아도 돼!"

엔치 이등병은 돈을 갖고 돌아갈 수 없는 곳에 있다. 파산할지도 모르는 집을 위해서 몸이 가루가 되도록 일하는 것이 아니라 인적 없는 이 산 속에서 서로 죽이기 위한, 그리고 필시 죽기 위한 구멍을 파고 있다. 못 견디게 돌아가고 싶었다.

이곳에서는 야간 불침번만 설 뿐 위병은 없다. 모른 척 태연하게 나가서 그대로 어둠 속으로 사라져버리면 탈영도 불가능하지 않다. 이곳에 오고 나서 수시로 그런 유혹에 휩싸인다. 단지 그것을 실행하지 않은 것은 집에 겨우 도착했을 때 필경 헌병이 기다리고 있을 게 분명하기 때문이다. 그래도 만약 보름 정도만 유예가 주어져서 가업을 위해 필요한 조치를 취할 수 있도록 허락받을 수만 있다면 감옥에 끌려가도 좋다는 생각까지 든다. 그러나 군에서는 결코 그런 유예를 주지 않을 것이다. 가업은 날이 갈수록 기울어만 간다. 엔치는 이 작업장에서 나

날이 야위어간다.

엔치는 이제 거의 삽을 움직이지 않고 있었다.

"왜 그래?"

가지의 목소리가 들릴 때까지 엔치는 주름진 얼굴을 서남쪽 하늘로 향하고 있었다.

"죄송합니다, 상등병님."

가지는 땅바닥에 뒹굴고 있는 수통을 집어서 수통 안에 있는 물을 다 마셨다. 온몸이 물을 뒤집어쓴 것처럼 땀으로 흠뻑 젖어 있었다.

"여름을 타는 모양이군. 멍청히 정신을 놓고 있다간 병 나. 내가 초년병일 때 너와 같은 또래의 사내가 있었어. 완전 군장으로 50킬로미터 행군을 하게 되었는데 4분의 3쯤에서 낙오했지만 어쨌든 끝까지 걸어왔어."

가지는 사사를 생각하고 있었다. 음담패설을 좋아하던 40대의 그 사내도 주름투성이였지만 엔치보다는 활기가 있었다. 필시 오키나와쯤에서 옥쇄했으리라.

"그 고통이라는 것은 이따위 작업과는 비교도 할 수 없어. 정신 바짝 차려."

"네. 죄송합니다, 상등병님."

가지는 빈 수통을 엔치 쪽으로 내밀었다.

"다른 사람 수통도 다 요 아래 개울로 가지고 가서 물을 떠다 줘. 그리고 네 무좀 난 발도 좀 씻고 와."

엔치는 기쁜 표정으로 경례하고 다른 사람들의 수통을 다 걷어서 덜그렁거리며 내려갔다. 그 모습을 부러운 듯이 보고 있는 미무라의 엉덩이를 가지는 야전삽으로 툭 때렸다.

"넌 엔치보다 10년이나 젊어. 한 번 더 땀을 쏟아. 옷을 짓는 것보다 삽질이 즐거울 리야 없겠지만 내 탓은 아니니까 원망 말고. 엔치가 요새 이상하게 맥을 못 추고 있어."

"엔치는 집안일 때문에 걱정인 것 같습니다."

쉬지도 않고 일하면서 다시로가 말했다. 다시로의 단단하고 다부진 젊은 육체는 연일 계속되는 노동을 잘 이겨내고 있었다.

"아내와 아이들 걱정에다 장사도 잘 안 되는 모양입니다."

"……집 걱정을 하지 않는 자가 있을까?"

가지는 얼굴에 솟은 땀을 손으로 문질러 떨어뜨리고 나서 야전삽으로 단단한 땅을 푹 찔렀다.

"그건 그렇지만 사정은 저마다 다르니까요……."

가지는 강렬한 눈빛을 힐끗 움직였을 뿐 땅에 찌른 삽을 움직이지는 않았다. 다시로의 말이 가슴을 찔렀다. 분명히 저마다 사정은 다르다. 가지의 경우 미치코에게 생활적인 어려움이 있는 것은 아니다. 말하자면 가장 기본적인, 그리고 무엇보다도 속임수가 통하지 않는 문제로부터 가지는 자유로웠다. 입대 전후를 통틀어 그가 아무리 큰 고난을 맛보았다고 해도 엔치나 다시로는 거기에 더해 먹는 문제까지 짊어지고 있는 것이다.

가지는 흙을 한 삽 덮개 위에 퍼 올렸다.

"난 엔치를 탓하고 있는 게 아니야. 그저 인간이 쓰러지기 전에 꼭 저런 식으로 넋을 놓고 있으니까 말했을 뿐이야."

가지는 이번엔 오하라를 떠올리고 있었다.

"사정이야 어떻든 이 정도에 쓰러지는 것은 사치라는 거지."

나 같은 초년병 담당자 밑에서 말이야. 가지는 그렇게 말하고 싶었다. 내가 없었다면 어땠을까? 너희들 중에서도 틀림없이 오하라 같은 놈이 나왔을 거다.

가지는 이땐 아직 오하라를 자살로 몰고 간 요시다 상등병보다 자신이 더 냉혹하게 이들 초년병을 무서운 경지로 이끌게 되리라고는 생각지도 못했다. 게다가 그것이 소위 말하는 온정과 우애의 마음을 가졌음에도……

## *37*

칭원타이 진지에서는 밤에 하사관들이 사무실에 모여 술을 마시고 있었다. 중대장과 가게야마 교관은 장교 집회소에 간 뒤였다. 거의 매일 밤 술이나 알코올을 얻어다 마시긴 했지만 장교가 있으면 아무래도 사무실에서는 마시기 어렵다. 하사관실에서 몰래 마시는 것만큼은 온순한 후나다 중위는 물론 가게야마도 못 본 척해주고 있다.

오늘 밤은 장교들이 늦게 돌아온다는 것을 알고 있다. 그들이 부재 중일 때의 책임자는 내무계 준위 대행인 오누키 중사지만 술을 싫어하는 사람도 아니고 고참병과 마찬가지로 겉과 속이 다르게 포장할 줄도 안다. 하루하루가 따분하기만 하고 더구나 일촉즉발의 위기가 어디에 도사리고 있는지 모르는 불안한 국경에서 5, 6년 동안이나 청춘의 욕망을 변소에서의 자위행위로 달래야만 했던 비참한 사내들이 이까짓 술을 마시고 있는 게 뭐가 나쁘단 말인가. 이미 국가에 대한 '충성'은 할 만큼 했다고 생각한다. 아니 앞으로도 얼마든지 더 충성할 테니 국가에서도 술과 여자를 대주는 건 어떤가. 하사관들은 누구나 내심 그렇게 생각하고 있다.

그렇게 생각하는 마음이 같은 장소에 모여 공공연한 비밀로 술에 취하게 만드는 것이다.

쓸데없는 잡담 끝에 마쓰시마 하사가 말했다.

"가게야마 소위에게 여자가 있는 걸 아나?"

"그 자식 불알이 엄청나게 커."

피복계인 후지키 하사가 말했다.

"여자가 없으면 처치 곤란이지. 어떤 년비야?"

"편지를 슬쩍 보았는데 무슨 미치코라고 쓰여 있었어."

"미치코?"

오누키 중사가 물었다.

"이름 좋다! 그곳에 정이 가득 찬 아이라니(미치코みちこ의 미치(루)는 일본어로

가득하다. 가득 차다는 뜻. 코는 일본어로 아이라는 뜻 - 옮긴이)."

후지키 하사가 한숨을 쉬었다.

"그녀는 가지 미치코일 거야."

오누키가 고개를 갸웃거렸다.

"가지 상등병의 마누라야. 가게야마 소위와는 친구니까. ……아, 생각났다. 작업 요원들 앞으로 편지가 왔는데 그중에 있었어."

"검열! 검열!"

후지키가 충혈된 눈을 부릅뜨며 소리쳤다.

"내가 공명정대하게 검열하지. 오누키 중사님, 어딨지?"

후지키는 오누키가 턱으로 가리킨 곳에서 미치코의 편지를 가지고 와 냄새를 맡아보고 봉투를 뜯었다.

"정말로 정이 가득한 여자군. 편지에서 좋은 냄새가 나! 자, 그럼 읽을 테니까 잘 들어."

읽기 시작했다.

"……요즘 들어 또 당신 소식이 좀 뜸하네요, 잘 지내시죠?"

"이야, 처음부터 살살 녹이는군."

오누키가 웃었다.

"조용히 하고 들어, 조용히! ……언제였던가 당신이 걱정되어서 견딜 수가 없다고 썼더니 걱정하는 것은 나다, 당신이 쓸데없는 걱정을 하고 있을 것이라는 생각만으로도 내가 더 걱정된다고 답장을 보내주셨죠. 그래서 더 이상 걱정은 안 하려고요. 하지만 소식을 들을 수 없어서 쓸쓸해지는 건 어쩔 수가 없겠죠?"

"쌍! 어디가 쓸쓸하다는 거야? 여간 아닌걸!"

후지키는 신음하듯 중얼거렸으나 눈은 여자의 알몸을 훔쳐보듯 편지에 고정되어 있었다.

"……벌써 1년하고도 반 이상이나 되었으니 이제 익숙해질 때도 됐는데 오히려 점점 더 마음이 약해지는 것 같아요. 그래서요, 아니 그래서라는 건 아니지만 오래전부터 생각하던 일을 이제 실행하려고 해요. 의논도 하지 않았다고 화내지 마세요. 본사의 야스코에게 타이핑실에 돌아갈 자리가 있으면 잡아달라고 부탁했더니 타이핑 일이라면 언제든 있다고 답장이 왔어요. 저에겐 이 산이 인생의 첫 장소였고, 흙먼지가 심하게 날리던 그날 이후 많은 추억을 쌓아온 곳이라 좀처럼 결심을 할 수 없었지만, 최근 들어 광산 서무계로부터 본사에서 새로 부임해오는 직원을 위해 사택을 비워줄 수 없느냐고 여러 차례 말이 있었어요. 처음에는 당신이 안 계시니까 나가라고 하는, 너무 매정한 처사라고 원망하며 나가라고 해도 나가지 않겠다고 마음먹고 있었는데, 생각해보니 당신이 안 계시는 이 산에서 당신과의 추억에만 의지해서 아무것도 하지 않고(진료소 일을 도와주는 것은 전에도 말씀드린 대로 벌써 끝났어요) 사는 것이 행복의 무거운 짐처럼 여겨지는 것이었어요. 저도 제 힘으로 할 수 있는 일을 하면서 당신이 돌아오기를 기다려야 하지 않을까요? 그 편이 슬픔도 외로움도 얼마간은 잊을 수 있고, 당신도 기뻐해주시지 않을까 싶네요. 잊을 수 있다고는 해도 회사 일을 마치고 당신과 함께 걸었던 그 길을 걸어서 당신을 만난다는 희망도 없는 곳으로 돌아올 때는 아마 울고 싶을 정도로 외로움을 참기 힘들어지겠지만, 그런 것에 진다면 앞으로 몇 년이 될지 모르는 기다림의 고통에도 지고, 재회할 때의 필시 가슴이 터질 듯한 기쁨을 누릴 자격도 잃게 될 것이라고 생각했어요. 그래서 광산 사무소에 이 사택을 돌려주고 저는 야스코의 기숙사에 같이 있기로 했어요. 제가 마음대로 이런 결정을 내려서 화나셨죠? 하지만 사실 저는 잘했다고 칭찬을 듣고 싶어요. 야스코와 둘이 있으면 당신도 안심할 수 있을 것 같고요. 애초에 저는 백란장의 그 방에서 당신의 가슴속으로 이사 간 거잖아요. 지금 당신은 그 가슴을 국경으로 향하고 계시지만 사실은 제 것이에요. 하루라도 빨리 제게 돌아와주세요……."

"카! 좋구나, 좋아!"

마쓰시마가 장단을 맞췄다. 후지키는 눈을 희번덕이며 오누키에게 말했다.

"검열도 쉽지만은 않군, 오누키 반장! 전 하루라도 빨리 하고 싶어서 견딜 수가 없네요, 라는군. 아시겠나? 이 심정."

"그 조항은 검열 삭제다!"

오누키가 부르짖듯 말했다.

"염병할, 잘 먹겠습니다아! 술 없나?"

하사관들은 남은 술을 벌컥벌컥 들이켰다. 미치코의 편지가 사내들의 메마른 마음에 정욕의 불을 붙인 모양이다. 술은 그 불에 부은 기름이랄까. 세 사람이 한꺼번에 후우, 하고 뜨거운 숨을 토해낸 뒤에는 불에 탄 들판 같은 살벌한 침묵이 흘렀다. 잠시 후 세 사람은 얼굴을 마주 보고 서로의 눈에서 교미할 때의 개와 비슷한 눈빛을 보고는 누가 먼저랄 것도 없이 씩 웃었다. 그리고 후지키가 "아아, 나 좀 어떻게 해줘요!"라고 신음하자 그 절실한 마음에서 일치한 세 사람은 갑자기 너털웃음을 터뜨렸다.

가게야마가 후나다 중위보다 한 발 먼저 장교 집회소에서 돌아온 것은 마침 그때였다. 그는 막사 입구에서 사무실의 웃음소리를 들었다. 불침번 근무 중인 초년병은 가게야마의 의아해하는 시선과 마주치자 난처한 표정을 지었다.

가게야마는 발소리를 크게 내며 사무실로 들어갔다. 후지키는 거의 무의식적으로 미치코의 편지를 주머니에 감추었지만, 오누키가 갑자기 당한 일이라 어색한 표정으로 멋쩍게 웃었을 뿐 일어나려고도 하지 않는 것을 보자 후지키도 마쓰시마도 일어나려다가 다시 앉아버렸다.

"일어서."

가게야마가 크지는 않지만 엄한 목소리로 말했다.

평소 때 같으면 하사관이 고의로 나타내는 결례 따위는 개의치 않는 사내지만 오늘 밤은 기분이 언짢았다. 집회소에서 내일 진지 작업 부대의 도히 중위 밑으로 파견되는 노나카 소위와 전쟁에 대해 의견을 주고받다 또 충돌했던 것이다. 후나다가 끼어들어 별일 없이 끝났지만 노나카의 그 근거도 없는 억지는 정말 역겹다.

'천우신조'에 국민의 운명을 건 전쟁이라는 도박 앞에서는 가게야마도 노나카와 같은 죄인이겠지만 그것을 믿는 어리석음에는 참을 수가 없었다. 자리를 박차고 돌아온 여분餘慎이 그의 표정을 험악하게 만들었다.

"좀도둑 같은 짓은 하지 마라!"

가게야마는 일어선 하사관들에게 말했다.

"술을 마실 거면 중대장님이나 내가 있을 때 마셔. 평소에도 난장을 부리는 걸 알면서도 못 본 척해준 거다. 기어오르는 건 어리석은 짓이야! 난 계급을 내세우지는 않는다. 할 말 있으면 해봐!"

하사관들은 아무 말도 하지 않았다. 가게야마가 말을 이었다.

"너희들이 마시고 싶어 하는 마음을 모르는 건 아니다. 하지만 병사들도 생각해라. 위기에 처해 있는 것은 마찬가지다. 싸우고, 죽는다. 게다가 필시 내 지휘에 의해서다. 본의는 아니지만 어쩔 수 없어. 앞으로는 지금처럼 멋대로 행동하는 것은 용서하지 않겠다. 알겠나? 만약에 위반하면 나를 일부러 모욕하는 것으로 알고 처벌하겠다. 5년병들에게도 전해."

하사관들은 가게야마 소위의 이처럼 준엄한 태도는 처음 보았다. 가게야마가 나가고 나서도 교관실의 문 안쪽이 조용해질 때까지 벙어리처럼 잠자코 있었다.

## 38

후지키 하사가 주머니에 감춘 미치코의 편지는 결국 가지에게 전해지지 않았다. 후지키는 며칠 후에 그 편지가 자기 주머니에 있다는 걸 알았지만 그다지 중요한 내용이라고는 생각하지 않았는지 다시 밀봉해서 작업장으로 보내는 수고를 하지 않았던 것이다. 가지는 미치코의 생활에 변화가 일어난 것을 모른 채 지냈다.

가지가 감독하고 있는 엄폐호 작업반에서는 작업이 순조롭게 진행되었지만 이와부치와 가와무라의 동굴반은 단단한 바위벽에 막혀서 좀처럼 진도가 나가지 않았다. 가끔씩 그들의 작업을 보러 가는 가지는 관동군 참모부가 이 산간 지대에 약 1개 연대의 작업 병력을 투입하여 이런 난공사를 감행하는 것은 어쩌면 개전 시기를 내년쯤으로 판단하고 있는 것은 아닐까 하고 생각하게 되었다. 그렇다면 엄폐호의 덮개 위에 옮겨 심은 풀도 이제 곧 누렇게 바래고 시들 테니 내년이 아니면 위장 효과는 없는 것이다.

가지가 다시 그렇게 생각하게 된 데에는 다분히 희망적인 기대가 섞여 있었다. 작업은 확실히 중노동이지만 병영 내의 비상식적인 폭력사태도 없고, 규칙만 따지고 드는 소란도 없다. 초년병들도 하나같이 한가롭게 즐기고 있는 것처럼 보인다. 가지 자신도 병아리를 감싸주는 암탉의 정신적인 수고를 하지 않아도 된다. 막사 생활의 불편함쯤은 병영 내에서 늘 긴장하며 지내는 것에 비하면 아무것도 아니다. 이런 생활이 하루라도 더 지속되는 게 좋다. 긴장이 풀린 마음과 햇볕에 타서 생기로 넘치는 육체가 동시에 그러기를 바라고 있다. 그것이 전쟁의 위기감을 흐리게 한 것은 부정할 수 없지만 가지 자신은 그것을 거의 의식하지 못했던 것 같다.

가지는 그날 도히 작업 중대의 주번 상등병이었다. 점심식사 때까지는 아직 시간이 있었지만, 그 시각이 되면 초년병들은 공복감에 움직임이 산만해진다. 가지는 자신의 담당 구역을 돌아보고 각 조에 '휴식'을 명했다. 이하라의 조에서는 이하라의 제안으로 총좌銃座(사격할 때 기관총 따위를 얹어놓는 대-옮긴이)가 세 개나 있는 엄폐호가 거의 완성되어 있었다. 피부가 희고, 지금까지 거의 눈에 띄는 행동을 한 적이 없는 이 청년은 이곳에 온 뒤로 일을 곧잘 했다. 같은 조의 나카이가 농담만 하고 가지가 보지 않을 때는 게으름을 피우는 것을 이하라의 노력이 벌충하고 있는 셈이다.

이하라는 검사해달라고 가지를 부르러 왔다. 튼튼하게 잘 만들어져 있었다. 가지가 칭찬하자 이하라는 앳된 얼굴을 붉히며 말했다.

"이것만은 왠지 내 집을 지은 것 같은 기분이 듭니다."

"만약 자리 배치의 자유가 주어진다면 넌 이 안에 들어가고 싶겠지?"

"네. 혼신의 힘을 다해 만들었으니까요. 여기라면 안심하고 운명과 싸울 수 있을 것 같습니다."

"……운명과?"

"……네."

가지는 이하라의 시원한 눈매를 새삼스럽게 보았다. 국경에 있었을 때는 다른 많은 사람들 속에 섞여 있는 이 청년을 못 보고 그냥 넘어간 듯하다.

"……그렇군, 운명과의 싸움이라."

가지는 중얼거렸다.

"내가 경기관총 조수라면 여길 너한테 맡길 텐데……."

"상등병님."

나카이가 끼어들었다.

"이하라는 어머니와 약혼자를 데리고 이 안에서 살고 싶답니다."

다른 병사들의 웃음소리 속에서 이하라의 얼굴이 새빨개졌다.

"이 녀석은 바보입니다, 상등병님."

나카이가 다시 말했다.

"어머니를 너무 극진히 모시면 마누라와 너 사이에 어머니가 들어와서 잔다는 걸 모르냐?"

"……약혼녀가 있어?"

가지가 웃는 얼굴로 그렇게 물었다.

"……네."

이하라의 빨개진 얼굴에서 눈만 별처럼 반짝이고 있었다. 이하라는 자신과 그녀의 미래를 지킨다는 생각으로 덮개를 만드는 통나무 하나하나에 주의를 기울였을 것이다. 아니면 중단된 청춘의 꿈을 이 집짓기 놀이로 대신했는지도 모른다.

"전쟁이 끝나면……."

가지가 말했다.

"네 신혼집을 나루토에게 지어달라고 해라. 그러면 해줄 거다. 나카이, 그때는 네가 어머니를 보필해드려라. 알겠나?"

"신부라면 언제든지 넘겨받을 용의가 있지만……."

사내들은 웃었다. 가지는 문득 전쟁이 끝나고 자신이 데리고 있던 쉰여섯 명의 사내들과 그들의 여자들, 그리고 미치코도 함께 어딘가에서 하루를 마음껏 즐기는 모습을 상상해보았다. 쉰여섯 쌍의 인생이 지금 가지의 머릿속을 지나간다. 그것을 행복으로 전송할지, 비극으로 이끌지는 가지의 책임이 아니다. 하지만 동시에 그것은 다분히 가지의 행동과 관련이 있는 것이기도 했다.

가지는 다시 쉰일곱 쌍의 남녀가 행락을 즐기고 있을 때의 미치코를 머릿속에 그려보았다. 미치코는 얼굴을 반짝이며 들뜬 목소리로 말할 것이다. 정말 멋져요! 전쟁이 끝났다고요! 이제 우리 삶을 살 수 있게 되었어요!

가지는 머리 꼭대기로 올라온 태양을 올려다보며 잠깐 눈을 감고 있었다. 감미롭고도 슬픈 눈물이 흘러내릴 것만 같았다. 얼굴을 한 번 흔들고 말했다.

"자, 식사시간이다. 너희들은 숲속에 가서 쉬고 있어."

숲속 공터에 칫솔 수염을 기른 도히 중위가 서 있었다. 옆에 서 있는 신경질적인 얼굴의 소위는 가지도 관텐 산 진지에서 본 기억이 있는 노나카다.

"주번 상등병."

도히 중위가 불렀다.

"식사는 나중에 해라. 전원 구보로 집합하라고 전해."

가지는 숲 어귀에 서서 각 작업반을 향해 소리쳤다.

"전원 구보 집합!"

뭐지? 고이즈미는 땅바닥에서 엉거주춤 일어나 다카스기를 보았다. 다카스기는 히쭉히쭉 웃었다.

"감미품(과자류)하고 담배를 줄 건가 봐."

"바보 같은 소리 마! 과자나 주겠다고 구보로 집합하라고 해?"

"그럼, 뭔데? 사정에 따라 금일은 작업 중지, 복귀하여 휴식을 명한다, 이건가?"

"멍청한 것들."

이젠 완전히 흑인으로 착각할 정도로 까맣게 탄 이마니시가 말했다.

"군자는 가는 자를 쫓지 않고, 오는 자를 막지 않는 법이야. 가 보면 알 거 아니야?"

고이즈미는 숲 어귀에서 집합하는 것을 보고 있는 가지에게 물었다.

"무슨 일입니까, 상등병님?"

"히틀러 중위가 부르신다."

도히의 수염이 히틀러를 닮아서 그렇게 부른다. 히틀러를 흉내 내서 수염을 깎은 것인지는 모르지만, 병사들은 이제 이 수염과 도히의 얼굴을 분리해서는 생각할 수 없게 되었다.

다분히 희극적인 풍모를 지닌 그 도히 중위가 그러나 병사들의 집합 대형 앞에 서자 갑자기 엄숙한 표정을 지었다.

"모두 잘 들어라. 금일 새벽, 아군의 칭윈타이 진지가 막강한 소련군의 습격을 받고 교전하였으나 대대장이신 우시지마 소령님 이하 전원이 옥쇄한 것 같다."

말이 끊기자 158명이 밀집되어 있는 숲속이 갑자기 무인지대가 된 듯했다. 시끄럽게 울어대는 매미 소리를 몇 명이나 의식했을까? 뜨뜻미지근한 바람이 숲속에 불었다. 사내들은 죽은 사람의 얼굴처럼 딱딱하게 굳은 표정이었다.

드디어 올 것이 왔구나! 그 느낌은 갑작스럽게 심장부터 덮쳤다. 머릿속은 아직 믿지 않았다.

"적은 모든 국경선에서 일제히 만주 영내로 침입, 진격 중이다. 믿을 만한 정보에 의하면 우리 정면으로 적의 선봉이 도달하는 것은 3내지 4주야 후로 판단된다. 중대는 명령에 따라 즉시 막사로 돌아가서 이동 준비를 한다. 그 후 새로운 진지를 전개하고 강력한 저항선을 구축, 공격해오는 적군을 격파, 분쇄시킨다. 칭윈타이, 관톈 산 진지의 전우들을 추모하는 전투다. 대대장님이 말씀하신 필승의 신념을 견지하도록. ……지금, 군사령관 각하께서 연대장님 앞으로 보낸 전문電文을 읽겠다."

병사들은 고개를 숙인 채 귀를 기울였다. 이 죽음과 절망으로부터의 전언을 한 마디도 놓치지 않으려고 조용히 침묵을 지키고 있었다.

"전문…… 귀관 이하의 분투를 기원한다……."

병사들은 거의 일제히 얼굴을 들었다. 비로소 각자의 표정으로 돌아와 있었다. 한 사내의 분투를 기원하는 말에 1,000명이 넘는 사내가 이 산에서 죽음을 맞이한다. 이젠 거짓도 허세도 통하지 않는다. 영구 구축된 국경 진지에서조차 옥쇄했다. 지금부터 이동하여 전개하는 '강력한 저항선'이란 것을 과연 누가 얼마나 신뢰할 수 있겠는가.

"총은 어떡합니까?"

아사카가 창백해진 얼굴로 가지에게 나직이 물었다. 초년병들은 맨손으로 이 작업장에 왔다.

"……주겠지."

가지는 중얼거렸다. 그의 손때가 묻은 총은 막사에 있다. 한 번 장전에 다섯 발의 실탄, 그것으로 10초 내지 20초 동안 눈앞에 보이는 죽음을 다섯 번은 면할 수 있을지도 모른다. 그러나 그 외의 수백만 번에 이르는 죽음은?

"걱정하지 마."

가지는 또다시 중얼거렸다.

"아무리 정신력을 강조하는 군대라도 맨손으로 싸우게 하지는 않을 테니까."

엔치의 얼굴은 이미 절망 그 자체였다. 고개를 살살 흔들면서 뭐라고 중얼거리고 있었다. 허공을 헤매는 눈은 몹시 불안해 보였다. 뿌옇게 흐려져 있다. 미치기 직전의 상태가 꼭 그럴 것이다.

"엔치!"

가지는 나직이 불렀다.

"어금니를 꽉 깨물어라. 나한테서 떨어지지 마."

"막사로 돌아가라."

도히 중위가 수염을 쓰다듬으며 말했다.

"막사로 돌아갔다가 5분 후에 출발한다."

가지는 주위의 초년병들이 깜짝 놀랄 정도로 크게 구령을 붙였다. 그렇다. 그때부터 모든 사내들의 넋은 몸에서 빠져나가 다른 어딘가로 가 버린 것이다.

태양은 높이 떠 있고, 흙은 뜨겁게 익어 있고, 풀은 축 늘어져 있었다. 사내들은 애써 만들어놓은 진지를 버리고 이동한다. 벌써부터 군의 계획은 무너지기 시작한 듯하다.

## 39

어디로 가는지는 몰랐다. 병사들은 군장과 모포를 짊어지고 골짜기를 나와 풀이 무성하게 자란 고원을 걸었다. 모두 무거운 짐에 허덕이고 있었다. 짊어진 짐의 무게 때문만은 아니다. 이것에는 미지에 대한 공포와 절망과 갈증 비슷한 미련의 무게가 더해져 있었다. 체력만으로는 버티기 힘든 무게다.

태양은 그 운명에 따라 서쪽으로 기울고 있었다. 한 걸음 옮길 때마다 시간을 잃는다. 기묘한 착각이다. 어딘지 모르는 그곳에 도달하는 것이 늦어지면 늦어질수록 마지막 순간이 가까워지고 있는데도 병사들은 무거운 걸음으로 마지막 순간을 늦추려고 한다.

미무라는 비틀비틀 걷고 있었다. 엔치는 무좀으로 짓무른 발을 질질 끌고 있었다. 이 둘은 이미 체력이 바닥 나 있었다. 기력은 그 이전에 갈가리 찢어져버린 것 같았다.

"드디어 왔군요."

고이즈미가 체념 섞인 웃음을 지으며 가지를 보았다.

"이런 식으로 뭐든지 갑자기 변하는 걸까요?"

"찔끔찔끔 쌓이고 쌓이다가 갑자기 변하지. 네가 전공한 응용화학에서도 그럴걸? 찔끔찔끔 오고 있을 때 우린 필요한 만큼의 100분의 1도 마음의 준비를 하지 못해. 알고 있었어. 이런 날이 올 거라는 건."

"저는 몰랐습니다. 저만은 어떻게든 피할 수 있을 거라고 얌체같이 생각하고 있었습니다. 이젠 다 엉망입니다."

고이즈미는 계속 실실 웃었다.

"상등병님은 침착하십니다."

"허세야."

가지는 내뱉듯이 말했다.

"난 지금 이 순간만은 상등병이 되길 잘했다고 생각한다. 조수가 되어서 말이야. 그렇지 않았다면 너희들과 똑같았어."

전방의 숲 쪽에서 폭음이 들린 듯했다. 대열의 선두에서 장교가 손을 흔드는 것이 보였다. 가지는 비행기 한 대를 확인했다. 대열은 벌써 뿔뿔이 흩어지기 시작했다.

"산개!"

큰 소리로 외치고 나서 가지는 자기 반을 보았다. 엔치와 미무라는 비틀거리며 옆쪽으로 달리고 있었다.

"엎드려!"

가지가 소리치면서 몸을 던졌을 때 경폭격기로 보이는 비행기 한 대가 초저공비행으로 날아갔다.

"정찰이다."

가지는 근처에 있는 다시로에게 말했다.

"무장하지 않았으니까 우릴 피난민으로 착각했을지도 몰라. 쏘지 않을 거야."

쏘지 마라. 우리는 싸우고 싶은 게 아니니까.

미무라와 엔치는 다른 사내들이 엎드렸을 때 뛰고, 다른 사내들이 일어서기 시작했을 때에야 엎드렸다. 그리고 그대로 피로와 하중을 못 견디고 풀숲에 쓰러져버렸다. 대열은 움직이기 시작했지만 두 사람은 눈을 치뜨고 하늘을 살피면서 입을 벌린 채 헐떡이고 있을 뿐이다.

가지는 다가가서 소리쳤다.

"야 이 새끼들아! 검열 행군과는 다르니까 걸어달라고는 부탁하지 않겠다. 마누라를 다시 보고 싶으면 어떻게 하는 게 가장 좋은지 스스로 생각해봐."

가지는 두 사람을 버리고 자기 반의 대오를 쫓아갔다. 두 사람은 꾸물꾸물 일어나서 비틀비틀 걷기 시작했다. 어떻게 하면 가장 좋은지를 생각한 것은 아니리라. 오히려 가장 나쁜 방법을 생각한 것이다. 왜냐하면 대열이 마지막 순간과 장소를 향해 걸어가고 있는 쪽으로 따라가기 시작했으니까.

자작나무 숲에 들어갔을 때 부대는 정지했고, 잠시 후에 막사를 설치하라는 명령이 떨어졌다. 히로나카 하사가 와서 쉰 목소리로 소리쳤다.

"11중대는 잘 들어라. 총이 없는 자는 자작나무를 베서 대검을 묶어라. 단단히 묶어야 한다. 너희들은 그것으로 백병전을 치를 거다. 알겠나?"

초년병들의 얼굴에 하나같이 어두운 빛이 스쳤다. 억누를 수 없는 불안의 빛이다. 쏟아놓을 데가 없는 불만과 분노의 빛이기도 했다. 가지는 히로나카 쪽으로 아무렇지도 않게 다가가서 작은 소리로 말했다.

"총은 안 줍니까?"

"뭘 생각하고 있는지 나도 통 모르겠다. 명령은 나무창을 만들라는 것뿐이야."

"자작나무처럼 부러지기 쉬운 나무로 창을 만들어봤자 백병전에는 쓸 수 없습니다."

"여기에 자작나무밖에 없는 것이 내 책임이란 말이냐?"

"……알겠습니다."

가지는 초년병들 쪽으로 돌아와서 말했다.

"어쨌든 아무 말 말고 만들어라. 아직 시간이 있으니까 어떻게든 되겠지."

창을 만들고, 막사를 막 세웠을 때 또다시 적의 공중 정찰이 시작되었다. 이번에는 상공을 한참 선회하며 사냥감을 찾는 맹금 같았다. 언제 급강하로 전환하여 폭탄을 떨어뜨릴까? 병사들은 어쩔 줄 모르고 숲속 나무에 몸을 감추고 하늘을 올려다볼 뿐이다. 그 정찰기는 대공 포화를 한 발도 쏘지 않는 것이 의아한 듯 조심스럽게 천천히 만주 내부로 날아갔다.

"아군기는 어떻게 된 겁니까?"

고이즈미가 가지를 보며 물었다.

"없거나 있어도 날지 못하거나 둘 중 하나겠지."

가지는 씁쓰름하게 대답했다.

"나무창을 든 300년 전의 사무라이를 현대 병기인 비행기로 엄호할 것 같아?"

고이즈미는 다른 초년병들과 서로 얼굴을 마주 보고 땅바닥으로 시선을 떨어뜨렸다. 가지는 후회했다. 자신은 이런 말로 전쟁을 빈정거리며 방관하는 입장이 아니었던 것이다. 다시 바꿔서 말했다.

"도시의 대공방어를 하느라 힘에 부치나 보지. 전선의 보병 전투는 공군의 원조를 기대할 수 없어."

이윽고 명령이 떨어졌다. 막사를 완전히 위장하라는 것이었다. 병사들은 자작나무 가지를 잘라 촘촘하게 천막을 덮었다. 상공에서 보면 그럭저럭 숲으로 착각할 정도는 된 것 같다고 생각할 때쯤 히로나카 하사가 이제는 완전히 쉬어버린 목소리로 말했다.

"이동이다. 막사를 철거하라. 10분간 출발 준비."

"……뭐야, 썅!"

고이즈미가 무심코 투덜거렸다. 히로나카가 달려와서 고이즈미를 때려눕혔다.

"전투다! 불평은 용서하지 않는다!"

10분 후에 부대는 다시 움직이기 시작했다. 고원을 내려가서 골짜기를 가로질러 마을 대로 말라 먼지가 풀풀 나는 길로 나왔다. 지는 붉은 석양이 땀과 먼지로 더러워진 병사들을 붉게 물들였다. 부대는 정지했다. 전령이 와서 야영 준비를 하라고 전했다.

"막사를 치는 건가?"

이와부치 상등병이 가지 옆으로 왔다.

"좀 더 기다려보자. 아무리 밤이 되었다고 해도 이렇게 사방이 훤히 트인 곳에 막사를 칠 순 없어. 틀림없이 변경될 거야."

그때 길가에 앉아 있던 병사들이 황급히 일어나서 와글와글 떠들기 시작했다. 골짜기 쪽에서 후퇴하는 부대가 땀범벅이 되어 길 위로 올라온 것이다. 병사들이 왁자해진 것은 자기들과 같은 부대를 보았기 때문이 아니다. 그 부대의 후미에 열두세 명의 젊은 여자 군속들이 있었기 때문이다. 땀에 젖고 상기된 듯 발그레한 얼굴. 배낭끈에 눌려 봉긋 솟아오른 가슴. 바지를 입어서 좌우로 둥글게 튀어나온 엉덩이. 흔들흔들 온다. 흔들흔들 간다.

"후퇴하는 거냐?"

"후퇴하는 거다."

"빌어먹을! 좆됐군."

"후방과 여자는 우리가 맡아주마!"

"아가씨, 우리도 데려가 주쇼."

"군인 아저씨, 잘 싸워주세요."

배낭 아래에서 둥글고 말랑말랑해 보이는 엉덩이가 씰룩씰룩 간다. 흔들흔들 간다.

"군인 아저씨, 잘 부탁해요."

사내들의 메마른 목구멍에서 끈끈한 침이 넘어가는 소리가 난다. 이번이 여자를 보는 마지막 기회일지도 몰랐다. 지금의 이별이 인생과의 결별을 의미하는 것일지도 몰랐다. 이제부터 전선으로 가는 자, 전선에서 행복이란 티켓을 받고 집으로 돌아가는 자, 누군가의 두뇌와 손이 지도 위에 긋는 선에 수많은 인간의 운명이 순식간에 바뀐다. 사내들은 그저 전송할 뿐이다. 이렇게 살아남은 자들을 위해 죽으러 가는 역할을 담배 배급의 불평등보다도 훨씬 얌전하게 받아들이며.

"저치들은 완전 군장이었죠?"

데라다가 이해할 수 없다는 듯 말했다.

"왜 전열에 들어가지 않는 겁니까?"

"네 아버지께 물어보고 오시던가."

가지는 핀잔을 주고 이와부치에게 말했다.

"사령부 소속일까?"

"글쎄, 통신부대 같기도 한데."

길가에서는 나카이가 전우에게 말하고 있었다.

"저 녀석들, 오늘 밤은 근처 어디에서 야영하겠지? 밤이 되면 칠흑같이 어두워지니까 저 계집애들의 바지를 벗기고 올라탈 거야. 빌어먹을! 목숨도 건지고, 씹도 할 수 있고. 좆나 열받네!"

히로나카 하사가 달려와서 거의 들리지 않는 소리로 외쳤다.

"왜 막사를 치지 않는 거냐? 다른 중대에 뒤처지고 싶어?"

과연 어슴푸레해진 풀숲에서 다른 중대는 막사를 칠 준비를 하고 있었다.

"물도 없는 이런 곳에서 어떻게 합니까?"

"넌 주번 상등병이다. 물을 찾아봐."

가지는 이와부치와 얼굴을 마주 보고 입을 꾹 다문 채 골짜기 쪽으로 길을 내려갔다.

돌아와보니 병사들은 다시 막사를 거두고 배낭을 메고 있었다. 또다시 이동이다. 가지는 저녁 어스름 속에서 히로나카 하사를 찾았다.

"지휘부는 도대체 뭘 하고 있는 겁니까?"

쪼개지는 듯한 목소리로 소리쳤다.

"반장님은 추태도 어지간해야 한다고는 생각지 않습니까? 병사들을 동요시킬 뿐입니다."

"불만이 있으면 중대장님께 해!"

히로나카는 목소리가 쉬어버려서 소리를 지르지 못하는 게 분했던지 가지의 가슴을 한 대 치고는 입버릇처럼 하던 말을 되풀이했다.

"전투다! 군소리는 용서하지 않는다!"

중대장인 도히 중위는 거기 없었다. 노나카 소위와 함께 연대본부에 갔고, 한 견습 사관이 명령을 전하고 있었다.

부대는 저녁 어스름 속에서 무거운 다리를 끌며 움직이기 시작했다.

## *40*

수백 명의 병사들이 하루 종일 평지에서 대전차호를 팠다. 평지를 진격해오는 적의 기계화 부대를 이 대전차호로 막아서 어쩔 수 없이 우회하는 동안 산간 애로(隘路)로 오리라 예상되는 적 보병부대의 주력을 산악 진지에서 협공하려는 작전인 것 같았다.

대전차호의 작업 지휘관은 토건업자 출신의 도히 중위다. 도히는 기분이 좋지 않았다. 노동력에 비해 작업량이 절대적으로 많은 것이다.

그날 아침 대대본부의 막사에서 도히는 사령부에서 파견 나온 젊은 참모 대위와 말다툼을 벌였다.

"300이나 될까 말까 한 병력으로 48시간 이내에 연장 3킬로미터 이상에 달하는 대전차호를 팔 수는 없습니다. 한 명당 10평방미터 이상의 작업량은 현재 작업병의 체력으로는 무리입니다."

"적은 무리라고 해서 봐주지 않아."

햇볕에 한 번도 탄 적이 없는 젊은 대위는 책상 위에 올린 다리를 꼬고 웃었다. 도히가 받아쳤다.

"불가능한 작업을 어정쩡하게 하는 것보단 산간의 공격 진로를 대전차호로 분단하여 진지 강화를 도모하는 쪽이 훨씬 유리합니다."

"중위가 작전참모라면 그런 계획을 세우는 것도 좋겠지. 중위는 자기 보존의 자세를 견지하고 있는 것 같군. 알겠나? 작전은 전반적으로 봐야 되는 거야. 이 지점에서 적 기계화 부대의 침입을 하루 내지는 반나절이라도 지체시키는 것이 후방에서 전투 준비를 하는 데는 꼭 필요한 사항이라고. 그 때문에 산간의 아군 보병 부대에 막대한 출혈이 있다 해도 어쩔 수 없어. 귀관은 3호 진지에 배치되었지?"

대위는 지도를 보며 싸늘하게 웃었다.

"미안하지만 귀관의 수비 범위는 대국적인 차원에서 볼 때 그런 출혈을 요구하게 될지도 몰라."

"소관은 어찌 되는 상관없습니다!"

도히는 젊은 상급자를 증오에 찬 시선으로 쏘아보았다.

"문제는 작업에 대한 계산입니다. 할 수 없는 것은 할 수 없습니다."

"명령이라도 말인가?"

그때까지 잠자코 있던 대대장이 난처한 표정으로 끼어들었다.

"도히 중위, 어쨌든 작업을 개시해. 병력은 사정이 나아지는 대로 증원하겠다."

"하겠습니다."

도히는 씹어 뱉듯이 말했다.

"하겠지만, 작업이 완료되지 못하는 부분이 반드시 나온다는 것을 기억해주십시오. 그 부분이 작전의 치명적인 결함이 되더라도 저는 책임지지 않겠습니다."

도히는 분연하게 뛰쳐나와 작업에 적극적으로 임하면서 병사들을 격려했다.

"옛날 기노시타 도고로 히데요시(도요토미 히데요시)는 불가능해 보였던 축성을 사흘 만에 해냈다. 우리는 48시간 내에 이것을 해결해야 한다."

그의 격려에도 불구하고 병사들은 기적을 일으킬 것 같아 보이진 않았다. 지지부진한 작업은 좀처럼 진척되지 않았다. 병사들은 지쳐 있었다. 짜증이 나 있었다. 두려움에 떨고 있었다. 그리고 믿지 않았다. 이 작업이 그들의 생환을 보증할 것이라고는, '황국의 융성에 관한' 것이라고는.

도히는 칫솔 수염을 떨며 가는 곳마다 고함을 질렀다. 그는 건방진 참모 대위에게 사보타주로 보복할 마음은 없었다. 그 역시 완성하든 완성하지 못하든 적군의 탱크는 막아야 한다고 생각했다. 오히려 대전차호를 완성해서 산간 진지가 돌파당하는 책임을 참모 대위에게 추궁하고 싶었다. 어떠냐, 이 애송이야! 내가 말한 대로지?

도히의 눈에 빼빼 마른 한 병사가 흙에 삽을 꽂은 채 거의 움직이지 않는 것이 보였다.

"히로나카 하사! 저건 누구냐?"

히로나카는 거기가 11중대의 구역이었기 때문에 득달같이 달려가서 삽자루로 그의 허리를 냅다 후려갈겼다. 쓰러진 것은 엔치 이등병이었다. 엔치는 방아깨비처럼 머리를 아래위로 조아리며 빌었다.

가지는 다시로와 데라다 사이에서 삽질을 하고 있었는데, 이 두 사람이 흙투성이가 되어 말다툼을 벌이는 바람에 엔치에게까지 신경 쓸 겨를이 없었다. 말다툼은 다시로가 진지가 자꾸 변경되는 것은 지도부가 의견 통일을 보지 못한 증거이고 이런 상태로는 전쟁에 이길 가망이 없다고 투덜거린 것을 데라다가 날선 목소리로 막으면서 시작되었다.

"참모부에는 작전의 명수가 널렸으니까 너 같은 놈은 닥치고 있어! 뭐야? 공돌이나 하다 온 놈이 전쟁에 대해 뭘 안다고 지껄여!"

"네가 소령의 아들이래도 너 역시 이등병이야. 잘난 척하지 마."

다시로가 흙을 뒤로 퍼 올리며 대꾸했다.

"작전의 명수가 아무리 많아도 전쟁은 우리가 하는 거야. 총도 없는 우리에게 뭘 하라는 거야? 이게 작전의 명수라는 작자들이 펼치는 작전이냐? 까불지 마! 너 같은 전쟁 미치광이가 이런 전쟁을 일으킨 거야."

"좋아. 장교나 헌병 앞에서도 어디 한번 그렇게 말해봐. 네가 지금처럼 말할 수 있다면 내가 널 상관으로 모시겠다. 넌 우리가 전쟁에 지는 게 낫다고 생각하는 거지? 전쟁에 지면 노동자의 세상이 될 거라고 생각하는 거지?"

"노동자의 세상은 절대로 안 돼!"

다시로의 옆에서 아사카가 눈을 부라리며 말했다. 이 부잣집 아들은 재력으로 자신이 보호될 것이라 믿었지만 전쟁으로 인해 그것이 배신당하자 자포자기가 되어 있었다. 그러면서도 당면한 적이 붉은 군대라는 데 적개심을 잃지 않은 것이다.

"일본인은 말이야, 다시로. 이 전쟁으로 어떻게 되든 절대로 빨갱이만은 되지 않을 테니까."

"다시로는 일본인이 전부 빨갱이가 되기를 바라는 거야."

데라다가 증오에 찬 표정으로 말했다.

"넌 적이 오면 어떡할래? 붉은 혁명군 말이야. 노동자의 군대가 오면 어쩔 건대? 적에게 붙어서 우릴 쏠 거냐? 지금 들어두지 않으면 안심을 못하겠다."

"이 새끼가!"

다시로의 낯빛이 달라졌다.

"삽에 맞아서 뒈지고 싶어?"

"이제 그만들 해!"

가지가 소리쳤다. 데라다의 질문은 가지를 당황하게 하기에 충분했다. 진작 답을 내려두었어야 할 성질의 것이었다. 일본이 전쟁에 불을 붙인 순간부터 이 문제는 눈앞에 있었다. 가지가 국경 부대에 입대했을 때부터 그것은 그에게서 한 순간도 떨어지지 않았을 것이다. 1년 8개월 동안이나 그는 그것을 눈앞에서 그냥 굴러다니게 했다. 건드리기를 피하고 있었다. 그것이 지금 유유히 일어나서 거인처럼 다가온다. 괴로운 핑계를 대며 응대를 미루더라도 고작 하루나 이틀뿐이다.

지금 또다시 가지는 그것과 직접 관련이 있는 대전차호 작업을 마치 그것과는 상관없는, 그러나 필요한 일인 듯 핑계를 대며 응대를 미뤘다.

"두 사람 다 잠자코 땅이나 파. 지금 싸운다고 무슨 소용이겠어? 데라다도 말이 지나쳤다."

데라다는 살기를 띠며 대들었다.

"말이 지나친 것이 누군데요? 다시로가 지금 뭐라고 했습니까?"

"시끄럽다!"

가지는 호통을 쳤다.

"자기 무덤을 파면서 무엇을 위한 싸움이냐?"

"상등병님."

이하라가 히로나카에게 맞서서 비틀거리고 있는 엔치 쪽을 가리켰다.

"엔치……? 너희들, 또다시 다퉜다간 두들겨 맞을 줄 알아라. 알겠나?"

가지는 야전삽을 내던지고 히로나카 쪽으로 갔다.

가지를 본 엔치의 얼굴에 겨우 생기가 돌았다. 그러나 가지는 히로나카의 체면을 봐서 다정하게 대하지는 못했다.

"체력이 약하다고 특별 취급을 할 순 없다, 엔치. 전투 중이나 마찬가지다."

"……알고 있습니다."

"쓰러질 때까지 파……."

아니면 차라리 배짱 있게 모두가 보는 앞에서 털썩 주저앉아버리던가.

"아무도 널 도와줄 순 없다."

히로나카는 가지가 어떻게 처리하는지 보고 있다가 일단 만족하고 호에서 나갔다.

"무엇을 생각하든 이미 늦었다."

가지는 중얼거리듯이 말했다.

"……포기해."

엔치는 포기하지 않았다. 가지가 물러가자 삽을 느릿느릿 움직이면서 미무라에게 속삭였다.

"전투가 시작되면 민간 통신망도 엉망이 되겠지?"

"그러겠지. 왜?"

엔치는 대답하지 않고 붉게 물든 저녁놀을 바라보고 있었다.

이때 잠깐의 공상 속에서 그는 지칠 줄 모르는 튼튼한 다리로 야음을 틈타 탈영하고 있었다. 통신기관은 전투 때문에 혼란에 빠져 있을 테니 보잘것없는 병사 하나가 탈영했다고 해서 모든 기관에 통보될 일은 없을 것이다. 헌병이 체포하러 와도 시간이 걸린다. 엔치는 갑작스레 밤중에 집에 들어가 아내와 아이들을 흔들어 깨운다.

"내가 돌아왔어! 얼른 일어나서 준비해. 돈만 다 챙기고 다른 건 버려. 큰 도시로 가는 거야. 잘 들어. 나한테 좋은 생각이 있으니까 걱정하지

마. 전쟁으로 혼란한 틈을 타서 식료품 암시세가 껑충 뛰었어. 난 만주인한테 다리를 놓아서 식료품을 사들일 거야. 식료품 통제는 염병, 지랄하지 말라고 해. 만주인 장사꾼이 잔뜩 모아놨으니까. 이것으로 눈 깜빡할 사이에 부자가 되는 거야. 걱정하지 말라고. 나한테 맡겨둬. 그동안 고생 참 많이 시켰는데, 이젠 괜찮아. 아빠한테 맡겨. 생각하고 또 생각한 거야. 이제 오늘 밤부터는 당신한테 봉사할게. 알았지? 편하게 해줄게. 더 이상 걱정시키지 않겠어. 당신도 꽤 수척해졌네……."

미무라가 엔치의 팔을 툭 쳤다.

"멍청히 있다간 또 맞아."

엔치는 저녁놀에서 눈을 떼고 눈물을 떨어뜨렸다.

"왜 그래?"

"……아무것도 아니야."

엔치는 웃었다.

"전쟁하다 죽거나 다른 걸로 죽거나 매한가지겠지?"

미무라는 엔치가 헌병에 체포되어 총살당하는 장면을 상상하고 있다는 것을 알 턱이 없었다.

"왜 그러는데?"

엔치는 코를 훌쩍였다.

"어차피 죽을 거라면 처자식 얼굴이라도 한 번 보고 죽고 싶어."

멀리서 우레와 같은 소리가 들렸다. 사내들은 하늘을 올려다보았다. 서쪽 하늘은 석양에 물들어 있다. 머리 위에는 솜 같은 하얀 구름이 높이 떠 있었다. 맑은 날씨다. 그렇다면 우렛소리는 아닐 것이다. 그 소리는 또다시 멀리서 울렸다.

이것이 사내들이 들은 첫 포성이었다. 어딘가 멀리 떨어진 곳에서 포격전이 시작된 것이다.

## 41

어두워지고 나서 가지는 막사에 식사를 가져다 주고 왔다. 막사는 산그늘, 도히 중대의 마지막 진지로 결정된 비탈면 반대쪽에 있었다. 바로 옆에는 수풀 사이로 시냇물이 흐르고 있다. 텐트를 치고 소풍하기에는 아주 좋은 곳이다. 훈련 야영지로 써도 즐거울 것 같다. 하지만 지금은 아무도 장소가 좋고 나쁜 것조차 의식하지 못한다.

나무 사이에 1개 소대 정도의 병사들이 대열을 짓고 있었다. 이와부치가 가지를 보고 말했다.

"병기 수령하러 간다."

병참부까지 20킬로미터는 될 것이다.

"수고가 많군. 총이 있는데도 여태 주지 않았던 거야?"

"다들 갈팡질팡하고 있어! 사령부는 후퇴만 서둘렀지 지금까지 우린 까맣게 잊고 있었을 거야. 운 좋게도 적들이 오늘까지 공격하지 않았을 뿐이야!"

"맞아."

가지는 식깡을 열고 초년병에게 말했다.

"병기를 수령하러 가는 자들에겐 많이 퍼줘."

병기 수령 부대가 출발하고 나서 잠시 후 시냇물 건너편의 어둠 속에서 목소리가 들렸다.

"도히 중대는 어딘가?"

"여기다."

나카이가 위세 좋게 대답했다. 길을 잃고 헤매는 초년병이라고 생각한 것이다.

수풀을 헤치고 여섯 개의 검은 그림자가 비틀거리며 나왔다.

"히로나카 반은 어디냐?"

그중 한 명이 말했다. 그 목소리가 낯이 익어서 가지는 일어섰다.

"여기다."

그 말을 듣자 여섯 명은 거의 동시에 땅바닥에 주저앉았다.

"어이구, 피곤해 죽겠네……."

그렇게 중얼거린 것은 칭원타이에서 옥쇄한 줄 알았던 이누이 상등병이 분명했다. 가지는 서둘러 다가갔다.

"어떻게 된 겁니까? ……어두워서 보이지 않는데, 누구누구입니까?"

"나랑 아카보시 상등병, 어이, 오노데라 병장 일어나."

"다른 세 명은?"

"3대대 본부다."

쭈그려 앉아 있는 사내가 대답했다.

"칭원타이에서 왔습니까?"

"거기서 이렇게 살아서 올 수 있었겠어?"

아카보시가 초조하게 말했다.

"이야기는 나중에 해도 되잖아. 어서 밥이나 먹게 해줘."

"잔반이 남아 있을지는 모르겠지만 받아 오겠습니다. 지금 식깡을 반납하러 가는 길이니까요. 그래도 어떻게 된 건지는 알아야……."

"어이, 오노데라 병장, 얘기해줘."

이누이가 말했다. 오노데라는 땅바닥에 누워 있어서 보이지 않았다.

"할 수 없군. 뻗어버렸어. ……오노데라 병장만 칭원타이에서 도망쳐 나왔어."

"도망친 게 아니야."

오노데라가 벌떡 일어났다.

"난 전령으로 나간 거야."

"뭐, 어떻든 무슨 상관이야. 그렇게 화내지 마. 목숨을 건진 건 마찬가지니까. 우리 모두 각 중대에서 사령부로 출장을 갔는데 그때 쾅 하고 떨어졌어. 혼비백산했지. 이곳에 오다가 오노데라 병장을 우연히 만났고."

"칭원타이는 어떻게 됐습니까?"

"전멸이야."

아카보시가 물어뜯듯이 말했다.

"네가 싸고돌던 초년병들도 당했대."

"빌어먹을 놈들! 기습을 하다니……."

오노데라가 이를 갈았다.

"갑자기 포탄이 날아왔어. 벌떡 일어나서 나가 보니까 막사 앞에 포탄이 떨어지고 난리더라고. 카츄샤 탄이 쐐액 하고 불꼬리를 물고 날아오는 거야. 명령이고 나발이고 있을 게 뭐야. 엉망진창이었지. 멍청한 위병 새끼는 그제야 비상나팔을 불더군. 어떻게 진지까지 달려갔는지 몰라."

"가게야마 소위는?"

"보쥐안 산 진지에서 나보고 사령부까지 전령으로 달리라는 거야……."

가지는 어둠 속에서 오노데라의 얼굴을 확인해보고 싶었다.

"가게야마 소위가 말입니까?"

전령이 필요했다고 해도 가게야마가 직접 내보냈다는 게 납득이 가지 않았다. 오노데라는 가지의 목소리에서 그 의혹을 알아챈 듯하다.

"자릴 지키는 사람이 하나도 없었으니까 명령 계통이고 뭐고 없었어. 근처에 대대장이 있었으니까 가게야마 소위한테 말했을지도 모르고."

"……밥을 받아 오겠습니다."

가지는 몸을 움직였다.

"신고하려면 중대장님 막사는 저쪽입니다. 중대장님은 신경이 날카로워져 있으니까 눈치껏 잘하십시오."

"눈치껏 잘하라고?"

아카보시가 험악한 목소리로 말했으나 역시 지쳤는지 일어서지는 않았다. 가지는 흘려듣고 뒤돌아 걸어갔다.

가지가 잔반을 받아서 돌아왔을 때는 중대의 공기가 달라져 있었다. 우선은 칭원타이 궤멸 소식이 과장되게 전해져서 초년병들에게 공포심을 불러일으켰고, 5년병이 갑자기 들어와 분위기가 완전히 달라진 것이다.

5년병들은 초년병들에게 각반을 풀라고 하고 총을 손질하게 하고 막사에서 가장 좋은 자리를 치우라고 한 뒤 그곳에 누워 히로나카 하사와 이야기를 하고 있었다. 초년병들은 아무도 막사에 들어가지 못하고 몇몇씩 패를 지어 어두운 나무 아래 웅크리고 있었다.

가지가 볼일을 마치고 나무뿌리에 걸터앉자 이하라가 물었다.

"적이 야포로 이 진지를 쏠까요?"

"글쎄, 어떨까? 아군의 포열이 어디쯤 있는지 모르지만 그것에 따라 다르겠지. 적군이 더 잘 알고 있을 거야."

"칭원타이에서는 국경 너머에서 산 모양이 바뀔 정도로 포격을 당했다고 합니다."

"……이오지마에서는 하루에 1,000톤 이상이나 퍼부었다잖아."

가지는 손으로 가리면서 담배에 불을 붙였다.

"그래도 살아남은 병사가 있었으니까."

"동굴진지였죠? 우린 어떻게 합니까?"

"내일 건너편 비탈면에 각자가 개인호를 파고 적군이 납시기를 기다리게 되겠지."

아마도 그게 나나 너의 무덤이 될 거야. 그 말은 차마 할 수 없었다.

"넌 모처럼 그렇게 좋은 엄폐호를 만들었는데 헛수고만 했군."

"네 마누라는 지금쯤 폭신폭신한 이불 속에 있을 거야."

나카이가 끼어들었다.

"이하라 씨, 힘내세요."

"나카이의 마누라는?"

가지가 물었다. 그러자 이마니시가 불쑥 끼어들었다.

"지금쯤 다른 사내 밑에 깔려 있지 않으면 다행이지……."

나카이도 지지 않았다.

"난 그녀의 행복을 위해서 그 자식한테 부탁할 거야. 자, 어때. 한 번 더 해야지?"

"거짓말 마라."

가지는 쓴웃음을 지었다.

"상등병님의 부인은요?"

이하라가 물었다.

"아직 한 번도 이야기를 들은 적이 없습니다."

"좋은 아내지. 전쟁이 끝나면 다들 한 번 만나게 해주고 싶어."

"키가 큰가요, 작은가요?"

나카이가 물었다.

"중간키에 보기 좋게 통통해. 158센티미터쯤 될 거야. 몸무게는 50킬로그램."

"딱 좋은 사이즈네."

"이 자식이!"

가지가 웃음을 터뜨리자 모두가 따라 웃었다. 웃기는 했지만 그것이 곧바로 어둠 속으로 잦아든 것은 역시 모두가 눈앞에 다가온 죽음의 그림자로부터 자유롭지 못하기 때문이다. 장교 척후의 보고에 따르면 적과 정면으로 대치하게 되는 것은 필시 모레 이른 아침이 될 것이라고 한다.

"상등병님."

뒤에서 가지를 부르며 고이즈미가 왔다.

"엔치가 좀 이상합니다. 그런데 데라다가 자꾸 집적거려서……."

가지는 일어섰다.

"너희들은 여기 있어라. 아무도 오지 마."

가서 보니 나무 아래에 쭈그리고 앉아 있어서 얼핏 그루터기로 오인할 수도 있는 엔치가 쉰 목소리로 중얼거리고 있었다.

"넌 부모 신세를 지고 있으니까 그런 말을 할 수 있는 거야. 돈 버는 사람이 죽으면 마누라나 아이들은 어떻게 되겠어? 그나마 젊으면 또 괜찮아. 아이들을 데리고 재혼조차 하기 힘든 여자는 어떻게 하면 되냐고?"

"그게 어리석은 생각이란 거다."

데라다가 대꾸했다.

"나라가 망하느냐 마느냐는 시기에 그깟 가정이 어쩌구저쩌구. 낯살이나 먹고 그게 할 소리야? 나라가 망하면 가정이고 뭐고 아무것도 없어."

"가정을 가져본 적이 없으니까 그렇게 말하는 거야. 나라가 망해도 남편이 살아 있으면 여자는 사는 보람이 있는 것이고, 부모가 살아 있다면 아이들은 자랄 수 있어. 내가 죽으면 아내나 아이들을 누가 돌봐주지? 나라가 어떻게 돌봐줄 건데? 우린 세금을 빼앗긴 기억은 있어도 신세를 진 기억은 없으니까."

"네가 짱꼴라한테 괄시를 당하지 않고 살 수 있었던 것이 국가의 덕이 아니고 뭐겠어? 국가가 위엄을 지킬 수 있는 것은 군대 덕분이고."

"그 군대가 전쟁을 일으켰고, 그 때문에 우리 집이 엉망이 되는 것을 고마워하라고?"

"이제 그만들 해라."

가지가 끼어들었다.

"논쟁을 벌여봐야 별 수 없어."

"넌 겁쟁이야!"

데라다는 가지가 오자 더 오기가 나는 모양이다.

"비겁한 걸 이유를 붙여가며 속이려는 거야. 아내나 아이들이 걱정되는 게 아니라고. 네놈의 목숨이 아까울 뿐이지."

"겁쟁이라도 좋아."

엔치는 땅 속에서 스며 나오는 듯한 저음으로 말했다.

"겁쟁이니까 진실을 볼 수 있는 거야. 너처럼 공연히 허세를 부리는 놈이 이겼다고 떠들고 있는 동안 전쟁이 이렇게 돼버린 거잖아."

"전쟁이 불리해진 것은 국민들이 긴장하지 않아서야. 너처럼 목숨을 아까워하는 놈이 많기 때문이야."

"이제 그만해!"

가지가 말했다.

"엔치도 입 다물어라. 데라다, 넌 아무하고나 말싸움을 벌이는구나."

"저도 하고 싶어서 하는 건 아닙니다. 이렇게 중요한 시기에 개인적인 생각만 하는 놈이 있어서 그럽니다. 목숨을 아까워하는 놈이 자꾸 이유만 대고 있으니까요."

"넌 네 목숨이 아깝지 않냐?"

"아깝지 않습니다. 그런 교육은 받지 않았습니다."

"그래? 난 아깝다."

"상등병님은 그렇게 말할 줄 알았습니다."

데라다가 딱 잘라서 말했다.

"이제 곧 전투가 벌어질 테니 하고 싶은 말을 해도 되겠습니까?"

"좋아, 말해봐."

"상등병님은 제가 소령의 아들이라고 눈엣가시처럼 여겼습니다. 누구를 좋아하고 싫어하는 건 개인의 자유니까 어쩔 수 없지만, 상등병님이 비겁한 놈, 군인답지 못한 놈만 감싸고돈 것은 상등병님의 정신이 이 전쟁에 대해 충실하지 못하기 때문이 아닙니까?"

"데라다!"

고이즈미가 말리려고 했다.

"상관없다. 말하게 둬."

가지는 성냥에 불을 붙여서 데라다의 얼굴에 들이댔다.

"확실히 난 충실하지 못한 놈이다. 군인이 되고 싶지 않아서 영혼을 판 사내야. 전쟁에 협력하고 싶지 않으면서도 부지런히 전쟁을 위해 일하기도 했어. 이번 전투도 하고 싶지 않아. 피하고 싶어. 그러면서도 할 거다. 내가 소총을 쏘면 말이야, 데라다. 300미터 사정거리 안에서 4초 시한이면 다섯 발에 다섯 발 모두, 2초 시한이면 다섯 발에 세 발은 맞힐 수 있다. 알겠나? 자랑하려고 한 말은 아니다. 난 그 소총으로 아무 원한도 없는 다른 나라의 사내를 쏘고 싶지 않으면서도 쏠 것이라는 말이다. 전쟁을 좋아하는 넌 필시 서른 발을 쏴도 한 발도 맞히지 못하겠지만. ……내 정신이 충실하지 못한 것은 전쟁에 대해서가 아니라 나 자신에 대해서다."

말소리가 그치자 나무 사이의 어둠이 한층 더 짙어졌다.

"난 솔직히 말하면 너희들에게 눈가리개를 한 마차의 말 같은 교육을 시킨 놈들이 내 소총 앞에 나타나면 좋겠다고 생각하고 있다. 내가 쏘는 것에 의해 만약 이 전쟁이 끝난다면 말이다. 그러나 아쉽게도 전쟁은 끝나지도 않을 거고, 나에게는 그런 용기도 없는 것 같다. 어떠냐, 데라다. 중대장은 아직 잠자리에 들지 않았다. 가서 가지 상등병이 이런 말을 했다고 보고하고 오지 않겠나? 아니면 히로나카 하사도 괜찮고."

데라다는 어둠의 일부가 된 듯 꼼짝도 하지 않았다.

"난 네 부친을 빗대서 여러 번 뭐라고 말한 적이 있는데, 그래서 네가 감정이 상했다면 사과하겠다. 다른 예를 들어야 했을지도 몰라. 하지만 말이야, 네 부친이나 네가 다닌 학교의 선생이 너한테 한 그런 교육만은 난 긍정할 수 없다."

"그 말은…… 이 전쟁을 완전히 부정한다는 뜻입니까?"

"할 수밖에 없었다는 뜻이다."

"상등병님은 이중인격자입니다."

데라다가 중얼거렸다.

"비겁합니다. 훌륭한 상등병이 되어 우릴 교육시킨 것도 결국 자신의 일신을 지키기 위해서였다는 겁니까?"

"그렇게 생각해도 할 수 없지. 하지만 이왕이면 이렇게 생각해주면 좋겠군. 난 너희들을 대신해서 충분히 맞았는데, 그것도 그 비겁함이 없었다면 할 수 없었다고."

가지는 어둠 속에서 웃었다. 밝은 데서 보았다면 얼마나 추하게 일그러진 웃음이었을까? 하고 생각했다.

"너는 지금 하급자로서는 말하기가 무척 어려운 것을 확실하게 말했으니 나도 말하겠다."

가지는 일어섰다.

"넌 바보다."

데라다는 차가운 물을 뒤집어쓴 것처럼 움찔했다.

"넌 네 어머니가 전사한 너 때문에 흘리는 눈물이 어떤 내용을 담고 있는지 상상할 수도 없는 바보란 말이다."

두세 걸음 걸어가고 나서 다시 말했다.

"이번 전투에서 죽는 것은 개죽음이야. 너도 이제 그걸 알게 될 거다. 자기 목숨을 지키기 위해서만 싸워라. 분전해라. 겁이 나는 걸 깨닫는 순간 필시 그것이 마지막일 거다."

시냇물 쪽으로 내려갔을 때 가지의 가슴속은 텅 비어 있었다. 그가 뱉어낸 말은 모두 그의 몸, 그의 생활에서 나온 것이 틀림없었다. 그것이 지금 텅 빈 굴 속에서 메아리치는 타인의 목소리처럼 가슴 어딘가에서 울리고 있다. 어떤 이유를 어디에 갖다 붙이든 내일이면 그는 전장에 서 있을 것이다. 왜 여기까지 와버렸는지, 이것만은 아무리 이유를 갖다 붙여도 결코 납득할 수 없는 것이었다.

"……전쟁터로 가는 거죠? 그래서 만날 수 있었고요."

1년 4개월 전 새벽이었다. 그의 품속에서 아내가 속삭였다. 이별을 의미하는 무서운 말을 들었지만 그때는 아직 전장이 멀리 있었다. 포옹과 애무로 전쟁을 잊을 수 있었던 것이다. 지금, 포성은 이미 천지를 뒤흔들고 있다. 평생 잊을 수 없는 진짜 전쟁터가 되어가고 있다.

가지는 캄캄한 허공에서 사랑하던 여인을 찾으려고 했다. 미치코, 캄캄하고 무서운 밤이야. 난 지금 시냇가에 서 있어. 대답해줘. 당신은 내가 어떻게 살기를 바랐어? 여태 제멋대로 살아온 놈이 이제 와서 당신한테 답을 구하는, 그런 무책임한 날 용서해줘. 어떻게 살아야 했을까?

난 싸울까? 나와 당신은 무엇을 찾아 살았던 것일까? 난 지금 너무나 태평하게 죽음을 기다리고 있어. 난 정말 당신을 사랑했을까? 미치코, 당신은 전쟁 후에 올 것들을 정말로 믿는 거야? 전쟁 저편에 두 사람의 미래가 있다고 정말로 확신할 수 있겠어?

## *42*

 병기 수령 부대가 병참부에 도착한 것은 한밤중이 다 되어서였다. 그날 해질녘에 무차별 폭격을 당한 마을은 아직도 연기가 피어오르고 있었다. 병참부는 철수를 서두르느라 극도의 혼란에 빠져 있었다. 캄캄한 도로를 몇 대인지 모를 트럭들이 흙먼지를 일으키며 달려가고, 짐마차가 사방으로 폭주한다. 고함소리와 욕지거리, 말 울음소리가 뒤섞여 정신을 못 차릴 정도였고, 물자라는 물자는 모두 쏟아져 나와서 난잡하게 흩어져 있었다. 그 사이를 뛰어다니는 병사들은 막노동꾼들처럼 쌍욕을 해대는가 하면 술에 취한 듯 걸걸한 목소리로 서로 웃고 있는 자도 있다. 무질서한 잡음이 맞부딪치고, 목구멍이 막힐 것처럼 먼지가 자욱한 공기에 말의 땀내와 가솔린 냄새, 곰팡이가 핀 짐짝 냄새가 뒤섞여서 꼭 신경을 거친 숫돌에 가는 것 같았다.

 모두들 허둥대고 있었다. 통제력은 어디에서도 느낄 수 없었다. 이들이 조금이라도 훈련을 받은 인간들인가 의심이 들 정도로 소란스럽고 어수선했다.

 수령 부대를 인솔해온 견습 사관은 이 혼잡한 곳을 지나 병기고 앞에서 대오를 정지시킨 뒤 병기계의 책임자를 찾았다. 램프를 켠 어둑어둑한 사무실에서는 중사와 네다섯 명의 병사들이 바쁘게 짐을 꾸리고 있었다. 그러면서도 수시로 농담을 주고받는다. 견습 사관이 들어온 것을 보고도 경례를 하기는커녕 아예 모른 척한다. 수령 지휘관은 잠시 잠자코 서 있었다. 중사는 담배를 물고 불을 붙이더니 다시 짐을 꾸리기 시작하면서 담배를 문 채 곁눈질로 보며 말했다.

 "여기엔 쓸 만한 게 없습니다."

 "선임 장교는 어디에 있나?"

 견습 사관은 화를 누르면서 물었다. 오랫동안 병참부에서 근무한 중사는 산전수전 다 겪은 능구렁이 같은 사내지 싶다. 견습 장교의 계급장 따위는 개똥만도 못하게 여기는 모양이다.

 "글쎄올시다, 어디 계시나? 선임 장교의 당번병이 아니어서요. 야, 너, 알아?"

 역시 밥그릇을 꽤나 비운 것 같은 상등병에게 묻자 그 또한 사람을 개 무시하는 투로, 그러면서도 손만은 부지런히 움직이며 개인 물품을 싸면서 대답했다.

 "어디로 갔을까요? 마지막 이별이라서 오하나 양과 한 빠구리 하러 가지 않았나 모르겠네요."

 후퇴 명령을 받은 사내들은 즐거운 듯 웃었다. 견습 사관은 다시 한

번 참으며 말했다.

"중사, 그럼 미안하지만 네가 병기 인도 명령을 내려라. 우린 급하다. 동트기 전에 진지로 돌아가야 해."

"일부러 이렇게 오셨는데 송구스럽지만 저한테는 명령을 내릴 권한이 없습니다. 사령부 쪽에서 몇 날 몇 시에 이런저런 부대에 병기를 인도하라는 명령서가 오면 제 책임으로 처리할 수 있겠지만요."

"여기 작업 부대 증명서가 있다. 이걸로 편의를 봐줄 수 없겠나? 급하다니까."

"안 됩니다, 견습 사관님. 사령부 명령이 아니면요."

"그럼, 전화를 빌려줘. 사령부에 내가 직접 말할 테니까."

"전화는 거기 있습니다."

견습 사관은 전화기를 한참 덜그럭거리면서 씨름했다. 짐을 꾸리던 병사들이 킥킥 웃었다. 견습 사관은 수화기를 난폭하게 내던졌다.

"이게 왜 이러는 거야?"

"폭격 때……."

중사의 답에 병사들이 또 킥킥 웃었다.

"날아가 버렸습니다요."

"영차!"

한 병사가 큰 짐을 안아 들고 짐 모서리로 견습 사관을 툭 치고 지나갔다.

"반장님, 매점에 가서 감미품을 좀 슬쩍해다 쌀갑쇼?"

"그래, 오랜만에 참 좋은 생각이다."

"자식, 캐러멜 한 상자로 혼란한 틈을 타서 계집년 거시기를 어떻게 하려는 거지?"

"후방엔 냄비가 5만은 될 거야. 물물교환이지. 빨리 가서 가져와."

"오케이. 알았어."

그 병사는 짐 사이를 뛰어나가려고 했다. 그때 갑자기 공기를 가르는 듯한 소리가 울렸다.

"움직이지 마!"

견습 사관이 창백한 얼굴로 군도를 뽑아 든 것이었다.

"다 죽여버리겠다!"

"……그런!"

중사가 더듬거리면서 소리쳤다.

"당치도 않은!"

"이 역적 놈들!"

견습 사관은 검도를 배운 적이 있는지 허리를 틀며 난잡하게 쌓여 있는 짐들을 단칼에 베어버렸다.

"네놈들도 단칼에 베어주마! 소관의 책임으로 총은 가져가겠다!"


컴컴한 길 위에서 기다리다 지친 이와부치 상등병이 대오에서 떨어져 나와 그 일대를 둘러보고 있었다.

군량미 창고일 것이다. 대형 트럭이 서 있고, 열 명에 가까운 병사들이 부지런히 짐을 날라다 싣고 있었다. 가만 보니 후방 작전에 필요한 물자는 아닌 것 같다. 저마다 나는 저게 좋다, 나는 이게 필요하다고 착복하기에 여념이 없는 모습이다.

이와부치는 고참병인 척하며 운전대에 있는 상등병에게 물었다.

"어디까지 후퇴하나?"

운전병이 옆에 있는 동료를 보고 씩 웃었다.

"짐이 가는 데까지야."

"대대 궤짝이잖아?"

"말하자면 그렇지만 대위님 것인 셈이지. 넌 잔류 요원이냐?"

"……작업 부대야."

이와부치는 언짢은 표정으로 대답했다.

"전투 요원이지."

"불쌍도 하셔라!"

짐짝 위에서 병장이 말했다.

"거참, 안됐군."

운전병이 약간의 동정을 섞어서 말했다.

"잘 부탁해. 우린 삼십육계야."

"……아까 대위라고 했는데, 어디 갔나?"

"여자 사무원들을 피난시킨다며 트럭을 타고 먼저 출발했어."

"그 대위님이 그러더군."

짐짝 위의 병장이 실실 웃으며 말했다.

"너희들을 호위대로 먼저 출발시켜도 되지만 저쪽에 도착하면 여자들의 생리가 모두 멎어버릴지도 모른다나 어쩐다나."

"그것도 당연한 걱정이죠."

짐을 쌓던 한 병사가 말했다.

"병장님의 야간 사격은 정말 무시무시하니까요."

"대위님도 못지않으셔."

병장이 대꾸했다.

"오른손으로는 주판을 놓고, 왼손으로는 콩을 줍더군. 솜씨가 참 좋아."

병사들은 컴컴한 길 위를 분주하게 오가면서도 웃음만은 마음껏 크게 웃었다. 이와부치는 반대로 기분이 더욱 우울해졌다. 전쟁이 이렇게 엉터리라고는 오늘까지 생각조차 해본 적이 없다. 고참병이 장교나 하사관과 짜고 사적인 욕심을 채우는 것은 이따금 보고 들어온 것이기도 했지만, 일단 비상사태가 되면 '황군'은 상하가 단결하여 국난을 타개하는 데 앞장설 줄 알았다. 그러나 비상사태는 발생했건만 최전선은 이토록 혼란스럽고, 이렇게 타락해 있었다.

"꽤나 들떠 있군."

이와부치는 그래도 쓴웃음을 지으며 말했다.

"같은 군인인데 전투 부대와는 하늘과 땅 차이야."

"화내지 마셔, 훌륭하신 병사님. 자, 이거나 받으시게."

병장이 뜯지도 않은 '극광' 한 보루를 던졌다.

"정말 미안한 말이지만 이것이 인간의 운이라는 거야. 어이, 상등병. 자네가 싸우고 있을 때 사회에서는 수백만의 사내와 계집이 서로 부둥켜안고 사랑을 나누고 있어. 화내봐야 소용이 없다고. 소련군이 쳐들어온대요! 어머, 무서워라. 여보, 한 번 더 안아줘요. 고작 그럴 뿐이야."

"멋대로 하라고 해!"

이와부치의 패배다. 전쟁은 이렇게 되어먹은 것이다.

"자, 출발!"

병장이 소리쳤다.

"네 애인한테 전할 말이 있으면 전해줄게. 아니면 내가 대신 봉사해줄까?"

병사들은 트럭에 오르며 킬킬 웃었다.

"다시 한 번 하고 싶었다고 눈에 눈물이 글썽일걸? 잘 지내시게. 자포자기해서 총알에 맞지 말고."

트럭은 먼지를 일으키며 움직이기 시작했다. 운전병만이 손을 들어 인사했다.

다시로는 가와무라 상등병에게 양해를 구하고 대열에서 나와 길모퉁이에 열을 짓고 서 있는 치중차輜重車(예전에 군수품을 실어 나르던 차―옮긴이) 뒤로 가서 볼일을 보려다가 어둠 속에서 낯선 사투리로 소곤거리는 이야기 소리를 들었다.

"……반장님은 어데 가셨다냐?"

"경리부에 가서 월급 전표를 속여서 타올 기다. 머리가 좋은 사람이라 넘어져도 금방 일어나니께."

"이케 마이 쌓아서 우짠다는 거냐? 가볍게 싣고 언능 출발하는 게 안 좋겄냐."

"멍청한 놈! 대그빡 좀 써라. 이 전쟁은 말이다, 큰소릴 치는 놈이 지는 전쟁이랑께. 정직한 놈은 손핼 본단 말이여. 반장님은 물자를 민간인들한테 팔아서 돈 벌 궁리만 하고 있는겨. 반장님 혼자 단물을 쏙 빨아묵는 건 안 되지라······."

밀담은 다시로의 소변 소리에 중단되었다. 말하는 투가 고참병 같다. 다시로는 고소해하면서 시원하게 오줌을 누었다.

"야, 인마!"

모습은 보이지 않고 목소리만 들렸다.

"거기다 오줌을 갈기는 놈은 누구냐?"

"······병기를 수령하러 작업 부대에서 온 놈입니다."

"뭐? 병기 수령? 병기를 수령해서 뭐 하게?"

뭘 하냐니, 무슨 헛소리야? 다시로는 화가 치밀었다.

"우리 부대는 전투를 합니다."

상대의 목소리가 갑자기 잠잠해졌다. 다시로는 거듭 물었다.

"여기 부대는 다 후퇴해서 어디로 가는 겁니까? 후방에서 진지에 배치되는 게 아닙니까?"

희미하게 웃음소리가 났다.

"……야마다 오토조한테 물어봐라."

다시로는 눈앞이 캄캄해졌다. 자기도 물론 육군 대장인 야마다 오토조한테 직접 물어보고 싶었다. 관동군은 도대체 전투를 하는 겁니까, 하지 않는 겁니까? 전투를 한다면 일선 부대가 이런 꼴인 건 도대체 어떻게 된 겁니까? 라고.

다시로는 몰랐다. 아니, 이 어둠 속에서 사욕을 채우려고 혈안이 되어 있는 사내들도 몰랐다. '세계 최강 최대'의 관동군 고관들은 이 무렵에 이미 그들의 가족과 재산을 지키기 위해 혼란을 틈타 특별열차를 마련해서 안전지대로 도피하기 시작했고, 국경 주변에 있는 병사나 민간인들은 그들의 도피 행각을 성공시키기 위한 총알받이에 지나지 않았다.

대열로 돌아가려던 다시로는 다시 한 번 그들이 하는 소리를 들었다.

"소련군이 얼매나 강한지는 모르지만 싸움은 당신들 양 어깨에 달려 있응께."

## 43

병기 수령 부대는 새벽녘에야 지칠 대로 지쳐서 돌아왔지만 총은 도히 중대의 약 8할의 병력만 지급받을 수 있었다.

산 표면에 떠다니고 있는 우윳빛 아침 안개 속에서 병사들은 대오를 지었다. 마침내 최후의 전투 편성이다. 히로나카의 작업반으로는 칭원타이에서 도히 중위 밑으로 파견되어 옥쇄를 면한 노나카 소위가 긴장한 얼굴로 들어왔다.

"여기는 제3소대. 제3소대의 지휘는 내가 맡는다. 너희들은 칭원타이의 원수를 갚겠다는 결의로 전투에 임해야만 할 것이다."

노나카의 목소리는 가늘게 떨리고 있었다.

"분대 편성을 한다. 각 상등병은 열외."

분대는 경기관총 2개 분대, 소총 1개 분대, 육탄공격반 1개 분대, 유탄발사기 1개 분대로 편성되었다. 육탄공격반은 주로 소총을 지급받지 못한 불운한 병사들로, 겨우 한 발의 철갑폭뢰와 급조폭뢰를 들고 전투가 개시되면 적 탱크의 진로에 매복해야 한다. 불운한 분대의 분대장에는 아카보시 상등병이 임명되었다.

그렇게 결정되고 아카보시의 네모난 얼굴이 잔뜩 일그러진 것을 보았을 때 소총 분대를 장악한 가지는 더할 나위 없는 쾌감과 연민이 뒤섞인 맛을 가슴속에서 몇 번이고 음미했다. 아카보시 분대에 배치된 이하라는 가지를 향해 경직된 미소를 보냈다. 하겠습니다. 상등병님. 어쩔 수 없습니다. 군말 않고 하겠습니다. 그렇게 말하고 있는 것 같다.

도히 중위는 유탄발사기가 10정이나 온 것을 알자 손뼉을 치며 좋아했다.

"됐어! 어서 와봐. 다 날려버릴 테니까!"

최대 사거리 600미터인 이 장난감 같은 유탄발사기는 근거리에서라면 상당한 살상력을 발휘한다. 도히는 휘하의 3개 소대에서 유탄발사기 분대만을 뽑아 직접 자기가 지휘하기로 했다.

노나카 소대에 분배된 탄약은 소량이었다. 경기관총 분대에 우선적으로 분배하자 소총 분대는 초년병 한 명당 30발뿐이었다. 애초에 초년병은 탄띠에 앞쪽 탄약합을 하나밖에 갖고 있지 않아서 30발이면 꽉 찬다. 이와부치는 가지의 사격 능력을 알고 있었기 때문에 경기관총 분대의 탄약을 90발 나눠주었다. 이래서 가지는 앞쪽 탄약합 두 개 분과 뒤쪽 탄약합 한 개분으로 총 120발이 되었다. 가지가 그 탄약을 탄약합에 넣는 것을 보면서 이와부치가 진지한 얼굴로 말했다.

"부탁이네, 가지. 적 기관총 사수를 저격해줘."

그는 아직 젊다. 경험해본 적이 없는 일에 대한 공포가 솔직하게 드러나 있다.

"내가 오히려 부탁하고 싶군."

가지는 웃었다.

"내 분대의 화력이 약하다는 것은 적들도 금방 알아챌 테니까."

경기관총의 1분대장이 된 이누이 상등병은 중포라면 익숙하겠지만, 기관총의 실탄 사격을 해본 적은 없다. 그래도 전투가 벌어지면 총을 쏘고 있는 것이 마음이 편한지 자기가 직접 사수가 될 생각인 모양이다.

"마구 갈겨버릴 거니까, 초년병은 탄약 조달에 신경 써라. 어물어물 했다간 용서치 않겠다."

아카보시 상등병은 동료인 오노데라 병장이 약삭빠르게 대응해서 히로나카의 지휘반에 기어들어 간 것을 부러워했다.

"작업 부대에 배치된 게 불운이지."

자조와 분노를 섞어 말하면서 눈을 희번덕였다.

"5년이나 군대에서 뺑이친 나보고 어제오늘 굴러들어 온 놈들과 함께 땅바닥이나 기어 다니란 말이야? 염병할. 야, 초년병, 너희들도 나랑 같이 죽고 싶지는 않겠지? 나도 너희들을 살필 여유 따위는 없다. 너희들한테 이래라저래라 할 생각은 없으니까 자기 몸은 자기가 알아서 챙겨라."

아카보시의 눈은 울분을 쏟아낼 곳을 찾아 뒤룩거리며 움직이다가 가지의 얼굴에서 멈췄다.

"내가 네 초년병을 소중하게 생각하지 않는다고 불만스런 표정은 짓지 마라. 뭣하면 바꿔줄 수도 있다. 그 편을 초년병들도 좋아하겠지."

가지는 상대하지 않았다.

병사들이 각자 이야기를 나누고 있을 때 노나카 소위는 히로나카 하사에게 물었다.

"저쪽 능선까지 도로를 따라 척후를 보내야겠는데 누가 좋겠나?"

노나카는 자기 소대원의 개성이나 능력을 전혀 모르고 있었다.

히로나카는 즉각 세 명의 상등병을 떠올렸다. 이와부치와 가와무라, 가지다. 이와부치는 병기를 수령하러 갔다 와서 지쳐 있다. 가와무라는 조금 있다가 도히 중위의 지휘하에 유탄발사기 진지를 구축해야 한다. 또 5년병을 보내면 원망을 들을 것이다.

"가지 상등병이 좋을 것 같습니다."

노나카 소위는 고개를 끄덕이고 병사들 쪽으로 갔다.

"가지 상등병, 넌 병사 두 명을 데리고 척후를 나가라. 임무는 정면에 있는 능선 위에서 적의 소재를 파악하는 것이지만, 특히 도로 양쪽으로 육탄공격에 유리한 지형을 찾는 데 힘을 쏟도록. 알겠나? 시간제한은 없다. 적 동태를 파악할 때까지는 지구책을 요할 수도 있지만 어떤 상황에 처하더라도 일몰 전에는 귀대하도록."

가지에게는 이때까지도 별다른 감회가 없었다. 적이 가깝다는 것이 아직 실감나지 않기 때문일 것이다. 복창하고 병사들을 보았다.

"……데라다 ……다카스기, 2보 앞으로."

두 젊은 병사는 긴장한 얼굴로 앞으로 나왔다. 데라다는 타는 듯한 눈빛이었다. 다카스기의 시선은 흔들리고 있었다.

가지는 세부적인 주의를 주고 나서 갑자기 큰소리로 명령했다.

"탄약 장전!"

지형은 시야 가득히 한 장의 거대한 갈색 벽을 비스듬히 눕혀놓은 듯한 언덕 비탈면이다. 이쪽의 노나카 소대가 다른 중대와 경계를 이루고 있는 도로가 골짜기로 내려가고 좁은 시냇물을 건너 그 단조로운 비탈면으로 이어진다. 도로 양쪽에는 홈처럼 움푹 들어간 곳이 있고, 군데군데 덤불과 나무가 있어서 엄폐하기에 좋다. 그렇다 해도 적이 가까이 있다면 척후의 접근은 절대로 허락하지 않을 지형이다.

세 명의 척후는 도로를 따라가며 움푹 들어간 곳에서는 포복으로, 덤불과 나무그늘에서는 구보로 전진했다. 서로 대치하고 있는 두 능선의 먼 후방에서는 육안으로는 보이지 않는 적진을 향해 포격전이 시작되고 있었다. 세 사람은 능선 근처의 움푹 들어간 곳에 엎드렸다.

"잠시 휴식."

가지는 마른 입술을 핥으며 말했다.

"아군도 엄청 쏴대는군요."

데라다가 역시 허옇게 마른 입술을 움직이며 말했다.

포격전은 웅장한 교향악이다. 인명 손상만 없으면 아름답기까지 하다. 아니, 인명의 손상이 따르니까 그 비장미를 더하는 것일지도 모른다.

세 사람은 아군 진지를 돌아보았다. 필시 오늘 밤 가지를 비롯한 160여 명이 개인호를 파고 내일의 전투에 대비할 그 비탈면에는 사람의 그림자 대신 무리를 지어 피어 있는 패랭이꽃과 도라지꽃이 산 표면을 알록달록 수놓고 있었다.

"이상합니다."

데라다가 또 말했다.

"전투가 이렇게 태평한 것이었습니까? 중대는 아직 진지 배치도 끝내지 못했습니다. 어째서 공격해오지 않을까요?"

"우리 보병이 대수롭지 않은 거겠지."

가지는 흙냄새를 맡으면서 웃었다.

"우선 포격전으로 후방의 엄호를 무력화시키고 탱크가 정찰하러 나올 거다. 우리 진지에 대전차 화기가 얼마나 있는지 알아보려고 말이야."

"있긴 있습니까?"

다카스기는 파래진 입술을 움직이며 덧없는 희망을 찾았다.

"있는지 없는지 봐서 알잖아. 우리 뒤에 산포山砲가 한두 문 나와 있을 텐데 그게 다야."

가지는 데라다를 보았다.

"넌 적이 왜 바로 공격해오지 않는지 이상하다고 했는데, 난 저들에게 감탄했다. 절대로 무리하지 않는 거야. 오늘 겨우 소총을 수령한 부대를 상대하면서도 말이다. 적들은 목숨을 가벼이 여기지 않는 거지. 충분히 준비했다가 한꺼번에 공격한다. 분명히 그럴 거다. 무서운 놈들이야."

데라다는 어젯밤 가지에게 들은 말을 떠올렸다. 넌 바보다, 라고. 바보를 왜 척후로 데리고 나온 걸까? 데라다는 또 자신이 한 말도 떠올렸다. 가지 상등병님은 이중인격자다, 비겁합니다. 그렇게 말했다. 그 경우의 비겁하다는 말은 조금 다른 의미로 쓴 것이었지만, 지금 가지는 당황하는 기색조차 보이지 않았다. 이 사람은 도대체 용감하게 싸우겠다는 거야, 말겠다는 거야?

"여기서부터는 위험하다."

가지는 포복으로 전진할 자세를 취했다.

"포격전을 하는 동안 보병은 나오지 않을 거라고 생각하는데, 너희들은 내가 신호하면 나와라."

가지는 지물地物을 이용하면서 기어갔다.

한 사내가 위험 구역을 기어가고 있다. 필시 아무런 정열도 없이 말이다. 의무감도 이 경우에는 거의 작용하지 않는다. 가지는 달리 할 일이 없었다. 그렇게 생각했다기보다 그렇게 느낀 것이다. 위험에 다가갔다는 자각은 다시금 그 위험에 다가가서 확인하는 길밖에 이 경우엔 그 위험에서 벗어날 방도가 없을 것 같았다.

능선을 넘어가는 순간 갑자기 적이 나타나면 어쩌지? 첫 한 발은 가지의 총구에서 날아가 한 명의 코쟁이를 쓰러뜨릴 것이다. 다음 순간에는 가지의 몸이 자동소총의 연사로 지면에 고꾸라질 것이 틀림없다. 가지는 도대체 무엇을 하러 가는 것일까? 적군이 있다는 것을 확인한다고 무슨 도움이 된다는 걸까? 적군의 병력과 배치를 알았다고 해도 그것에 따라 아군의 응전 방법에 선택의 여지가 있단 말인가? 당치도 않다!

'무적 관동군'은 고작 몇 정의 중기관총, 10여 정의 경기관총, 몇 백 자루밖에 안 되는 소총으로 대전쟁의 목숨을 건 일전을 치르려고 한다. 모든 병력의 총동원이다. 무엇을 위해 기어가는가? 차라리 능선 위에 총을 놓고 그대로 두 손을 높이 쳐들고 적군을 향해 걸어가는 건 어떨까? 쏘지 마라. 항복한다. 백주대낮이다. 적군 쪽에서는 자신이 잘 보일 것이다. 쏘지 않을 것이다. ……결국 무서워서 찾아왔군. 언젠가 밤중에 국경을 감시하러 나갔을 때 상상 속에 나타났던 붉은 군대의 장교가 그렇게 말하면서 웃는다. 간다면 틀림없이 그런 얼굴을 한 장교가 나올 것이다. 그것은 독일이 항복했을 때였다. 이번엔 일본이 손들 차례다. 자, 털어놓아라. 네가 버리고 온 일본군의 진지 배치를. ……도로를 보고 왼쪽이 도히 중대, 칭원타이의 일부입니다. 장비는 빈약합니다. 실탄 사격 연습을 한 적도 없는 초년병이 주력입니다. 도로 오른쪽은 1개 중대라고 들었습니다. 돌출진지에 중기관총이 두 정 정도는 있을 겁니다. 대전차 화기는 아마 어디에도 없을 것입니다. ……하라쇼(좋다)! 그럼, 이제 슬슬 공격을 개시해볼까?

가지는 고개를 돌려 구름 낀 하늘 아래에서 자신이 돌아오기를 기다리고 있을 소총 분대를 보았다. 그곳에서 포탄이 작렬한다. 산의 모양이 바뀔 정도로 가공할 만한 포격이다. 지금 남겨두고 온 사내들의 생명이 흩날린다. 가지는 여기에서 그것을 보고 있다. 전우들이여, 용서해다오. 이것이 일본인의 숙명이었다고 생각하길. ……안 된다. 그래서는 절대로 안 된다.


데라다는 가지가 엎드려 있는 모습이 능선 위에서 사라질 때까지 고개를 쳐들고 보고 있었다.

"저 사람은 용감한 건지, 비겁한 건지 모르겠어."

"용감하지도 비겁하지도 않아."

다카스기는 가지가 전방으로 나갔지만 총성이 들리지 않자 안심하고 히죽히죽 웃으면서 말했다.

"자기가 대장이 되고 싶은 거야. 우리들한테 위대한 사람으로 보이고 싶어서 고참병들과 대립하는 거야. 난 그래 봐야 조금도 위대하다고는 생각하지 않으니까 저 새끼가 날 때린 거고. 나 혼자잖아, 맞은 건?"

"그땐 네가 잘못했어."

"맞아도 뭐 아무렇지 않아. 왜 나와 널 척후로 데리고 나왔는지 알아?"

"글쎄, 나도 그걸 생각하고 있었어."

"얼뜨기 같은 놈. 날이 환하니까 발각되면 끝이잖아. 어차피 죽을 거라면 별로 사이가 좋지 않은 나와 널 끌고 가겠다는 거지."

다카스기의 추리는 한쪽 면의 진상을 정확히 꿰뚫고 있는지도 모른다. 데라다는 침묵했다. 가지가 돌아오면 물어볼 생각이었다.

하늘은 점점 흐려졌다. 포격전은 구름을 부른다고 한다. 그 때문일까?

"폭우가 쏟아져서 전투가 중단되진 않으려나."

다카스기가 중얼거렸다.

"폭우가 쏟아지면 우리가 먼저 야습하면 돼."

데라다는 소령인 아버지에게서 받은 교육의 단편을 아직도 금과옥조로 삼고 있었다.

시간이 흘렀다. 구름은 그저 몰려들기만 했다. 포성은 멎었다. 밝고 기분 나쁘게 조용하다. 젊은 두 사람은 불안이 점점 심해졌다. 가지는 신호도 보내지 않고 혼자 능선을 넘어가 버렸다. 이미 사살된 건 아닐까? 가지가 사살되었다면 둘이서 정찰 임무를 완수해야 한다. 데라다는 척후 수칙을 떠올려보려고 했지만 불안이 그것을 방해했다. 임기응변의 조치를 취할 자신도 각오도 두려움에 밀려 가슴속에 자리를 잡지 못했다.

"확실히 총소리는 한 번도 나지 않았지?"

데라다가 속삭였다.

"……나지 않은 것 같은데."

다카스기의 보랏빛 입술의 움직임도 분명치가 않았다. 데라다는 용기를 내서 일어섰다.

"내가 가 보고 올게."

"기다려봐. 조금만 더 기다려보자."

다카스기는 동료를 말렸다기보다도 혼자 남게 되는 것을 피했던 것이다.

"갔다가 오히려 발각될지도 몰라."

두 사람은 지면에서 눈만 튀어나온 것처럼 능선을 살피고 있었다. 가지는 두 사람이 전혀 예상하지 못한 방향에서 땀을 뚝뚝 떨어뜨리면서 기어서 돌아왔다.

"……적군은 아직 저 안쪽에 있다. 우리한테 공격받을 염려가 없어서 그런지 태평해. 탱크는 열네댓 대 정도 되는 것 같고……."

"단지 그것뿐입니까?"

데라다가 활기를 띠었다. 열네댓 대라면 열네댓 명의 육탄공격수로 간단히 처치할 수 있다는 계산이다.

"단지라니……?"

가지는 땀범벅이 된 얼굴로 어이가 없다는 듯 웃었다.

"한 대라도 경기관총과 소총밖에 없는 1개 중대를 쉽게 전멸시킬 수 있어. ……가령 한 대에 30명의 보병이 붙는다고 하면 대략 1개 대대다. 일선 병력이니까 그 정도일 거야."

"보병 수는 파악하지 않아도 괜찮겠습니까?"

다카스기가 물었다.

"일부러 알려주려고 정렬하고 있는 건 아니니까. 네가 태연하게 모른 척하고 들어가서 알아보던가."

다카스기는 고개를 숙였다.

"탱크를 산포나 무언가로 막아주면 보병이야 옆 중대와 우리 중대가 합세해서 격퇴할 수 있겠죠?"

데라다의 표정은 아직도 희망을 담고 있었다.

"중화기의 화력에 따라 다르겠지만……."

가지의 표정은 어두워졌다. 개인호를 파서 각자의 방어 전투를 도모하는 것은 중화기가 없기 때문이다. 적 탱크 부대는 아군 진지로 쇄도하여 마구 짓밟을 것이다. 진지가 쑥밭이 될 무렵 2선에서 적군들이 벌떼처럼 밀려온다면 어떻게 될까? 정찰한 바에 따르면 적군의 대기 병력은 그 수가 어마어마한 것 같다. 공격하지 않는 것은 후속부대가 도착하기를 기다리고 있는 것이 틀림없다. 연거푸 밀려올 것이다. 도히 중위가 손뼉을 치며 기뻐한 유탄발사기가 과연 얼마나 효력을 발휘할 수 있을까? 타 중대에서도 보냈을 척후병들은 이 상황을 어떻게 판단했을까?

가지는 아군 진지의 궤멸은 단지 시간문제라고 판단했다.

"돌아가자."

가지가 무거운 목소리로 말했다.

도중에 덤불 속에 들어갔을 때 데라다가 물었다.

"상등병님은 왜 저와 다카스기를 척후로 선발한 겁니까?"

"……설명할 필요가 있을까?"

"……말씀해주셨으면 좋겠습니다."

가지는 다카스기가 힐끔힐끔 곁눈질하는 것을 알아차렸다.

"다카스기도 궁금한가? 그런 건 묻는 게 아니라고 데라다의 부친께 배우고 와라. ……난 말이다, 데라다 넌 호전적이라서 용기가 있을 거라고 판단했다. 용기가 있다면 내게 거치적거리지는 않을 테고, 용기가 없다면 넌 사기꾼이라는 말이 되겠지. 그런 놈이면 위험에 처해도 전혀 불쌍하지 않으니까……."

"그럼 왜 적이 보이는 곳까지 데리고 가서 시험해보지 않은 겁니까?"

"내가 도중에 두려워졌기 때문이다. 너도 네가 두려움에 떠는 모습을 남에게 보여주고 싶지는 않겠지?"

데라다는 희미하게 웃으며 고개를 끄덕였다.

"다카스기, 넌 어때? 이런 데 나오니까 아무리 요령이 좋아도 착한 놈은 되지 못하겠지?"

가지는 능선 쪽을 한 번 확인하고 나서 등을 구부리고 걷기 시작했다.

"날 믿지 않는 너희들과 직접 접촉할 수 있는 기회라고 생각했는데 별로 도움이 된 것 같지는 않다……."

지금은 이렇게 무사히 돌아가지만 세 사람의 마음은 역시 제각각이었다. 위기도 인간을 결속시키지는 못한다. 공통된 목적이 없기 때문이겠지. 가지는 마음속으로 그렇게 말했다.

## 44

"다른 척후병의 보고와 조금 차이가 있군."

도히 중위가 가지의 보고를 듣고 곁에 있는 노나카 소위를 돌아다보았다. 노나카는 자기 소대에서 내보낸 척후였기 때문에 표정이 굳어졌다.

"충분히 잠입해서 확인한 건가?"

충분한 잠입이란 어느 정도를 말하는 걸까? '죽음을 두려워하지 않고 적정을 살피고 돌아오는 척후병'이라는 군가의 한 구절이 가지의 머리를 스쳤다. 죽음을 두려워하지 않은 것은 아니다. 공포와 동요와 피로 때문에 진땀을 흘렸다. 그래도 자신의 눈은 틀림없다고 믿고 있다.

"그랬다고 생각합니다."

"옆 중대는 새벽에 하사관 척후병을 보냈는데……."

도히가 칫솔 수염을 만지작거리면서 말했다.

"그의 말로는 아군의 정면으로 적어도 25대의 탱크와 2개 대대의 병력이 일선에 배치되어 있다고 했다."

"병력은 확실하지 않습니다. 백주에 적에게 접근할 수 없었기 때문에 상황 판단에 근거한 추정입니다. 병력은 정면에 대략 1개 대대, 탱크는 열네댓 대가 넘지 않습니다."

아군 진지를 유린하기에는 열네댓 대도 너무 많을 지경이다!

도히는 지도를 가리키며 노나카에게 말했다.

"탱크 부대는 이 도로를 단숨에 돌파하여 후방으로 침투하려고 서두를 것이다. 여기에 중화기가 없다는 것은 공중 정찰로 이미 파악하고 있을 테니, 여기는 보병 전투가 될 공산이 크다. 육탄공격수는 이 부근에 배치하라. 날이 새기 전에 끝내도록."

그리고 나서 가지 쪽으로 얼굴을 돌렸다.

"탱크는 후방 도로에 집결해 있겠지? 이리로 올 게 틀림없으니까."

도히의 추정이 가지에게는 꽤 희망적인 것으로 느껴졌다.

"탱크는 지금 후방에 집결해 있지만 도로에는 없습니다. 그 형태로 봐서는 필시 탱크가 정면에 서고 보병이 탱크에 붙어서 공격해올 것이라 여겨집니다. 때문에 육탄공격의 효력이 반감되지 않을까……."

"네 추측 따위는 듣고 싶지 않다."

노나카가 말을 잘랐다.

"거기 두 명도 탱크를 확인했겠지?"

"이 두 사람은 능선에 남았습니다."

"왜?"

"단신으로 움직이는 것이 수월했기 때문입니다."

"상등병님은 신호를 보낼 때까지 기다리라고 했습니다."

다카스기가 말했다. 데라다는 잠자코 있었다.

"신호를 보내지 않은 건가?"

"보내지 않았습니다."

"이유는?"

"초년병은 척후 임무에 익숙하지 못하기 때문에……."

"배려심이 깊군."

노나카가 심술궂게 나왔다.

"넌 확인할 수 있는 지점까지 잠입하지 않았을 거다. 겁쟁이 같은 놈!"

그 순간 가지의 낯빛이 창백해졌다.

도히의 수염이 살짝 움직이며 웃는 듯했다.

"노나카 소위, 해질 무렵에 한 번 더 척후를 보내도록."

"그럼, 제가 이 병사들을 데리고 가겠습니다."

"뭐, 그건 그때 가서 생각하고. 어두워지면 개인호도 파야 되니까."

도히는 세 명의 척후병에게 쌀쌀맞게 말했다.

"수고했다. 돌아가도 돼."

가지는 격식대로 경례는 했지만, 노나카에게 지울 수 없는 증오를 안고 막사를 나왔다.

## 45

일몰 전 아무래도 한바탕 퍼부을 것 같은 하늘이었다. 중대는 비밀리에 움직이기 위해 저녁식사 후 적과 정면으로 대치하는 비탈면에 개인호를 파고 자리를 잡았다. 그때까지는 반대쪽 비탈면의 막사 부근에 대기하고 있었다. 남은 자유 시간은 얼마 되지 않는다. 혹은 생명의 시간이라고 해야 할지도 모르겠다.

가지는 식사를 타고 돌아오는 길에 만약 저녁식사 후 노나카 소위가 또 자신을 척후로 데리고 간다면 거부하겠다고 생각했다. 항명죄에 해당하지만 전투 전야다. 노나카도 말썽이 일어나는 것은 피하지 않겠는가. 거부하는 이유는 위험하기 때문이 아니다. 단지 노나카에게 복종하고 싶지 않을 뿐이다. 그러면서도 노나카와 단둘이 과감하게 위험 지대로 깊숙이 잠입하고 싶기도 했다. 노나카가 겁에 질려서 정상적인 판단력을 잃는 모습을 보고 싶었다. 자신도 두려운 것은 사실이지만, 심술 경쟁이라면 질 것 같지 않았다.

막사로 돌아와서 식깡 분배를 시작하려고 하자 초병이 요란스럽게 소리쳤다.

"적이다! 적이 옵니다!"

순간 병사들은 그 자리에 얼어붙었다. 혼란이 소용돌이친 것은 그때부터다. 장교들은 막사에서 뛰어나와 저마다 외쳤다. 가지는 직접 정찰하고 온 바에 따라 아직 전투는 시작되지 않을 거라고 생각하고 있었다. 노나카 소위가 낯빛이 바뀌어서 뛰어 올라가는 것을 싸늘한 시선으로 바라보고 나서 일부러 느릿느릿 분대원들을 모아 능선으로 올라갔다.

전방의 저녁 어스름 속에 웅대한 복부를 드러내고 누워 있는 비탈면에서는 탱크 석 대가 능선을 넘어 내려오고 있었다.

"공격해올까?"

이와부치가 경기관총을 겨누며 가지에게 물었다. 가지는 어지럽게 흩어져 있는 병사들을 보았다. 도히 중위는 능선을 횡으로 걷고 있었다.

"정찰일 거야."

가지가 대답하는 것과 동시에 후방 포진지에서 포를 쏘기 시작했다. 뱃속까지 울리는 듯한 강력한 포성이었지만 산포의 곡사탄도로는 이동 목표를 잡기 어려울 것이다. 처음엔 탱크의 후방만 열심히 때렸다. 탱크는 천천히 내려온다. 그러는 동안 지근탄이 집중되기 시작했다.

"잘한다!"

이와부치가 얼굴이 벌게져서 소리쳤다.

"쌍! 포병이 뭐 저 따위야!"

이누이 상등병이 중얼거렸다.

"제기랄! 나한테 카농포(포신의 길이가 구경의 30~50배에 달하는 긴 포 - 옮긴이)만 있었다면."

맹렬하게 포격을 퍼부었지만 명중탄은 나오지 않았다. 그 사이에 탱크는 갑자기 방향을 틀어 언덕을 가뿐히 올라가며 후퇴하기 시작했다. 거센 포격에 당황하여 깨끗이 공격을 단념하고 물러가는 것처럼 보이기도 했다. 포탄은 또 탱크의 후방에서만 죽어라 터졌다. 조준점을 수정하여 목표를 쫓아가려고 했을 때는 탱크들이 이미 능선 저편으로 사라진 뒤였다.

거짓말 같은, 혹은 장난 같은 일이었다. 전투 중이라는 실감은 조금도 나지 않았다. 그래도 병사들 대부분은 아군이 적극적으로 포격을 하자 강한 신뢰감을 느낀 듯하다.

그러나 고이즈미는 반대로 이번 포격으로 한 대도 박살내지 못한 것에 불안이 더 심해진 모양이다.

"저게 지금 후퇴하는 겁니까?"

가지 쪽으로 어두운 표정을 지어 보이며 물었다.

"화력을 측정하러 왔을 뿐이겠지."

"만만치 않다고 봤겠죠?"

다시로는 가지가 고개를 끄덕이기를 기대하는 듯한 눈빛이었다.

"글쎄."

가지는 능선 너머에서 착착 진행되고 있을 적의 깊고도 두터운 전투 준비를 상상했다.

"걱정하지 마. 오늘 밤엔 오지 않을 테니까."

문제는 내일이다. 누가 알겠는가, 하룻밤이 지나고 난 그날의 길흉을.

도히가 있는 곳에서 온 히로나카도 이번 격퇴로 기분이 좋아진 듯 밝은 목소리로 소리쳤다.

"각 분대는 별도의 명령이 있을 때까지 현 위치에서 대기한다. 주번 상등병……."

가지가 일어서자 히로나카가 다가왔다.

"넌 분대원들을 지휘하여 배식부터 해라."

그렇게 말하고 나서 매우 유쾌한 듯 웃었다.

"후린虎林의 아군이 이만을 넘어 시베리아로 진격했다고 한다."

"정말입니까?"

데라다가 들뜬 목소리로 물었다.

"정말이겠지! 곧 조선 방면군과 협동작전을 펼쳐서 연해주를 공략하기 시작할 거야."

"그 말이 정말일까요?"
다시로는 배식을 마쳤을 때 가지에게 물었다.
거짓말이야! 가지는 그런 표정으로 다시로를 보았다. 그런 거짓말이 어디에서 나왔을까? 지금은 거짓말이라도 믿고 싶은 사내들의 심정에서 나온 것일지도 모른다. 히로나카는 확신하고 있었다. 그리고 다시로도 그렇게 믿고 싶은 것이다. 가지는? 가지도 믿고 싶지 않았다고는 할 수 없다. 이 순간 전쟁의 국면이 대전환을 이루어서 내일로 닥친 생명의 위기로부터 벗어나기를 환상이 갈망하는 것이다. 그러나 그리 된다면 전쟁만 길어질 뿐이다. 죽음의 공포만 영원히 지속될 뿐이다. 그렇게 생각한 것은 몇 번 호흡을 가다듬고 나서였다.
"……비관도 낙관도 하지 마라. 여기에 와서 새삼 뭐가 어떻게 되든 말이다."
가지는 다시로에게 애매하게 웃어 보였다.
"난 개울에 가서 목욕이나 해야겠다."
가지는 수풀 속에 옷을 벗어던지고 물에 들어갔다. 이번이 마지막 목욕일지도 모른다. 자신의 알몸을 쓰다듬어본다. 서른이면 아직 젊다. 혹독한 훈련과 내무생활도 이겨낸 몸이다. 고된 노동도 견뎌낼 것이다. 아직은 쓸 만하다. 이제부터다. 살기를 바라고, 여자를 사랑하고 싶어

한다. 이 육체를 한 여자가 사랑했다. 지금 생각해보면 거짓말 같다. 그는 이곳에서 차디찬 물에 잠겨 내일의 죽음을 기다리고 있다. 여자는 이 땅의 끝에 살아 있다. 삶에 몸부림치고 있다. 너무 멀다. 그 사이에 있는 것은 거리가 아니라 생과 사의 경계다. 한없이 소중한, 두 번 다시 가질 수 없는 이 육체는 이제 여자의 것도 남자 자신의 것도 아니게 되어버렸다. 이 육체를 왜 진작 내 것으로 확보하지 못했을까? 불가능했을까? 그게 정말 불가능했을까? 광산을 나오기 전에도, 혹은 그 후 수많은 일들이 벌어지는 동안에도 이 육체를 내 것으로 되돌리는 것이 정말 불가능했을까? 그런 노력조차 하지 않았던 것은 아닐까?

가지는 몸이 차가워지고, 마음이 차가워지는 것을 흐르는 물에 맡겼다. 마지막 목욕이다. 마침내 사방에 깔린 저녁 어스름 속에서 보슬비가 내리기 시작했다.

"상등병님, 어디 계십니까?"

수풀 너머에서 목소리가 들렸다.

"감기 걸립니다."

"……고이즈민가?"

가지는 물속에서 웃었다.

"감기에 걸리는 것도 좋지."

내일이면 끝날 몸은 감기에 걸리든 걸리지 않든 마찬가지가 아니겠는가.

가지는 물에서 나와 땀내 나는 수건으로 몸을 닦고, 땀내 나는 옷을 입었다. 속옷만은 내일 아침에 갈아입자. 죽음을 장식한다. 일본인다운 몸가짐이다. 결국은 가지 역시 일본인일 뿐이다. 오늘 밤은 이제부터 또 개인호를 파느라 땀범벅이 될 것이다. 내일 아침에 갈아입자.

고이즈미는 수풀 밖에 그림자처럼 서 있었다.

"할 말 있어?"

"아니요."

덧없는 그림자의 웃음이다.

"내일이 두렵나?"

"……두렵습니다. 제 자신이 그때 어떻게 될지 모르겠습니다. 사흘 동안 단념해보려고도 노력했습니다만……."

"신혼이었지?"

"그렇습니다."

"아내는 미인인가?"

"……그렇다고 생각합니다, 저는."

고이즈미는 또 그림자처럼 웃었다.

"토요일 밤에는 늘 아이처럼 들떠 있었습니다. 유행가 따위를 부르며……. 그러다 가끔씩 박자가 어긋나곤 했죠. 제가 웃으면 일부러 입술을 깨물고 화난 표정을 짓습니다. 제가 그 표정을 보고 또 웃는다는 걸 알고 있으니까요……."

"……살 수 있어."

가지가 뜬금없이 말했다.

"죽을 순 없잖아?"

해가 지는 산기슭의 어딘지 모를 한 곳을 가지는 물끄러미 바라보고 있었다.

"포기하기엔 아직 일러."

"……그럴까요?"

"어쩌면 유심론적으로 들릴지도 모르지만, 내일 전투가 벌어지면 살아남을 방법은 포기하지 않고 살려고 하는 마음에 기대는 것밖에 없다고 생각해."

다시로가 뛰어 내려오는 것이 보였다.

"상등병님, 빨리 와보십시오."

다시로는 흥분해 있었다.

"위에서 고참병들이 매점 물건을 마음대로 분배하고 있습니다."

"매점 물건이 배급된 거야?"

"오노데라 병장님이 가지러 간 것입니다. 고참병들이 자기들만 마음대로 나누려고 하고 있습니다. 오늘만은 평소와는 다릅니다! 그렇지 않습니까, 상등병님?"

가지가 서둘러 올라가 보니 초년병들이 모여 하나같이 거칠어진 마음을 억누르느라 애쓰면서 한곳을 노려보고 있었다. 그곳에선 고참병 여섯 명이 휴대 천막을 펴놓고 감미품과 담배를 몇 개의 더미로 나누고 있었다. 초년병들은 가지를 보자 일제히 무언가 말하고 싶어 하는 뜨거운 눈빛을 움직였다.

어떻게 이런 일이 있을 수 있습니까? 오늘은 마지막 날입니다! 다른 때와는 다릅니다!

가지는 잠자코 천막 쪽으로 걸어갔다. 분배에 익숙해진 눈으로 재빨리 더미 수를 파악하고 나서 처음엔 부드럽게 말했다.

"감미품과 술이 나왔나 봅니다?"

못마땅하다는 표정이 이누이의 얼굴에 스친 것을 가지는 놓치지 않았다. 다른 다섯 명도 고개는 들지 않았지만 손놀림이 둔해진 것은 가지가 어떻게 나오는지 기다리고 있기 때문이리라.

"거기에 있는 배급품 더미는 어디에 줄 겁니까?"

"장교들이다."

아카보시가 대답했다.

"거기는요?"

"하사관이다."

오노데라가 동의를 구하듯 동료들을 보았다.

"그럼, 이쪽이 병사들 것입니까? 크기가 별로 차이가 없네요. 하사관은 9중대가 두 명, 10중대가 두 명, 11중대가 한 명, 그리고 어제 온 을종 간부후보생 하사가 한 명뿐입니다. 장교는 중대장님 이하 네 명입니다."

"그래서 어쨌단 말이냐?"

아카보시의 눈빛은 이미 험악해져 있었다.

배급품은 전투가 벌어지기 전날 밤에 병사들의 노고를 위로하기 위해서인지, 아니면 매점이 철수할 때 짐을 줄이기 위해서인지는 몰라도 평소와 달리 종류가 많고 병사들이 좋아할 만한 것들뿐이었다. 건빵만은 한 사람에 두 봉지씩 공평하게 배분되어 있었지만 감미품이나 담배는 언뜻 보기에도 확실히 이상하게 나눠져 있었다.

군대에서는 노골적으로 삥땅치는 것이 상습화된 일이다. 우선 매점이나 취사계가 삥땅을 친다. 장교나 하사관에게도 인사치례 겸 아부의 명목으로 많이 배분된다. 그러고 나서 고참병이 연차에 따라 '떼어먹기'를 주저하지 않는다. 연차가 낮은 자가 나머지를 나눠 갖는다는 순서다.

아카보시를 비롯한 고참병들은 지금 그 관례를 따랐을 뿐이다. 특히 아카보시는 육탄공격반의 분대장으로서 내일 폭뢰를 안고 죽을 몸이다. 고참병의 보잘것없는 특권을 행사하는 데 뭐가 나쁘단 말인가? 5년 동안이나 충성을 다했는데, 그 마지막 날을 맞아 고작 이 따위 것이 어쨌다는 말인가?

"하사관 쪽에는 우리 5년병들의 몫도 넣었다. 그것이 못마땅하다는 건가?"

"오늘 처음 있는 일도 아니잖아?"

대대본부에서 무사히 도망쳐 나온 5년병 중 하나가 가세했다.

"너도 상등병이면서 군대의 요령이란 걸 모르지는 않을 텐데? 고참병들을 더 이상 쪽팔리게 하지 마라."

고참병들은 큰 소리로 웃었다. 쪽팔린 것을 감추기 위해서였겠지만 듣는 쪽에서는 비웃음처럼 들렸다.

그 웃음소리를 초년병들도 들었을 것이다. 가지는 등 뒤에서 울며 겨자 먹기로 계속 참고만 있는 초년병들을 의식했다. 그들을 의식하지 않았다면 그냥 눈감아줬을지도 모르는 일이다. 하지만 지금 눈감아준다면 가지는 결국 이도 저도 아닌 입장에 서게 될 것이다. 그렇다고 계속 따지고 들었다간 사태는 살기를 띠게 될 것이 틀림없다. 의외의 방향에서 전투와는 다른 위기가 닥치려고 하고 있었다.

"……다시 나눠주십시오."

가지가 쉰 목소리로 말했다.

"공평하지 않은 것 같습니다."

"어쨌다고?"

아카보시가 일어나서 배급품을 넘어왔다.

"이 정도면 됐잖아, 가지."

이누이가 머쓱한 웃음을 지었다.

"고작 감미품 갖고 뭘 그래? 우리한테 맡겨둬."

"맡길 수가 없습니다, 오늘만은."

"맡길 수 없다면 어쩌겠다는 거야?"

아카보시는 오노데라가 말리려는 것보다 빨리 가지의 멱살을 잡고 끌어당겼다.

"언젠가 날 찌르겠다고 했지? 건방진 놈! 한번 해볼까?"

가지는 아카보시의 손을 비틀어 떼었지만 아직 싸울 결심은 서지 않았다. 그때 아카보시가 멱살에서 풀린 손으로 가지의 따귀를 때렸다. 아카보시에게는 내무반에서 큰 소동이 일어났을 때 대검으로 당한 원한이 남아 있다. 아카보시는 아카보시대로 그때의 원한을 풀고 싶었던 것이다.

"다시 한 번 건방진 소릴 지껄여보시지!"

이번엔 손바닥이 반대쪽으로 날아왔다.

"일대일로 해보자며?"

"어떻게 된 거야, 가지? 한번 붙어봐!"

이누이가 꺼림칙함을 감추며 일부러 한술 더 떴다.

"초년병들이 보고 있잖아?"

"네 체면이 말이 아닐 텐데?"

이래도 참을 거냐? 이래도 가만히 있을 거야? 라는 식으로 손바닥이 왕복했다.

이때까지는 아직 5년병과 2년병의 차이가 분명했다. 가지는 확실히 기가 죽었던 것이다. 넌 배알도 없느냐고 비웃는 것 같아 좌우를 돌아보니 군데군데 모여서 지켜보고 있는 초년병들이 눈에 비쳤다. 그런데 고참병의 폭력 앞에 무릎을 꿇던 평소 초년병들의 시선이 아니었다. 그들의 시선에는 이글이글 타는 무언가가 있었다.

가지는 세 번째 구타를 무의식적으로 막았다. 주변에 있는 고참병들의 거무튀튀한 얼굴과 그 너머에서 이쪽으로 다가오는 노나카 소위와 히로나카 하사를 보고 가지는 갑자기 투지가 끓어오르는 것을 느꼈다.

불합리함의 화신들이 지금 뜻하지 않게 눈앞에 집결하고 있었다. 눈앞의 사내들만이 특별히 미운 것은 아니다. 증오는 가지가 군에 들어온 순간부터 커온 것이다. 핍박당한 수백 일의 기억이 한 순간에 끓어올랐다.

이번 기회를 복수의 기회로 예정하고 있었던 것은 아니다. 하지만 언젠가는 이런 날이 올 줄 알았다. 그 기회가 갑자기 온 것이다. 그리고 순식간에 가 버릴 것이다. 이제 내일 이후는 절대로 오지 않을 것이다. 절대로! 원한도 의분도 모두 한데 엉켜 한꺼번에 해결되기를 원하는 것 같다. 끓어오르는 핏속에서 그것이 요동친다. 오랫동안 쌓여온 굴욕과 분노가, 그 한숨과 슬픔이, 현기증이 일 정도로 치밀어 오른다.

이번이 무언가를 할 마지막 기회는 아닐까? 어쨌든 무언가를! 지금까지는 할 수 없었던 무언가를 말이다!

가지는 순간적으로 배급품 더미를 발로 차서 무너뜨렸다.

"주번 상등병은 나다! 내가 분배한다."

가지의 그 다음 행동은 고참병들의 의표를 찌르는 것이었다.

"아카보시 상등병, 난 반드시 청산하겠다고 했다. 기억하고 있나? 그 날 이후 시간이 꽤 흘러서 나도 조금은 영리해졌다. 다른 방법으로 청산해주겠다."

가지는 돌아서서 소리쳤다.

"초년병, 감미품을 분배한다. 구보로 집합!"

극히 짧은 순간 가지는 참을 수 없는 불안을 느꼈다. 단단히 마음먹고 집합을 걸어도 만약 초년병들이 생각한 대로 모이지 않는다면 가지는 그 순간 참패하는 것이다. 모든 것이 그 한 순간에 달렸다.

올까? 후환이 두려워서 오지 않는 것은 아닐까?

가지의 걱정은 기우에 지나지 않았다. 초년병들은 기다리고 있었다. 평소부터 쌓여 있던 불만이 폭발할 곳을 찾고 있었다. 단 한 번의 계기, 구령만 있으면 되었던 것이다. 초년병들은 겨우 두세 명만 제외하고 한꺼번에 우르르 몰려들었다. 가지와는 낯이 선 경기관총반과 유탄발사기반의 초년병까지 땅을 울리며 뛰어왔다. 분노의 두꺼운 벽이 등 뒤에 생겼을 때 가지는 고참병들 쪽으로 돌아섰다.

"내일이면 모두 죽을 것이다. 죽을 때 계급이나 연차의 차이가 무슨 소용이냐? 여기는 전쟁터다. 내무반과는 달라. 당신들은 특권의식을 휘두르며 그동안 하고 싶은 대로 하며 살았다. 내일을 앞두고 이제는 더 이상 그 따위 짓거리는 통하지 않으니 단단히 명심해두는 게 좋을 것이다."

사태가 급변하자 오노데라가 당황해서 말했다.

"가지 상등병······."

"닥치고 들어! 오노데라 병장, 난 당신이 먹여준 실내화의 맛을 잊지 않고 있다. 나를 비롯해 초년병들은 모두 당신들에게 너무나 많은 신세를 졌다. 초년병들의 얼굴을 똑똑히 봐라! 모두들 인사를 드리고 싶다는 얼굴일 것이다. 확실히 말하면 적보다 당신들을 더 증오하고 있다. 내일 전투가 벌어지면 앞뒤로 적이 있다고 생각해라. 물론 옆에도 있다. 당신들 5년병 신주님께서는 고립된 것이다. 알겠나? 당신들이 무엇을 부탁하든 초년병들은 이제 꿈쩍도 하지 않을 것이다. 이런 걸 두고 자업자득이라고 한다. 단념해라."

"가지, 뭐라고 지껄이는 거야?"

노나카 소위와 함께 온 히로나카가 옆에서 말했다.

"이게 지금 무슨 상황이지?"

"모른 척 놔두십시오."

가지는 말만은 공손하게 했다.

"어차피 한번은 짚고 넘어가야 할 문제입니다."

"이 새끼가 다수의 힘을 등에 업고……."

아카보시는 창백해져 있던 얼굴이 벌게져서 말했다. 가지의 기세에 눌려 잠자코 있던 고참병들은 하사관의 응원을 받자 기운이 생긴 모양이다.

"겁쟁이 초년병들이 뭘 할 수 있다는 거냐? 어디 한 번 해봐!"

"할 수 있다!"

초년병들 중에서 한 명이 으르렁거리듯 말했다. 다시로의 목소리다. 동시에 철컥 하고 노리쇠를 당기는 소리가 났다.

"어차피 내일이면 죽을 텐데 상대가 고참병이라고 겁낼 줄 아냐?"

"나도 안 무섭다!"

다른 한 명이 말하며 노골적으로 총구를 내밀었다. 평소에는 익살스러운 농담을 잘하는 나카이다.

"우리 분대장이 쏘라고 하면 상대가 누구든 쏴버릴 테다!"

얍 하고 소리가 나지 않는 신음 소리 같은 기세가 집단을 뒤덮었다. 노리쇠를 조작하는 기분 나쁜 소리가 철컥, 철컥 이어졌다.

"초년병도 총을 멋으로 갖고 있는 건 아니다."

얌전한 이하라까지 총구를 들이대며 말했다.

"초년병이라고 무시하지 마라!"

초년병들 사이에서 성난 목소리가 소리쳤다.

"참고 있다고 깔보지 마라!"

"한 방 먹여줄까?"

"하겠다고 마음만 먹으면 뭐든지 할 수 있다!"

"초년병!"

히로나카가 창백해져서 소리쳤다.

"해산해라! 해산! 너희들이 하는 짓은 반란이다! 군법회의에서 사형감이다!"

이 한마디에는 아직도 이상한 힘이 있었던 모양이다. 초년병들에게 순간 불안이 엄습했다.

"초년병들은 안심해라!"

가지가 재빨리 소리쳤다.

"군법회의 따위는 없다! 너희들을 처벌할 수 있는 놈은 한 명도 없다! 내일 전투는 누가 한단 말이냐?"

"가지!"

노나카 소위가 굳은 표정으로 소리쳤다.

"적군을 앞에 두고 초년병들을 선동하다니 도대체 무슨 짓이냐? 즉각 해산시켜라! 그렇지 않으면 넌 총살이다!"

"겁나지 않습니다, 소위님."

가지가 뻗대며 말했다.

"공연히 나서서 문제를 크게 만들지 않는 게 현명합니다! 우리가 수습할 수 있도록 맡겨주십시오."

노나카는 반격을 받고 물러서려야 물러설 수가 없게 되었다.

"히로나카! 저놈을 체포해!"

"답답한 양반이군!"

가지는 투지를 불태우며 소리쳤다.

"체포할 수 있을까?"

한 걸음 내디딘 히로나카의 한쪽 발이 얼어붙은 것은 가지의 기세에 겁을 먹었다기보다도 어떻게 움직일지 모르는 초년병들의 섬뜩한 위세에 눌렸던 것이다. 노나카는 체면을 유지하기 위해서는 허리에 차고 있는 권총을 뺄 필요가 있었다. 그 손이 떨리면서 허리로 가는 것을 보자 가지는 한달음에 초년병들에게로 뛰어가서 한 사람의 총을 빼앗아 들었다.

이제는 마지막 순간이다. 이거야말로 돌이킬 수 없는 결정적인 순간이 아닌가. 예상한 것은 아니었지만 이렇게 되고 말았다.

"초년병들아 책임은 내가 진다! 총을 들어!"

수십 명의 사내들이 다리와 팔, 총을 일제히 움직였다. 순식간에 노예의 집단은 당장이라도 불을 뿜을 것 같은 총구의 병풍이 되었다.

"안전장치를 풀어라."

만약을 대비해 가지가 조용히 말한 목소리가 고요한 수면에 떨어진 물방울 소리 같았다.

가지는 노나카의 손을 지켜보고 있었다. 노나카의 손은 권총집 앞에서 멈춘 채 꼼짝도 하지 않았다.

"날 체포해서 어쩌겠다는 거냐?"

가지는 펄쩍 뛰어오르고 싶은 기쁨에 들뜬 목소리를 억누르며 말했다.

"소총의 주력은 초년병이다. 난 초년병의 정신적인 기둥이자 어머니다. 나를 대신해서 고참병 그 누구도 할 수 없는 일이다. ……난 고참병들에게 할 말이 있을 뿐이다."

"그렇다!"

다시로가 말을 이었다.

"고참병들이 멋대로 해서 그래. 오늘 밤은 다른 때와 다르단 말이야!"

"이건 반란이 아닙니다!"

고이즈미가 의외로 강한 어조로 말했다.

"고참병들이 평소의 잘못을 가지 상등병님 앞에서 사과하면 됩니다!"

"……가지 상등병."

오노데라가 떨리는 목소리로 말했다.

"내일 전투니까 모두가 합심해서 싸워야만 하네. 그러니 너무 정색하지 마. 그래, 우리도 잘못했을지 모르지만……."

"잘못했을지 모르지만이 아니지. 잘못한 거야!"

초년병들 사이에서 성난 목소리가 날아왔다.

"뭐야! 금붕어처럼 아가리만 빼끔거리고."

"사과해라!"

"사과하란 말이다!"

오노데라는 필사적으로 말을 이었다.

"……어차피 모두가 함께 죽을 게 아닌가? 응? 그럴 거야. 초년병들도 그걸 생각해주게. 우리끼리 이럴 때가 아니야. 안 그래? 남자답게 지난 일은 다 물에 떠내려 보내자고."

"난 싫어."

가지는 냉정하게 쏘아붙였다.

"초년병들도 그럴 거야."

"너무 뻔뻔하다!"

나카이가 말했다.

"이제 와서 뭐 하는 짓이야?"

다시로가 내뱉었다.

"들었지?"

가지가 다시 말을 이었다.

"부끄럽지도 않나? 관동군 5년병님께서 말이야! 초년병들은 잘 봐둬라. 잘난 척하던 놈들의 말로가 어떤지! 늘 시달리기만 하던 우리라 한 번 화가 나면 쉽게 풀리지는 않을 거다. 물에 떠내려 보내자느니, 남자답다느니, 그딴 개소리는 통하지 않아. 따귀를 후려갈기고 우리 것까지

뻥땅을 쳐놓고도 합심해서 싸우자고? 무슨 뻔뻔한 소리야? 어차피 내일이면 다 죽을 테니 미련이나 남지 않도록 끝까지 해볼 테다. 어중간하게 해결볼 생각은 추호도 없다."

"어떡하면 되겠나? 가지……."

오노데라가 중얼거렸다. 그 말투로 보아 소동은 이쯤에서 마무리하는 게 좋을지도 모른다.

"당신은 선임 병장이다. 이 소동은 당신들 책임이니까, 장교 및 하사관과 우리 사이에 뒤탈이 생기지 않도록 책임을 져라. 이것이 하나다. 또 하나는 당신들이 지금까지 저질렀던 숱한 비행을 다 인정하는 것이다. 어떤가, 아카보시 상등병? 당신 말대로 남자답게 인정하는 것이 어때?"

아카보시는 흙빛이 되어 불안한 눈빛으로 동료들을 보았다. 분통이 터져서 어쩔 줄 모르는 모습이었지만 승부는 이미 결정 난 것이나 다름없었다.

가지가 마지막으로 일갈했다.

"인정할 거야, 안 할 거야?"

오노데라가 어쩔 수 없이 중얼거렸다.

"인정한다……."

"그것뿐인가?"

초년병들 사이에서 누군가가 소리쳤다.

"꼴좋다!"

"가지."

노나카 소위를 호위하는 듯한 자세로 한쪽으로 물러나 있던 히로나카가 불렀다.

"초년병들을 해산시켜라. 너에게 할 말이 있다. 중대장님 막사로 와."

"소위님을 먼저 저리로 모시고 가 주십시오. 병사들 싸움에 장교가 참견하니까 사태가 커지는 겁니다."

가지의 목소리는 또 다른 증오로 타오르고 있었다.

"어차피 저 사람은 날 척후로 데리고 가서 죽여버리고 싶겠지만……난 안 갑니다. 난 초년병들과 행동을 같이할 겁니다."

가지는 초년병들 쪽으로 돌아섰다.

"아무나 네댓 명 나와서 이것들을 분배해줘라. 장교나 하사관, 병사의 구별 없이 머릿수대로 똑같이 나눠줘. 다른 사람들은 나와 저리로 가자. ……세워총!"

소동은 끝났다. 초년병들은 가지를 에워싸고 어두워진 나무 아래로 들어갔다. 누구나 흥분 뒤에 찾아오는 어색한 침묵에 빠져 있었다.

가지는 아직 마음속 흥분이 가라앉지 않았다. 자신이 무슨 짓을 했는지, 아직도 정확하게 판단할 수는 없었지만 무언가를 일단락 지었다는 느낌은 있었다.

가랑비가 계속 내리면서 산 표면과 사람들을 시나브로 적시고 있었다.

가지는 중대장에게 불려갈 것을 각오하고 있었다. 하지만 이번에는 확실하게 거부할 생각이었다. 거부하면 필시 고참병들 몇 명이 무장을 하고 체포하러 올 것이다. 방금 전의 소동과 그 승리는 말하자면 자연 발생적인 것이었다. 격정이 식어버린 후에 또다시 초년병들의 엄호를 받을 수는 없을지도 모른다. 그렇게 된다면 의지할 것은 하나밖에 없다. 가지는 실탄을 장전한 총을 손에서 놓지 않았다.

어두워졌다. 시간 위에 비가 부슬부슬 내리고 있다. 중대장의 호출은 없었다.

근처 어둠 속에서 히로나카의 목소리가 들렸다.

"3소대, 각 분대장은 분대를 정위치에 배치하라."

## *46*

사내들은 젖은 산에 구덩이를 팠다. 깊이는 각자의 가슴 높이 정도, 넓이는 밑바닥에 웅크리고 앉을 만한 정도. 이것이 내일 있을 전투에서 개개인을 보호할 요새이고, 그대로 무덤도 겸하고 있다.

흙은 바위와 돌을 숨기고 있어서 단단했다. 어둠 속에서 야전삽이 돌에 부딪힐 때마다 날카로운 소리가 나고, 그 뒤를 이어 사내들의 투덜대는 중얼거림이 빠지지 않고 들렸다. 사내들은 지난 나흘 동안의 연이은 이동과 작업으로 이 마지막 구덩이를 팔 때는 지칠 대로 지쳐 있었다. 구덩이를 파는 기분도 남달랐다. 내일 전투가 끝나고 이 구덩이에서 나올 수 있는 자가 얼마나 될까?

사내들은 운명 위에서 춤추고 있는 자신들이 지금 얼마나 비참하고 우스꽝스러운 짓을 하고 있는지 모른다. 앞으로 이틀 밤과 이틀 낮, 그리고 몇 시간 후면 전 세계의 절반을 뒤덮고 있는 전쟁은 끝날 것이다. 이 산에서 사내들이 죽음의 구덩이를 파고 있을 때 동쪽의 섬나라 지도자들은 패배자의 체면을 어떻게 유지하고 천황폐하의 안위를 어떻게 도모할 수 있느냐는 문제로 항복을 질질 미루고 있었다.

사내들 대부분은 아직도 전쟁이 계속될 것이라고 믿고 있었다. 이 산에서 그들이 죽는 것은 후방에서 전쟁 준비를 착실하게 할 수 있도록 돕는 것이라고.

가지는 분대를 부채꼴로 펼치고 그 한가운데에 자신의 구덩이를 팠다. 도히 중위가 호출하거나 체포하려고 사람들을 보내지 않는 것이 이상했다. 분대의 전투 준비가 완료될 때까지 자신을 부려먹으려는 속셈은 아닐까?

가지는 옆에 우비를 깔고 그 위에 올려놓은 총에 계속 신경 쓰면서 호를 팠다. 소대의 질서는 그 한 순간에 완전히 뒤집혀버렸다. 가지는 말하자면 최대 다수의 대표자로 자신을 내세운 것이나 다름없었다. 하지만 아직 사후처리는 아무것도 하지 않았다. 애당초 지배권을 장악하려고 했던 것은 아니다. 인간 독립의 최소한도가, 혹은 인간 자체의 최소한도가 이 비인간적인 질서 위에서 인정받을 수만 있다면 그것으로 만족이었다. 그것만으로는 실질적인 것이 따르지 않는, 거의 무의미에 가까운 것인지는 아직 생각하지 않았다. 이것으로 개인적인 용기를 집단의 힘과 결합하면 어떤 조건하에서는 뭔가를 할 수 있다는 것을 실증한 데 지나지 않는다. 그 가능성 위에서 무언가 새롭게 행동을 일으킬 필요가 있다고 생각하기 시작한 것은 자신의 무덤을 다 파고 난 다음이었다.

흙을 파내고 한숨 돌리고 있는데, 어둠 속에서 오노데라의 조심스러운 목소리가 다가왔다.

"가지…… 가지 상등병……."

가지는 총을 들고 기다렸다. 오노데라는 가지의 대답이 없자 초년병에게 물어물어 찾아온 모양이다. 총구를 겨누고 있는 것을 알자 하마터면 엉덩방아를 찧을 뻔하며 놀라는 모습이 가지에게도 느껴졌다.

"무슨 일입니까?"

"잠깐…… 잠깐만."

오노데라에게는 좀 진의 협박이 꽤나 위협적이었던 모양이다. 가지는 상대에게 자신을 해칠 의사가 없다는 것을 알자 총구를 내렸다.

"얘기를 하고 싶어서…… 왔어."

"무슨 얘기입니까?"

"……너 오늘 척후로 나갔었지? 어땠어? 사실대로 말해줘."

"중대장님께 보고했습니다."

가지의 쌀쌀맞은 말투도 신경이 쓰이는지 오노데라는 매달리듯 말했다.

"이길 것 같아? 응? 어떻게 생각해?"

"……당신은 어떻게 생각합니까?"

"우린 대빌 하고 있으니까…… 적이 오기를 기다리고 있으니까 이기겠지? 칭원타이처럼 당하지는 않겠지? 그렇겠지?"

국경의 칭원타이 진지에서 새벽 단꿈이 포성에 산산이 부서져버린 이 사내는 이곳에 와서도 또 전투를 앞두고는 얼이 반은 빠진 것처럼 보였다.

"넌 척후로 적군을 보고 왔으니까 알겠지?"

"잘 안 될 거라고 해도 어쩔 수 없지 않습니까?"

가지가 그렇게 말하자 오노데라가 또다시 매달리듯 말했다.

"잘 안 될 거라니 진다는 거야?"

"도히 중위나 노나카 소위는 이길 작정인 것 같은데……."

가지는 비꼬듯 말했다.

"난 장교란 놈들을 믿지 않습니다. ……전투가 벌어지기 전날에 자중지란이나 일으키고 화력도 변변치 못한 부대가 어떻게 이기겠습니까?"

"……아까 얘기는 그만하지."

기어들어 가는 듯한 목소리다. 가지는 웃었다. 선임 병장의 신세도 참 처량하게 됐다.

"마음이 약해졌군요. 아까 얘길 할 생각은 없지만. ……그러나 노나카 소위는 날 처벌할 생각이겠죠?"

"그렇지 않아. 카이사르 소위한테 우리가 오히려 혼났어. 노나카 소위는 아카보시를 데리고 도로 쪽으로 정찰하러 나갔어."

가지는 갑자기 온몸에서 맥이 풀리는 것을 느꼈다. 그러나 오노데라는 가지의 다음 말에 온몸의 뼈가 다 빠져나가는 것 같았다.

"……내가 정찰한 바에 따르면 전멸은 시간문제입니다. 특별히 강력한 화포가 오늘 밤 안에 우리 진지에 배치되지 않으면 말이죠."

"그럼……."

오노데라가 넋이 나간 듯 중얼거렸다.

"어떻게 하지?"

"각자가 어떤 방법으로 목숨을 건지느냐가 문제겠지요."

가지는 땀과 가랑비로 젖은 얼굴을 군복 소매로 닦았다. 소매도 푹 젖어 있었다.

"소총 분대, 호를 다 판 자는 나한테 와라."

어둠 속에서 검은 그림자가 하나둘 나타났다. 반대로 오노데라는 휘청거리며 사라졌다.

"이것이 마지막이라고 생각해서 하는 말인데……."

가지는 주위에 모인 몇 명의 사내들에게 말했다.

"내가 바라고 있는 것에 대해 말해두겠다. 내일 전투가 벌어지면 명령도 구령도 엉망이 될 것이다. 너희들은 스스로 알아서 해야 한다. 내가 말하고 싶은 것은 두 가지뿐이다. 겁쟁이가 되지 마라. 아무리 겁을 내도 올 것은 오는 법이니까. 겁에 질리면 정말로 비참해진다. 이것이 하나. 또 하나는 절대로 포기하지 마라. 승패를 말하는 것이 아니다. 너희들 자신이다. 포기하지 마라. 총알이 비 오듯 쏟아지는데 맞서 싸우라고 하지는 않을 테니까. 위험하다 싶으면 구덩이 속에 틀어박혀서 집안일이나 생각하고 있어라. 여자 생각을 해도 된다. 난 그렇게 할 작정이다."

누군가가 웃었다. 그 웃음이 잔잔하게 모두에게 번졌다.

"마누라가 있는 놈들은 안됐어."

나카이가 말했다.

"마지막 밤이라 정말로 하고 싶을 텐데."

"너도 그렇지?"

가지가 대꾸했다.

"팬티 속 그녀는 데리고 왔나?"

"물론입니다."

"좋다. 끌어안고 자라. 해산이다. 우비를 입고 구덩이 속에서 자라. 보초는 필요 없다. 내가 일어나 있을 테니까."

가지는 아직 도히나 노나카에 대한 경계를 완전히 풀지는 않았다.

초년병들이 가고 난 뒤에 엔치가 마치 체중이 다 빠져나간 것처럼 발소리도 없이 다가왔다.

"상등병님, 제 자리를 바꿔주십시오."

말은 분명했지만 말투가 좀 이상했다. 뭔가를 골똘히 생각하며 얼이 빠져 있다.

"파다 보니까 흰 천 쪼가리가 나왔습니다. ……분명히 저건 무덤입니다. 께름칙해 죽겠습니다."

"이런 곳에 무덤이 있을 리가 없다. 네가 착각한 거야."

"아니요, 확실히 무덤입니다."

"그 흰 천이라는 걸 좀 보자."

"께름칙해서 버렸습니다."

"뼈라도 있었나?"

"어두워서 모르겠습니다. 분명히 뼈가 여기저기 흩어져 있을 겁니다."

"무덤이 아니래도. 이런 산속에 무덤 같은 게 왜 있겠어?"

"무덤입니다. 께름칙해서 미치겠습니다. 상등병님 바꿔주십시오. 제발, 부탁드립니다."

개인호는 5미터에서 10미터의 거리와 간격으로 각자의 자리를 정해주었다. 자리를 바꾸면 그 거리나 간격 중에서 어느 하나는 좁아지게 된다. 포격 상황에서는 그 편이 더 진짜 무덤이 될 가능성이 크다.

가지는 엔치가 의심암귀疑心暗鬼(의심이 생기면 귀신이 생긴다는 뜻으로, 의심하는 마음이 있으면 대수롭지 않은 일까지 두려워서 불안해함 - 옮긴이)를 낳을 것이 틀림없다고 생각했다.

"신경을 곤두세우지 마. 낫살이나 먹고 이게 뭐 하는 짓이야?"

가지는 강하게 말했다.

"넌 벌써 비실거리고 있어. 다시 호를 판다는 건 무리야."

사실 엔치는 지난 나흘 동안의 일로 체력의 한계를 이미 훌쩍 넘어서 있었다.

"무리하지 말고 자. 아침이 되면 너의 바보 같은 착각이었다는 걸 알게 될 거야."

엔치는 술 취한 사람처럼 비틀거리며 돌아가다가 아무래도 참을 수가 없는지 돌아와서 떨리는 목소리로 애원했다.

"미안하지만, 다른 누구하고 바꿔줄 수 없을까요?"

"바보 같은 놈!"

가지가 소리쳤다.

"무슨 소릴 지껄이는 거야? 네 기분만 나쁘지 않으면 다른 사람은 어떻게 되든 상관없다는 말이냐? 겁쟁이 같으니라고. 다들 무덤을 파고 있다. 그게 싫으면 분대 구역에서 나가 혼자 파. 남이 거들어주겠거니 생각한다면 대단한 착각이다."

"상등병님."

옆에서 이마니시가 말했다.

"제가 바꿔주겠습니다."

가지는 어둠 속에서 엔치의 얼굴을 살펴보니 기쁜 듯 그 표정이 풀어지는 것 같았다.

"안 돼!"

엔치는 일찍이 들어본 적이 없는 냉혹한 목소리였다.

"계집애들 소풍이 아냐. 총알이 날아오면 시체 밑이라도 파고 들어가야 하는데 무덤이 대수겠어? 가서 자. 겁쟁이 근성과 한번 싸워봐. 도저히 자지 못하겠거든 나한테 와. 밤에만 바꿔줄 테니까."

## 47

 이건 죽음의 징조가 틀림없다. 무덤을 파헤치다니! 엔치는 그렇게 믿었다. 흰 천 쪼가리가 정말로 그런 것이든 아니든 엔치는 그렇게 믿은 것이다. 진짜 무덤이라면 이런 천이 더 나올 법도 하지만 그렇게 생각할 수 있는 냉철함을 그는 일시에 잃어버렸다.
 무덤이 아니더라도 옛날에 누군가가 여기에 와서 쓰러져 비바람을 맞고 흙에 묻혀버렸을지도 모른다. 그쪽이 더 있을 법한 일이다. 그렇게 생각하자 그것이 틀림없다고 믿기 시작했다. 어쨌든 죽은 사람의 무덤이다. 혼령이 잠들어 있다. 주위를 떠다니고 있다. 흰 수의를 걸친 낯선 시체가 이 칠흑 같은 밤에 음침함이 깃든 섬뜩한 소리로 속삭이고 있는 것 같다. 엔치, 넌 여기서 죽을 거야. 아무도 돌보지 않는 이 황량한 들판에서 백골이 되는 거야. 네 처자식은 굶주림에 시달리며 앙상하게 말라서 네가 돌아오기만을 기다리겠지. 넌 이제 돌아갈 수 없어. 여기서 넌 음침한 흙속에 잠드는 거야.
 그래도 엔치는 가지의 말대로 자신과 싸워보려고 했다. 구덩이 속에 들어가서 몸을 와들와들 떨며 몇 초 동안은 참았다. 가지 상등병은 냉혹해. 필시 저들은 살 거야. 나만 죽게 되어 있는 거라고. 이 축축하고 차가운 흙벽. 틀림없이 이 안에 송장의 옷이 있어. 어두워서 보이지 않았지만 여긴 필시 죽은 사람의 뼈가 널려 있을 거야. 난 그 뼈 위에 앉아 있는 게 분명해. 이게 혹시 뼛조각이 아닐까? 이 까칠까칠하고 축축

한 감촉은 뭐지?

엔치는 구덩이에서 뛰쳐나왔다. 어두웠다. 아무것도 보이지 않았다. 전방의 어둠 속에는 거대한 언덕이 배를 깔고 누워 있다. 그곳에서 죽음이 시시각각 밀려온다. 서서히 포위해온다. 엔치, 이제는 도망칠 수 없어. 넌 죽는 거야. 넌 죽는 거다. 엔치는 처자식의 얼굴만 떠올리려고 애썼다. 옛날엔 웃고 지내던 날들도 많았다. 그런데 지금 떠오른 얼굴은 창백하게 여위고, 입술은 핏기를 잃은 채 가냘프게 중얼거리고 있다. 이제 가게도 망했어요. 저 혼자의 힘으로는 더 이상 안 되겠어요. 어쩌면 좋죠? 앞으로 아이들을 데리고 어떻게 살아가야 하죠?

엔치는 구덩이 주위를 뱅뱅 돌았다. 캄캄한 허공을 밟고 있는 것 같다. 다리에는 거의 감각이 없었다. 마음만이 뜨겁게 타오르고 있다. 혼란스럽다. 처음 작업조에 배치되었을 때 일찌감치 도망칠 걸 그랬다. 그랬으면 지금쯤 가족을 데리고 어딘가로 몸을 숨길 수 있었을지도 모른다. 어느 만주인 마을에 숨어 살면서 몸이 가루가 되도록 일하는 것이다. 일본인 장궤이(나리)로 대접받지 않고 살아도 좋다. 만주인 장사치들과 함께 길거리에서 보잘것없는 장사를 하며 살아도 좋다. 이런 곳에서 내일 죽는 것보다는.

엔치는 귀를 기울였다. 어둠 속에서 소리도 없이 무언가가 몰래 다가오는 것을 느낀다. 적군이 아닐까? 이제 죽는 것은 아닐까? 귀신들이 비웃고 있다. 넌 이제 죽어. 엔치는 아직 새어나올 것 같은 목소리를 누를 만한 이성은 있었다. 하지만 그 이성에만 의지해서는 안 된다. 구덩이 주위를 뱅뱅 돈다. 조여드는 어둠을 견딜 수 없게 되자 구덩이 속으로 뛰어든다. 그러자 축축하고 섬뜩한 혼령이 일어선다. 다시 뛰쳐나간다. 도망치고 싶어진다. 도망칠까? 지금 몰래 빠져나갈까? 진지를 벗어나면 쏜살같이 달려가는 것이다. 어디로? 이미 쇠할 대로 쇠한 몸이다. 억센 사내들에게 쫓길 것이다. 적전敵前 탈영은 무조건 총살이다. 소총분대장인 가지 상등병이 총을 든다. 냉혹한 눈빛이다. 엔치, 자업자득이야. 단념해라…….

안개 같은 비는 끊임없이 내렸다. 비는 어느새 풀이 무성한 대지를 적시고, 구덩이 속 사내들의 불안한 잠 위에 내리고 있다.

가지는 총을 겨누고 조용히 걸었다. 결국 마지막 밤까지 왔다. 한 걸음 한 걸음이 그것을 확인한다. 이렇게 조용히 대지를 밟는다. 미치코, 당신은 자고 있을까? 당신은 내가 아직 살이 있다고 믿고 있을까? 미치코, 당신은 모를 거야. 이 밤의 깊이를. 이 밑바닥을 알 수 없는 죽음의 전야를.

가지는 걸음을 멈췄다. 땅바닥을 기어오는 속삭임이 들려서 몸을 숙였다.

"……못난 소리 같지만 무서워서 죽겠어……."

미무라의 목소리 같다. 떨고 있다.

"살지 죽을지 지금 당장 결판이 났으면 좋겠어. 이렇게 죽치고 기다리고 있자니 더 미칠 지경이야."

"벌써 결정되어 있을걸? 누구누구는 살아남고, 누가 죽을지……."

고이즈미지 싶다. 어둠 속으로 녹아들어가듯 중얼거렸다.

"그걸 모르니까 내일 하루만 살아남게 해주십사고 빌고 있는 거야."

"난…… 내가 무섭다기보다 어머니가 가여워서 못 견디겠어. 내가 죽으면 어머니는 그야말로 삶에 대한 아무런 의욕도 없을 텐데……."

다시로의 목소리인 것 같다.

"만약 돌아갈 수만 있다면 낮엔 일하고 밤엔 야학이라도 다니면서 공부할 거야. 어머니가 더 늙기 전에 조금이라도 편안하게 해드리고 싶어."

"내일까지 이제 몇 시간 안 남았군. ……꼭 사형수 같다, 우리……."

목소리가 고이즈미에게 돌아온 것으로 보아 세 명이지 싶다. 잠들 수 없는 마지막 밤에 젖은 풀숲을 헤치며 기어가서 이야기를 나누고 있다.

안개 같은 비는 그 차가운 감촉만으로 겨우 내리는 것을 느낄 수 있었다. 말소리가 끊긴 것은 사형수가 남은 시간을 세고 있기 때문이리라.

가지는 거의 아무 소리도 내지 않고 들어갔다.

"적군의 야습이었다면 너희들은 벌써 지옥 문 앞에 가 있을 거다."

가지는 웃었다.

"얘기를 나누는 건 좋지만 적 방향으로 누워 있어라. 야습 같은 거야 없겠지만, 그런 마음가짐이 필요해."

시커먼 침묵이 내려앉았다. 숨소리조차 희미하게 들린다.

"……놀라게 해서 미안하다."

가지는 걸음을 내디뎠다.

"상등병님, 저녁땐 통쾌했습니다."

다시로가 그것으로 자신의 기분을 북돋우려는 듯 말했다.

"그 덕에 기분이 후련해졌습니다."

고이즈미도 말했다.

"살아서 돌아간다면 좋은 이야깃거리가 될 텐데……."

"너희들 덕분이다. 그렇지 않았다면 난 총살당했을 거야."

밝을 때는 자유롭게 표현할 수 없었던 감사의 마음이 어둠 속에서는 저절로 흘러넘치는 것 같았다.

"하다못해 그거라도 선물로 가지고 돌아갈 수 있으면 좋으련만……."

가지는 호로 돌아왔다. 밤이 이슥해진다. 시간이 흐른다. 인생의 마지막 시간을 한 사내가 구덩이 속에 웅크리고 앉아 허망하게 보내고 있다. 심야의 적막 속에서 발자국 소리를 들어보려무나, 죽음의 발자국 소리가 아니라 허망하게 멀어져가는 청춘의 발자국 소리를.

넌 살았는가? 넌 일했는가? 넌 사랑했는가?

가지는 총을 앞에 들고 가슴에 닿는 개머리판에 뺨을 비볐다. 그것은 차갑고 축축했다. 몸속 깊은 곳에서 밀려올라온다, 떨림이. 아직 뜻대로 살아본 기억이 없다. 내가 이 세상에 살았다는 증거를 남길 만한 일은 아무것도 하지 못했다. 한 여인과 행복이란 꿈을 막 그려보려던 참이었다. 후회 없는 사랑조차 할 수 없었다. 조금은 다른 무언가가 있었으리라. 조금은 다르게 사는 방법이, 죽음을 앞두고 후회가 남지 않도록 사는 방법이.

 내일 건너편 비탈면에서 엄청난 수의 죽음이 밀려올 것이다. 어디로 피할 틈도 없이 밀려 내려올 것이다. 그런데도 지금 여기서 이렇게 가만히 웅크리고 있다. 시간은 아직 있다. 1초, 1초가 몇 십만 년에 달하는 인간의 과거 속으로 빨려 들어가지만 아직 시간은 남아 있다.

 도망칠까? 체력이 다할 때까지 어둠 속을 달려 도망칠까? 할 수 있을 것도 같았다. 만약 이번 일전으로 전쟁이 끝난다면 도망치지 못할 것도 없다. 하지만 만약 전쟁이 계속된다면 가지와 미치코는 비참한 들개처럼 남의 눈을 피해 두려움에 떨며 언제까지나 도망쳐 다녀야 한다. 미치코는 여위고 상처를 입을 것이다. 가지는 거칠고 난폭해질 것이다. 이런 비참한 상황이 두 사람을 으르렁거리게 만든다. 그만큼 사랑과 행복은 두 사람에게서 멀어진다. 결국 두 사람은 체포되고, 후회만을 남긴 채 처형될 것이다.

 도망칠 수 없다. 가지는 총대를 움켜쥐었다. 몇 번이고 힘을 넣어가며 꽉.

 미치코, 난 당신에게 돌아갈 수 없어. 그래도 아직은 당신과 내가 훗날 재회의 희망을 걸 수 있는 방법이 하나 더 있어. 내가 투항하는 거야. 미치코, 당신은 내가 죽었다고 생각하지 않고 기다려줄까?

 난 이 구덩이에서 나가 비탈면 진지를 내려간다. 어둠의 저편은 적의 영역이다. 두 팔을 높이 쳐들고 올라간다. 적군의 사격권 안으로 점점 다가간다. 어둡다. 미치코, 이제 한 걸음만 더 디디면 운명의 길흉이 판

가름 날 거야.

쏘지 마! 몇 번이나 거듭한 상상이다. 그때마다 쏘지 않는다는 보장은 어디에서도 찾을 수 없었다. 더군다나 지금, 전투 전야에 일본군의 야습에 대비하고 있을 전방의 화선火線(사격 임무를 받은 사수가 차지하고 사격을 진행하는 점들을 연결한 선 – 옮긴이)에서 우연히 가지가 가는 방향에 자리 잡고 있던 적군 중 하나가 공포를 못 이기고 난사한다면 그걸로 끝이다.

설령 투항할 수 있었다고 치자. 그리고 전쟁도 계속된다고 하자. 가지의 초년병들은 가지의 단독행동을 절대로 이해하지도, 용서하지도 않을 것이다. 뭐야, 그 자식! 그땐 그렇게 위세가 좋더니 목숨이 위태로워지자 우릴 내팽개치고 도망가 버려? 빛 좋은 개살구 같은 놈!

미치코는 어떨까? 이웃사람의 지탄과 멸시를 받으면서도 어떻게든 살아남을까? 이웃사람은 말할 것이다. 저기 봐라, 매국노의 정부가 지나가고 있다. 침을 뱉어라! 매다꽁을 해서 내쫓아버리자! 아무것도 사지 못하게 하자! 바싹 말려죽이자! 또 말할 것이다. 저것 봐요. 저년은 스파이의 계집이었대요. 남편한테 버림받고도 태연하게 살고 있는 것 좀 보세요. 두고 봐요, 저년은 틀림없이 매춘부가 될 테니까요! 그것밖에는 살아갈 방도가 없잖아요!

"가지 마세요!"

그때 미치코는 그렇게 속삭였다.

가지는 구덩이 속에 웅크린 채 거의 꼼짝도 하지 않고 어둠의 적막에 귀를 기울이고 있었다. 진지는 잠에 빠져 있었다. 시커멓고, 숨 막힐 듯한 시간이 심장 고동을 남기고 흐르고 있었다.

가지는 총을 들고 정성껏 닦았다. 여자에게 진심어린 변명을 하듯 정성을 다해. 지금 가지에게는 사랑하는 여자는 없고 이 총뿐이다. 이 총만이 죽든 살든 그의 반려가 될 것이다.

생각은 거품처럼 떠올랐다가 하나씩 사라져간다. 괴로운 상념은 밀려왔다가 밀려가며 서서히 침전한다.

문득 지면에서 그림자 하나가 움직인 것 같았다. 그것은 정해진 방향도 없이, 발소리도 내지 않고 흔들흔들 떠돌고 있었다. 이윽고 그림자는 진지의 비탈면을 흔들거리면서 횡으로 이동하기 시작했다. 가지가 호에서 나와 몰래 다가가는 것도 눈치채지 못하는 것 같다. 가지는 어둠을 뚫고 그림자의 움직임을 지켜보았다. 그림자는 멈춰 서서 망설이고 있었다. 가지는 숨을 멈추고 기다렸다. 만약 그 그림자가 왼쪽으로 움직여 분대 구역을 벗어난 곳에서 도로 쪽으로 내려간다면 가지는 그것을 시야에서 놓칠지도 모른다. 도로에 나가거든 뒤도 돌아보지 말고 곧장 뛰어라. 숲 앞에서 도로를 벗어나야 한다. 그곳엔 대대 취사장이 있으니까 조심해라. 그 몸으로 어디까지 갈 수 있을지는 모르겠지만 갈 데까지 가 봐. 그 다음엔 추격대의 손이 미치지 못하도록 내가 어떻게든 막아보겠다. 아니면 나도 같이 뛸까?

그림자는 가지의 간절한 기대를 저버렸다. 반대로, 오른쪽으로, 각 소대가 진을 치고 있는 쪽으로, 몽유병자처럼 걸어가기 시작했던 것이다. 한 번 발이 걸려 넘어졌을 때 대검 소리가 나지 않았다. 가지는 그제야 가슴에 박힌 칼날처럼 엔치의 결의를 알아차렸다. 그리고 다음 순간에는 그 무계획적인 어리석음에 화가 치밀었다. 바보 같은 놈! 오른쪽이 아니라 왼쪽이야! 오른쪽 골짜기로 나가기까지 넌 수백 명의 감시자를 어떻게 뚫고 갈 생각이냐? 수하를 당해 체포되면 대검도 없는 너에겐 변명의 여지도 없단 말이다!

그런데도 엔치는 진지의 비탈면을 흔들흔들 내려간다. 가지는 뒤에서 덮쳤다. 끌어당기는 것과 동시에 엔치의 뺨에서 선명한 소리가 났다. 엔치는 맥없이 쓰러졌다. 그 바람에 몸에서 군화가 떨어졌다. 위험 구역에서 벗어날 때까지 맨발로 걸을 준비만은 했던 것이다. 가지는 엔치를 끌어 일으켜서 다시 한 번 있는 힘껏 따귀를 갈겼다.

"바보 같은 놈!"

목소리를 죽이며 말했다.

"지금 네 몸으로는 불가능한 짓이디! 들키면 어쩌려고?"

멱살을 잡고 흔들었다.

"신발을 신어. 잠자코 돌아가라. 알겠나?"

"……무슨 일입니까?"

누군가가 구덩이 속에서 터무니없이 큰 소리로 물었다.

"아무것도 아니다. 엔치가 잠꼬대를 한 거야."

가지는 엔치의 멱살을 잡은 손을 풀었다.

"내 호에 가서 아침까지 자."

엔치는 가지가 시키는 대로 신을 신고 가지의 개인호 쪽으로 갔다.

부슬부슬 내리던 비는 멎었다. 가지는 총을 안고 엔치의 개인호에 들어가 웅크리고 앉았다. 생각해야 할 것을 생각하지 않고 피하고 있는 것만 같은 기분이 들어서 견딜 수가 없었다.

엔치뿐만 아니라 다른 사내들도 모두 내일의 죽음을 피하고 싶을 것이다. 단지 무서워서 하지 못할 뿐이다. 그럼 가지가 지휘한다면 움직이지 않을까? 저녁때, 대결의 장에서 그들은 가지를 따르고 가지를 지지했다. 그깟 감미품 분배를 놓고 폭발한 감정적인 대립에서조차……. 지금은 목숨과 관련된 문제다. 가지가 만약 분대원들을 깨워놓고 투항 결의를 밝힌다면 필시 데라다를 제외하고는 모두 따르지 않을까? 데라다조차 따라오지 않을까? 그러나 이런 생각도 어둠 속에 도사리고 있는 적군의 화선과 부딪치자 총알 세례를 받은 듯 궤멸되어버렸다.

그렇다면 남은 방법은 하나밖에 없다. 소대의 초년병 전원을 몰래 깨워서 대기시킨다. 심복 몇 명을 데리고 장교 막사로 간다. 도히 중위에게 총을 들이대고 투항할 것을 권고한다. 도히나 노나카는 물론 투항을 거부할 것이 틀림없다. 그렇다면 가지의 총구가 불을 뿜을 수밖에 없다. 병사들 백 수십 명의 생명과 장교 네 명의 그것을 바꾸는 것이다. 병사들에게는 소련군이 해방군이라고 역설하자. 그들이 적으로 대하는 것은 너희 병사들이 아니라, 바로 그들을 이 전쟁터에서 사냥하고 있는 자들이라는 것을 역설하자. 중대원들은 밤의 어둠을 타고 진지에서 빠져나가 적전에서 조명탄을 쏘아 올리고 투항한다. 혹은 날이 새고 정말로 전투가 개시되려고 하는 순간에 이 중대 진지에 백기를 하늘 높이 올린다. 그래, 우리는 투항하는 것이다. 우리는 전쟁을 포기하는 것이다. 우리는 평화와 인간의 생활을 회복하는 것이다.

가지의 가슴속에서 활활 타오르던 이 환상은, 그러나 곧 산산이 부서지고 말았다. 가지로서는 준비가 부족했다. 가지의 생활 방식에는 이런 의미에서의 심한 태만이 있었다. 인간의 생명을 집단적으로 구하는 그런 어마어마한 사업이 하룻밤의 광적인 열정으로 가능한 것은 아니다.

3소대의 초년병, 즉 칭윈타이의 11중대에서 작업하러 나온 초년병들 대다수는 가지를 실제로 지지할지도 모른다. 하지만 1, 2소대의 초년병들은 가지가 누구인지조차 모른다. 그야말로 반란의 형식을 띤 투항 계획을 듣는 순간 그들은 당황하고 두려운 나머지 배신할 것이다. 설령 1만분의 1의 요행으로 그들 대다수의 지지를 얻는다 해도 양쪽 날개에 진지를 구축하고 있는 다른 중대가 이 반란을 그냥 놔둘 리가 없다. 투항자들은 전방의 능선에 도달하기 전에 아군의 십자포화로 궤멸될 것이다.

환상은 깨졌다. 그리고 살풍경한 정열의 폐허만이 남았다. 가지는 생명을 지키고 사랑하기 위해서 필요할지도, 가능했을지도 모르는 일을 지난 1년 8개월 동안 너무나 게을리 한 것은 아니었을까? 그 결과에 지나지 않으리라. 죽음을 앞두고 이렇게 뜬눈으로 괴로운 하룻밤을 지새우는 것은.

가지는 구덩이에서 일어섰다. 이제 생각하지 말자. 깨끗이 운명 앞에 항복하는 것이다. 어느 결에 운명은 그 문을 가지 앞에서 몇 번이고 열었을지도 모른다. 지금 그것은 영원히 닫히려고 하고 있다.

동쪽 산마루에 새벽이 기어 올라왔다. 주홍빛이 아니라 비온 뒤의 회색빛이었다. 사라져가는 청춘이 가슴에 남긴 번뇌를 닮았다.

가지는 고개를 돌려 분대 구역을 보았다.

"누구 일어나 있는 사람 없나?"

이마니시의 대답이 들렸다.

"좀 잤어?"

"잤습니다."

"그럼 교대하자. 곧 날이 밝을 거야. 그때까지 마지막으로 한숨 자야 겠다……."

# 48

몸이 흔들려 잠에서 깼다. 다시로가 위에서 내려다보고 있었다.

"상등병님, 식사 가져왔습니다."

가지는 구덩이에서 나왔다. 아침이 되어 있었다. 잔뜩 흐린 날씨다. 능선 위에는 아직 수상한 조짐은 없었다.

밥은 쌀과 수수가 반반이다. 관동군의 마지막 급식을 초년병들은 주번 상등병을 깨우지 않고 가지고 온 모양이다.

"작별 인사를 하러 왔습니다."

이하라가 가지 옆에 와서 말했다. 육탄공격반이 잠복하고 있는 곳에서 식사를 가지러 온 것이다.

"오!"

가지의 목소리가 목구멍에서 막혔다.

"……상황을 보고 있다가 안 되겠다 싶으면 곧장 올라와라."

"신세 많았습니다."

이하라의 발꿈치가 탁 하고 울렸다. 가지는 자신이 답례를 했는지 안 했는지 기억조차 없었다.

이하라가 뛰어가고 나서 엔치가 왔다. 단념하고 잔 모양이다. 주름이 깊게 팬 얼굴에 어두운 기색이 한결 덜하다.

"어젯밤엔 죄송했습니다, 상등병님."

생각을 바꾼 모양이다. 그 결과가 어찌 될지는 아무도 모른다. 공포가 사라진 것을 다행이라고 해둘 수밖에 없다. 어젯밤의 따귀가 그를 도살장으로 몰아넣는 채찍이 되지만 않으면 말이다. 가지는 대답 대신 엔치의 야윈 어깨를 두드리며 누구에게랄 것 없이 말했다.

"막사에 갔다 올게……."

막사에 간 가지는 배낭에서 속옷을 꺼내 갈아입었다. 속옷을 꺼낼 때 편지가 같이 묻어나와 바닥에 떨어졌다. 오래전에 미치코에게서 온 편지다. 가지는 봉투의 글씨를 바라보며 한시도 눈을 떼지 않고 속옷을 갈아입었다.

편지를 몸에 지닐지, 배낭에 넣을지 잠깐 망설였다. 가지는 그것을 원래 있던 자리에 돌려놓았다. 앞으로 몇 시간 후면 소련군이 여기를 통과할 것이다. 소련군 중 누군가는 일본군 병사의 유류품을 찾을 것이다. 인정이 있는 누군가의 손에 일본 여자가 쓴 번뇌와 탄식의 기록이 넘어갈지도 모른다. 그는 그것을 가지고 고향으로 돌아가 그의 연인에게 보여줄지도 모른다. 어느 날, 어느 일본인 남녀의 사랑은 이렇게 끝났다고.

가지는 가슴이 아팠다. 흐느끼고 싶을 정도로 괴로웠다. 창창한 미래, 모든 욕망, 모든 꿈을 수용하기에 충분한 미래가 바로 이 순간 사라져버리려고 한다. 여기서 죽는다면 도대체 뭣 때문에 살아 있었단 말인가! 삶의 증거를 지금 이 순간 생각해낸 뒤 몇 번이고 확인하고 또 확인해서 납득하고 싶었다. 여자를 열렬히 사랑했다. 여체의 모든 부분을 살갗에 아로새기고 싶었다. 여자의 마음을 생명의 증거로서 손에 쥐고 싶었다. 결국 생명이란 무엇이었단 말인가? 이 갈증은? 이 미칠 것 같은 가슴앓이는?

눈을 감고 시끌벅적하게 다가오는 환상에 잠긴다. 그것을 탐닉한다. 그것을 견뎌낸다. 고작 몇 분은커녕 몇 초도 시간은 멎는 것을 허락하지 않는다. 원뢰(遠雷) 같은 포성이 울린 것은 마지막을 알리는 신호다. 막사에서 나온다. 한 걸음을 내디디며 포기하고, 한 걸음을 내디디며 덧없는 희망을 밟는다. 죽는다. 꼭 죽는다고는 할 수 없다. 아니 역시 살아남지 못한다. 하지만 만약 살아남는다면? 만약 살 수 있다면?

막사가 숨어 있는 숲에서 비탈면의 풀밭으로 올라간다. 진지를 향해 천천히 걷는다. 앞으로 300보쯤. 거기에 인생의 마지막 무대가 있다. 막이 오르려고 한다. 사내들은 각자의 역할에 따라 무대 위에서 춤을 출 뿐이다. 이제 생각이란 것은 무의미하다. 배우의 움직임과 대사는 모두 정해져 있다.

가지는 도중에 패랭이꽃을 한 송이 꺾었다. 천천히 걷는다. 천천히. 꽃을 빙글빙글 돌리고, 코에 대고 옅은 향기를 맡으면서 걷는다.

진지는 잔뜩 긴장한 분위기다. 초년병 중 하나가 가지를 보자 말없이 전방을 가리켰다. 그의 시야 끝 먼 능선 위에는 검은 점이 무수하게 나타나 있었다. 가지는 꺾은 꽃에 가만히 입을 맞추고 개인호 앞의 흙 더미에 꽂았다. 장례용 꽃이 아니다. 지금은 이 꽃만이 가련한 생명의 증거였다.

몸을 일으키고 전방을 둘러보며 조용히 명령을 내렸다.

"소총 분대, 정위치로."

능선 위의 검은 점은 시야 가득히 산개하여 천천히, 천천히 내려오고 있다.

미치코, 드디어 안녕을 말할 때가 됐어.

〈5부에서 계속〉

**인간의조건** 4 부치지 못한 편지

한국어판 ⓒ 도서출판 잇북 2013

1판 1쇄 인쇄 2013년 11월 5일
1판 1쇄 발행 2013년 11월 11일

지은이 | 고미카와 준페이
옮긴이 | 김대환
펴낸이 | 김대환
펴낸곳 | 도서출판 잇북
캘리그라피 | 신영복
책임편집 | 김랑
책임디자인 | 한나영
인쇄 | 대덕문화사

주소 | (413-736) 경기도 파주시 교하읍 와석순환로 347
전화 | 031)948-4284
팩스 | 031)947-4285
이메일 | itbook1@gmail.com
블로그 | http://blog.naver.com/ousama99
등록 | 2008.2.26 제406-2008-000012호

ISBN 978-89-968422-9-3 04830
ISBN 978-89-968422-5-5(세트)

* 값은 뒤표지에 있습니다. 잘못 만든 책은 교환해드립니다.